日暮 聖
Higrashi Masa

近世考

西鶴・近松・芭蕉・秋成

影書房

近世考　西鶴・近松・芭蕉・秋成　目次

近世考

西鶴・近松・芭蕉・秋成

侘びしきを面白がるはやさしき道に入りたるかひなりけらし

『別座鋪』

西鶴——経済社会の小説

十七、十八、十九世紀と、ほぼ三世紀にわたる日本の近世を、文化史・精神史の観点からみたとき、いくつかの重要な事柄が指摘できるが、一つに、貨幣経済社会が始まったということがあげられる。徳川幕府の貨幣鋳造により庶民生活に貨幣が流通するようになった。それにより人々は価値観の大きな転換に遭遇する。歴史の中で培ってきた善悪の基準が崩壊し、何が善で何が悪かは不透明で流動している。力をふるったものは人の生きる基準であったはずのモラルや徳とは無縁の貨幣であった。人間は、いまだかつてない状況に翻弄されている。人間の幸福観に一大転換が起ったからである。(1) 十七世紀元禄期、上方の西鶴や近松は今まさに目前に起きている有様をとらえてみせる。十八世紀天明期、上方の上田秋成は徳の崩壊と貧富の差の関係を論理的に問い詰めていこうとする。江戸の黄表紙作者たちは貨幣と欲望を手玉にとって笑ってみせようとする。人間の生き方を根底から揺さぶる貨幣とのかかわりは、上方と江戸との地域差を顕わにし、時々刻々と流動してさまざまな状況を生み出すのである。この論考では、十七世紀西鶴を取り上げ、西鶴がこの現実をどのようにとらえ、結果どこへ行き着くことになったか、作品に基づいて考えていきたい。

1 「今の都も世は借物」

貨幣経済の基本は、金銭で物を買うことにある、と私たちは通常考えるのではないか。物と物との交換で成り立っていた生活が貨幣に媒介されるようになったのだと。もちろんそのとおりで、物と人との関係が根本的に変わるということが、貨幣経済によってもたらされた状況である。ただし、〈買う〉という行為はそれほど自明のことではないし、(2) ここでは〈借りる〉という行為に焦点を当ててみようとおもう。なぜなら、売買よりも、貸借に、その本質的な転換が現れるのではないかと予想されるからである。(3)

始めに、西鶴の『本朝二十不孝』（一六八六）から「今の都も世は借物《かりもの》」（巻一の一）を取り上げる。舞台は京都。三都（京都・大坂・江戸）と称される都市は十七世紀、日本全国の中でも、また世界的にも突出して発展した場所であった。その今の都を、清水寺から見渡し、立ち並んだ内蔵の白壁が朝日に映えて夏なのに雪の曙かと思われると、西鶴は自信満々で書き起こしていく。時代の感性は、朝日に映える雪ではなく、ぎっしりと財宝の詰った内蔵の白壁を美しいととらえていた。

「千軒あれば友過《ともすぎ》」（千軒の家が寄り集まれば、互いに売ったり買ったりして商売が成り立ち、もちつもたれつ世を渡ることができる）と、都会の消費生活を表す諺をあげ、千軒でさえそうなのだから二十万軒を超える今の京の都で、何をしたってと、話は展開していく。その何をしたって暮らしていかれる例として、まず西鶴があげる職業は、紙幟《かみのぼり》の絵師である。端午の節句に、鍾馗や武者の絵をかいた幟を門口に飾るが、七つ道具を背負った弁慶の幟を三六五日描いている。一年に一度しか用いない物で、しかも同じ図柄を一年中描いていても需要があり暮らしていかれるというのだ。次の例はもっとふるっている。夜の通りを、ぶらぶらと手を振って、疳《かん》の虫を指先から掘り出しますといいながらあてどなく歩いている者がいる。これは何者かといえば、当時夜泣きは疳の虫のせいで起きるとされていた。夜泣きする子供を育てるのは親にとって大変な苦労で、外に出てあやしていると、疳の虫を指先から掘り出して退治しましょう、チチンプイプイなどとまじないをする者に行きあたる。何の元手もいらない、何の技もなくていい、ただ身一つで夜の道をぶらぶらと行き当たりばったりに歩いているだけでも暮らしていかれるというのである。これは、生まれた土地を離れ、身一つでも、手足さえ動かしていれば、どんな事をしたって生きていかれるということを象徴的に表わした描写である。この男ののらくらとした無責任さに思わず笑ってしまうのだが、そこには都市の誕生によって歴史上人間が手にした初めての自由さえ感じられる。

つづいて、必要なものをその時々に借りて暮らす庶民の生活が書かれる。たとえば、お産のときに、寄掛り台と大枕を七日間借りて七分というように。さらに借りる物は道具ばかりか労働力にもおよんでいく。行水の湯を桶二杯分わかしてもらって六文というように。借りて暮らす生活の始まりである。生活は簡単に便利にゆとりのあるものになった。こうしていよいよ借りる話の中心に入っていく。

新町通四条下る所に、格子造りのきれいな門口に、丸に三つ蔦の紋所の暖簾をかけて、五人家族、親から援助を受けてでもいるようにゆったりと暮らしている者がいる。新手の職業のため、知らぬ人は医者かと思うような住まい方である。いったい何者なのか。「長崎屋伝九郎とて、京中の悪所金《あくしょがね》を、借り出す男」である。悪所通いのための金を高利で貸す、その仲介者であった。騙り半分（話の半分はうそと思って聞け）と諺にいうが、この男は、元日から嘘をつき始め、大晦日まで一つの真言《まこと》もない男である。これほどどうしようもない男だが、「されども、さし詰まりたる時、人のためにもなる者なり」と西鶴はしるす。一年三六五日嘘ばかりついている男、これははっきりいって人間のくずだ。が、そういう者でも存在価値を持つ状況が生じてきた。そこに時代の転換を見、興味深いものとして西鶴はとらえている。「ひとつも真言はない」人間が「人のためになる」こともあり得る、これが仲介者というものの真骨頂であろう。

もう一人、室町三条のほとりに、先祖代々名の通った裕福な商家の息子で、替名《かえな》（遊里での名）を笹六という男が登場する。若いから遊んであたりまえとはいえ、七年このかた、相続した金銀を、男色女色のあそびに使い果たしてしまった。父親が隠居金をしっかり貯えているが、これには手が出せない。といって急に悪所の遊びをやめることもならないので、長崎屋伝九郎に頼み、「死一倍《しにいちばい》」の借金千両を借りる段取りをつけさせたところ、都は広い、これに貸す人も出てきた。

さて、「死一倍」という借金法だが、手始めに借り手の歳を検分するという。笹六は美男であるのに、急に鬢《びん》の毛をぼさぼさにして醜いつくりにし、今年二十六歳であるのを三十一になりますと、ぬけぬけと五つもさばをよむというように、あべこべの世界が展開していく。金を貸す人のところから遣わされた手代は、借り手の笹六の歳ばかりでなく、父親の歳までも値踏みしている。読者はますます訳が分からなくなる。笹六は、私は歳取ってからできた子供だから、親父はもう七十に近い年齢だというが、手代は承知しない。この数日間観察しましたが、店にお腰をかけられ、根芋を値切られるときの言葉つき、また、大風の吹いた翌朝、飛び散った屋根板を拾わせられる心づかい、あの御様子から、健康への心配りは十分に行き届いていることと推察しました。まだ十年や十五年のうちに灰よせ（死んで焼かれて骨になる）にはなりますまい。死一倍はお貸しできません、ときっぱり断った。笹六も応酬する。それは大いにお考えの違ったことです。持病にめまいがあり、とくに年取るにつれてしだいに太るのは、中風になる体質です。長くみつもっても、五年か三年。なんなら外の手でおしまいにしてやる思案もありますから、ぜひとも貸してくださいと。

これは金を貸す方と借りる方の攻防戦なのだが、どうやら担保には父親の命がかけられているらしい。金を借りる話をしているはずなのに、もし父親が長生きするようなら殺してやってもいいというようなことまで息子が口走る、異様な世界である。しかも親の命がただの商取引のようにビジネスライクに扱われていくところが恐ろしくも可笑しくもある。とうとう、それほどいわれるなら手形の下書きをしましょう、ということになった。

こうして、そもそも「死一倍」は、とその借金法が明かされる。金子千両借りて、隠居金のある親が亡くなると、三日のうちに倍の二千両にして返す約束の借金で、額面は二千両の手形をかわし、小判一両（銀六十匁）につき、月銀一匁の計算で、一年分の利息を初めに取ってしまう、大変な高利の金だが、ともかくも笹六は利銀を差し引いた八百両を手にして、嬉しさに飛び立つばかりである。ところが、長崎屋に、仲介料として一割、手代への礼、連帯保証人に印判の押し賃、この間の経費、この場に居たからその居賃《いちん》をという者までいて、千両のものが手取りは四百六十五両になってしまった。すぐに取り巻きの太鼓持に四条の色宿《いろやど》に連れ込まれ、これまでの遊びの代金から、まったく心当たりのない借金まで取り立てられ、とうとう、この金、ものの見事に全部なくなった。たった一両三歩残ったのを、それさえも、見苦しいですよ皆さん、大臣に金などお持たせするなんて、とカラリと銭箱に投げ入れられて、お仕舞になった。

金銭はまだ現代のような抽象的な数字に堕してはいない。小判がうずたかく積まれて、それがみるみるうちになくなっていく存在感、その迫力が読みどころでもある。笹六はわが身を何一つ痛めずに、まんまと千両借りてしてやったりと思ったろうが、その意気軒昂としたのも束の間、たちまちに吸い上げられていく。金の匂いのするところ人が寄せてきて、取り分をせしめれば去っていく、情け容赦のないひったくり集団が書かれている。

金は笹六の手元を通過しただけで二千両の借用手形だけが残った。あとは親仁の死を待つばかり。諸神諸仏を祈り、ついには調伏《ちょうぶく》をしたところ効き目があらわれ、眩暈《めまい》をおこして父親は倒れた。笹六はうれしやと、こしらえておいた毒薬を取り出し、気付け薬があると、口移しに飲ませようとしたが、思わず毒味をして、たちまち死んでしまった。「酬《むく》い立ち所をさらず（天罰覿面《てきめん》）」と作者は言う。見開いた眼に血筋がはしり、髪は縮み上がり、身体は五倍にもふくれあがった。「人々、奇異の思ひをなしける」と、駆けつけた人々が、なんかへんだなと、笹六を眺めている描写がおかしい。最後に西鶴はいう。「欲に目の見えぬ、金の借手《かして》は、今、思ひあたるべし」。

この話に金の貸し手は姿をみせていない。長崎屋伝九郎が仲介し、貸し手の手代が検分に来るにすぎない。しかし莫大な富を抱える者が、死一倍という短期高利の悪所銀の貸し付けによって暴利をむさぼっている。話の舞台を京都に設定したのは、京都は、姿は見せないが膨大な富の所有者が登場するにふさわしい場所だからでもある。

富と欲望

『諸艶大鑑』（巻六の四）で西鶴は次のようにいう。

「平城の『袖鑑《そでかがみ》』によれば、能衆《よいしゅ》・分限者《ぶんげんしゃ》・銀持《かねもち》と、大富豪を三つに分けている。世間で普通いうのには、能衆というのは、代々家職を持たず、伝来の由緒ある茶の湯の道具などを伝え、雪が降れば茶の湯、花が咲けば歌学にふけるというように、四六時中風流の世界にあそんで、世の営みを知らずにすごす人たちのことである。分限というのは、代々その所に暮らす由緒正しい家系で、土地の人にも見知られ、商売はやめずにいるが、家の仕切りは手代にまかせ、自身は諸事にかかわらず、風流事にすごす人たちである。銀持というのは、近年出来上がったもので、米相場の値上がりで儲け、様々な品物の買置き、又は金貸しをして、自分で帳面も改めるという人たちであって、たとえ一万貫目財産があっても、これらを、昔からの富豪である能衆や分限者の歴々《れきれき》の中に入れて、交際することはない。」

興味深いのは、西鶴の時代には、まだ大富豪にもその区分が明確にあったという点である。「能衆・分限者・銀持」は、いずれも身分は商人階層であるが、能衆にいたっては、西鶴でさえ、もう正体はつかめない、しかし何代もの昔から、何もしないで、莫大な富を所有している者たちがいた。

『好色盛衰記』「一生栄花大臣」（巻四の二）にも、堺は、表向きはそれほど目立たないが、京にまさる楽人《らくじん》のいる土地だ、とある。京や堺は働かずして暮らす金持ちの住み所でもあった。これらはみな、朱印船などの中国貿易の投機でもうけた「時代もうけの分限」という。つづいて西鶴は「したひ事してあそばんは、一生のそんなり」と結ぶ。〈あそび〉という概念が照らし出されてもいる。欲望のままに思う存分したいことをして〈あそぶ〉、それが彼らの究極の目標であり、また十分に実現可能な夢でもあった。空想の中ではぐくむものであった夢が、具体的な形をとって現実のものとなる、それは、貨幣経済のもたらした、大いなる転換だったのではなかろうか。夢は夢ではなく、欲望の実現という形をとる。ただ忘れてならないのは、想像上にのみ存在した夢の消失は、いずれ新たな危機を生み出すだろうということだ。

さらに彼らの渇望を表わすもう一例をあげよう。

『西鶴織留《おりどめ》』巻一の一「津の国のかくれ里」と題にあるように、摂津の国の、酒造業で裕福な町人の多かった伊丹を「かくれ里」として、〈理想郷〉の意をきかせている。伊丹の酒造家が京都の島原へ廓遊びに通うが、着くなり揚屋《あげや》では、「まずお行水《ぎやうずい》よ、白粥《しらかゆ》よ、柚《ゆ》味噌・酒麩《さかふ》を出して、そのあとから牡蠣のお吸い物」と大騒ぎをして、亭主は置炬燵《おきごたつ》をこしらえ、女房は濃茶《こいちや》をたてて一服差し上げ、女郎に髪を撫でつけさせ、禿《かむろ》に足をさすらせ、吉野太夫に手の指を一本一本引っぱらせて、酒盛りを始めた。こんな栄耀栄華は、「大名もならぬ事」という。それを、太夫や揚屋の主人だけではなく、できることなら、自分が来たという声を聞くとすぐに、京都中の八十二人の幇間《ほうかん》や、大門口にある十七軒の茶屋までも、霜夜に裸で飛び起きて、「旦那が御上京なされた」と、廓中の人間を熱狂させたいものだという。「目前の極楽とは、ここのことだ」。最大の願望＝幸福が、廓の全員が大騒ぎしてかしずき従う、目もくらむような陶酔感をもって具体的な形で示される。しかも大名だってできないこれほどの〈幸福〉がすべて金の力で実現できるのである。

他方、彼ら富の所有者＝夢の実現者を、反対側から苦々しく見ている人物がいる。荻生徂徠は『政談』に次のように記す。

「大名よりまさっているのは、仕舞屋《しもうたや》の町人である。商人の仲間には入っているが、商売はせず、金銀を所有してはいても、金貸しの仕事は面倒であるからしない。ただたくさんの貸家を所有し、その家賃で安楽に暮らしにふけり、仕える主君もないから、恐ろしい者がない。役職に就いていないから、気をつかう必要もまったくない。下に治めるべき民もなく、家来もなく、武家の作法や義理ということもなく、衣服から食事・住居まで、大名にひとしい贅沢をしている。側にいたり家に出入したりする者は、自分の機嫌を取ろうとする者ばかりである。毎日気ままに遊山をしたり、傾城町や芝居町を遊び歩いたりしても、誰も咎めたりそしったりする人もない。そのほか慰み事も、誰にも気兼ねする必要がない。まことに今の世の中で、王者の楽しみというのはこの連中のことであろう。(4)」

徂徠は西鶴に匹敵するほどの鋭い観察眼を発揮しているが、それはただ金に飽かして遊楽に耽るということを批判しているのではない。徂徠が我慢ならないのは、彼らが全能であることだ。気苦労がまったく無い、人はすべて自分の機嫌を取ってくれる、傾城町・野郎町を欲望のおもむくままに戯れ歩いても誰も咎めたり謗ったりしない、誰にも憚ることのない人生である。これこそが唯一「王者の楽しみ」であったはずなのに、これほどの「自由」を、王者でなくとも手にすることのできる人間が現実に登場したのである。

目前の極楽

中世まで、この世は「仮の世」であった。死後の世界に真の幸福があると考え、現実の苦しみに耐え、極楽往生を願ったのである。近世になり、この世は「憂世」から「浮世」に変わり、「目前の極楽」が悪場所に誕生し、生きている今を楽しむ時代に入った。

ところが、「仮の世」は退けられたはずなのに、今の都もやはり世の中は「かり（借）の世」だったと、西鶴は「今の都も世は借物」と題名のなかでいう。つまり借りて生きることが始まったのだと。それの中心は金銭の貸し借りであり、それを中心的に担うものは仲介者の「借次屋《かりつぎや》」であり、決定権を握る主人公は「手形」だということになりそうだ。借りて生きることが、人の心や人と人とのかかわりに何を生じさせたかを問うことは、興味深いことでもある。

貨幣経済の世になって、人々はいまだかつて経験したことのない出来事に翻弄されている。孝行を尽くす相手であった親が、金のために殺す相手に代わる。それは笹六自身でさえ想像もしなかった自分の姿であろう。人を殺すという究極の行為さえ、良心の呵責とはなり得ない。父親の命は千両の等価物として見えている。物と命とを換算する在り方。こんなふうに物を見る視線をそだてる社会が誕生してしまった。

『本朝二十不孝』「今の都も世は借物」から三十五年後、近松門左衛門によって『女殺油地獄』が書かれる。西鶴の浮世草子では笹六は滑稽化されていたが、笹六と表裏をなすような『油地獄』の河内屋与兵衛は、悲劇の主人公として、殺人を犯し、若くして破滅していく。(5)西鶴も近松も、目前に起っているいまだかつてない状況を書くことになったが、時代を経て十八世紀になると、上田秋成は『雨月物語』の「貧福論《ひんふくろん》」において、貨幣経済によって引き起こされた不平等な状況を、〈ことわり〉を追求する物語のなかで問うことになる。道徳的にも立派な人間が力の限り働いても一生貧しく蔑まれて生涯を終え、貪欲残忍な人間が金持となり長生きして幸せに暮らす、それは何故なのか、という疑問を、武士と黄金の精霊の対話によって追及しようとするのが「貧福論」という物語である。(6)

2　「黄金百両」

西鶴からおよそ二十年以前、一六六六年に刊行された仮名草子『伽婢子《おとぎぼうこ》』に「黄金百両」という話が収められている。河内国平野《ひらの》という所に、文兵次《あやの》という有徳人がいた。しかも心ざしは思いやりの深い人物だった。同じ里に、由利源内といって生才覚《なまざいかく》の男（中途半端に目端の利いた男）がいた。源内は、松永長慶に召抱えられて、老母・妻子ともに奈良に移ることになる。その支度金として、兵次から黄金百両を借りる。百両の受け渡しに、親しい間柄だったので、借用証文や担保を取り交わすことはなかった。

時は十六世紀の半ば、戦乱の世、兵次は戦に巻き込まれて身代を残らず略奪された。妻子をつれて奈良に源内を訪ねて行ったが、この間の苦労で痩せ衰え、源内、初めは思い出せない。故郷・名字を聞いてようやく驚き、酒を勧めながら、借金のことには一言もふれない。兵次もきっかけがつかめずに立ち返った。宿では妻に、わずかの酒を百両の金に替え、一言もいわないで帰ってくるとは、私たちはやがて道端で餓死するでしょうと詰《なじ》られ、夜が明けるとまた源内のもとに行った。

源内は対面し、金子《きんす》を借りた事は忘れていないし、その恩もおろそかに思っていない。その時の手形を持って来てくれれば、書かれている数のとおりお返ししましょうという。兵次は答えて、同じ里で親しき友というように、縁の深い間柄だったので、手形・質物を交わさずにお貸しした金子ですというと、源内は笑って、「手形なくしては算用なりがたし」と兵次を帰らせた。

手形と口約束

この話でも「手形」が重要な位置を占めている。現代の私たちには借金の借用証書を書くことは当然のことで、読みすごしてしまうのだが、〈契約〉〈約束〉に文書が介在してくる歴史は比較的新しい。それ以前は、〈口約束〉で成り立っていたのである。今でこそ、口約束というと当てにならないことの代名詞のようになってしまったが、〈言葉〉が尊ばれ、人間の信頼関係を基盤に〈口約束〉がゆるぎなく生きていた時代の方がはるかに長かったのである。西鶴の『日本永代蔵』にさえ、その面影のしのばれる描写がある。「浪風静かに神通丸」（巻一の三）では、日本一繁盛している大坂北浜の米市の様子がかかれるが、二時間の間に五万貫目の「たてり商《あきない》（相場取引）」もあるといい、「互ひに面《おもて》を見知りたる人には、千石万石の米をも売買せしに、両人手打ちて後は、少しもこれに相違なかりき」とある。互いに顔を見合わせ、手を打って、契約のしるしとしたのである。まして、兵次と源内は、同じ故郷の、友人の間柄であった。

互いに相手の人間性を見つめ、顔を向き合わせて培ってきた人と人との信頼関係よりも、証文という一枚の紙切れのほうが効力を発揮する。これは当時の人にとって、驚くべき関係の変わりように相違ない。従来の批評からは顧みられなかった「手形」というキーワードに目をとめてみると、この時代、おびただしい数の手形にまつわる話が書かれていることに気付く。手形という新手の異物が、生活を蹂躙している。近松の世話物の第一作『曾根崎心中』も、その代表例の一つに挙げられるだろう。友人の仕掛けた手形偽造の罠にはまり、商人として身の潔白を立てるために、徳兵衛は死を選ぶ外なくなるのである。

「黄金百両」では、このあと兵次は、金の返済をめぐってさんざんなぶられ侮辱され、源内を殺そうというところまで追いつめられていく。仮名草子と西鶴の浮世草子との比較を通して、もう少し検討を加えたいところだが、ここでは結末を取り上げるにとどめる。

兵次は、ある時長谷の観音に詣で、夢の託宣を老翁からうける。なぜこれほど不遇なのか、その道理を翁が説くのだが、兵次は、前世で百姓に非道な行いをしていたという。ところが観音信仰が篤かったので、現世で人間に生まれ変り富貴を極めもしたが、やがて貧しくなったのだと、現在の不幸に対する理由が明かされる。悪業・善事には必ず報いがあるもので、やがて源内も家運が尽きて禍が来る、だから悪をつつしみ、善を求めるべきだと、まさに仏教の因果応報が説かれることになる。

秋成が「貧福論」で取り上げた、善悪と貧富をめぐる問題は、すでに百年以上も前の「黄金百両」の作者浅井了意によっても、意識されているといえるだろう。人の心に起きている変化は、下克上の戦乱の世を語る描写においても鋭くとらえられている。しかし、話の締めくくり方としては、仏教の因果応報思想によって解決し、善行をして生きるべきことを説いて終わる。

3 「善悪ふたつの取物」

「人の心」の変わりようをうかがえるもう一つの話を見てみよう。中国の『棠陰比事《とういんひじ》』にならって、裁判を題材としている西鶴の『本朝桜陰比事』（一六八九）「善悪ふたつの取物」（巻四の二）では、七歳の子供の殺人事件を扱っている。

祇園祭の真似をして、子供たちが山車《だし》の山を作っていたが、その中に七つになる男の子が、遊び場所の争いから、九つになる子を、大型の小刀で口を突き刺し、その場で殺してしまった。子を亡くした親の嘆きはいうまでもなく、殺した方の親の当惑も並大抵のものではない。町の人が相談して、「まだ知恵もない者のしたことだから、堪忍してやって下さい」と、さまざまに取りなしたが、殺された子の親は承知しない。「敵《かたき》を取ってやる」と聞き入れず、直ぐにもお上《かみ》へ訴え出ようとするのを引きとどめ、「一生坊主にして亡き子の跡を弔わせます」といっても取り合わず、とうとう裁判の場に持ち出されることになった。

お上は、「まだ七歳ならば、なんの分別もないであろう」というが、殺された方の親は「人を殺すほどのことを思い立つのですから、ふだんから他の子とは格別違っておりました」と承知しない。そこで、「からくり細工の人形」と「金子一両」をお出しになり、「金子を取れば心があるのだから、命をとり、人形を取れば命を助けよう。善と悪との大事をこれで見極めることにする。明日子供を連れて出頭するように」と仰せ付けられた。

殺した方では一族や懇意な者たちが集まって、人形と小判を並べて「金子を取ると殺されるのだよ」と一晩中同じ事を百回も教え、その朝にも言い聞かせて、お白州へ出て行った。お上は例の二品をお出しになり、「人形を取れば命を助ける、小判を取れば命を取るぞ」と念を押してお命じになったが、子供は立っていって小判を取った。殺された方は我が意を得たりと「このような不敵者《ふてきもの》（ふてぶてしい者）です」と申し上げ、殺した方はただ悲しくて、思わず声をあげて泣いた。ところが、お上が仰せられるに「さては知恵のない倅《せがれ》だということに極まった。命を取るというのにかまわず、小判を取るところから、そのことは明白である。命よりも大切なものがあろうか。それゆえ、子供の命は助けて置く」といわれた。

この小品の説話はいろいろな示唆に富んでいるように思われる。まず裁判物であること。話の初めに出てくるように、殺人事件の処理を町の人が相談しているが、これはただ町内の者が寄り集まっているというよりも、もう少し公の意味をもっている。「一町《いっちょう》の詮議」とあるように、御町衆《おちょうしゅ》といわれる町役人を中心に事件の解決を図ろうとしているのだが、神社か寺に預けて「一代坊主」にするから聞き入れてもらえないかと提案している。おそらくこれが長年来の示談による解決法であったのだろう。どちらも傷を負うことで、事件の関係者の感情を収め、共同体の運営を優先的に行ってきた。しかし、しだいに復讐しなければ気が収まらないという傾向になり、人は、同じ共同体の一員というよりも、他人になりかかっている。裁判を重視するという在り方は、庶民生活に手形が流通し、証文をめぐる争議の決裁の必要が生じてきたこともその一因であろう。裁判に持ち出せば白か黒かの決着となる。犯行者の善悪の判定に的が絞られる。裁判の普及によっても、人と人との関係は大きく変わろうとしている。

次に興味深いのは、子供の犯罪であること。七歳の子に自己責任を負わせられるのかどうかという問題が取り上げられている。町の詮議でも「いまだ知恵なき者の仕業」とあり、判決の際にも「知恵なき倅に極まる也」というように、知恵があるかないかを判断基準にしている。「知恵」とは「物事を明確に察知し、正しく判断する心の働き」（『岩波古語辞典』）。知恵がなければ罪を問うことはできない、といい、また「いまだ七歳ならば何のしゃべつも有るまじき」ともいっている。「しゃべつ（差別）」とは分別。「分別」もほぼ知恵と同じ解釈（物事を理性的に思考し、正しい判断を下す能力）がされている。

こうして、決め手となる「知恵・分別」をはかる方法として、からくり人形と小判一両が取り出される。「からくり人形」は大名の弄《もてあそ》び物というほどのもので、子供なら絶対に欲しがる珍品。それに対して一方には「小判」というところがこの話の中核だ。もっとも欲望をそそるものがふたつ並べられているという仕掛けである。知恵分別のあるものならば「小判」、知恵のない＝責任能力の無い子供ならば「からくり人形」という選択肢になっている。

以下の展開はすでにお読みいただいたとおりで、やっきになって言い聞かせたにもかかわらず子供は小判をとり、これで死刑に極まった、と思うまもなく、逆転判決が下るという展開である。これは、『板倉政要』とか「大岡政談」にも通じる、裁判物の話であるから、お奉行様の頓知を披露して、事件の収め方を楽しんでもらう読み物である。お上は、初めから、幼くて善悪のわきまえがない子供の仕業だからと助けるつもりで、からくり人形を持ち出してきた。ところが案に相違して意外な展開となり、急きょ頓知をきかせて、命を助け、読者も胸をなでおろす。御奉行は「命のほか大切なものありや」と確信をもって判断を下し一件落着した。しかし、果たしてそうかというブラックユーモアは生きている。

この話には、はからずも幾つかのキーワードが登場している。〈心ある〉〈善と悪〉〈命〉〈金子〉〈知恵〉。そして〈命〉と〈金〉が秤にかけられている。「金子をとれば心あるによって命をとる也」と記された「心ある」の注釈を見てみよう。「理非の分別」（『定本西鶴全集』）、「損得の分別」（『対訳西鶴全集』）と二様の解釈がされている。「理非」（事の是非）と「損得」では、両極端ほどに違うようだが、これは、両方成り立つ興味深い例であるだろう。「心ある」は本来は「理非の分別を有している」という意味であったが、貨幣経済の世になって、そこには「損得の分別を有している」という意味も加わった。「損得」が価値判断の基準の最前線に乗り出してきたからである。それは「知恵」についても同様であろう。本来は、「正しい判断を下す能力」という意であったが、その「正しさ」が変容しているのである。「自分の損得を考えて判断を下す」ということも当然正しい判断として「知恵」の中に含まれるようになった。是非分別のない子供でも、損得だけは分かり、殺人へと道は通じていく。《心》が揺らぎ、《善悪》が揺らいでいる。これが恐るべき事態であることを、私たちは意識的に受け止める必要があるのではなかろうか。江戸時代に、「人の心」「善悪」を取り上げた書物がおびただしく書かれるのは、決して偶然ではない。しかしこれまで、江戸の読み物は、ただの慰み草を提供したにすぎないと受け流されてきた。黄表紙の善玉悪玉の心の争いなど、笑いを提供する大人の漫画にとどまり、いまだ批評の対象になっていない。

対照的に真面目な、商人の学問である石門心学も、既成の価値観の崩壊による現れの一つである。すでに別稿(7)で述べたことだが、経済の実権をにぎる商人は、一方で金を扱う不正直者として、精神の世界では蔑視されている。彼らは資本主義社会の弱肉強食の仕組みに巻き込まれながら、新たな人間の存在証明を探求し、商人道を打ち立てようとする。その一つに「正直・勤勉・倹約・奉仕」を掲げる石田《いしだ》梅岩《ばいがん》の石門心学があるが、現実は一筋縄では行かない。梅岩の『都鄙《とひ》問答』（一七三九）に次のような対話がある。「叔父からの借金の申し入れに、両親は融通してやりたいといったが、私は貸さなかった。それを親の心に逆らった不孝と咎《とが》められるが、叔父は暮らし向きが苦しく返すあてもない。それを承知で金を貸しては、いずれ親に難儀がかかる。親に不自由させまいと借金を断った私の仕方は孝行になるのではないか」と商家の息子は梅岩に問う。親孝行という明快な行為でさえ、貨幣の介在によってややこしくねじれてくる。何が善で何が悪か、価値基準が見出せない混乱状態を生きざるを得ないのが、近世の現実でもあった。

4 「人には棒振虫同前に思はれ」

最後に目前の極楽=悪場所での遊びの行末をみておこう。遺稿集として刊行された『西鶴置土産』（一六九三）は、遊里で遊び尽くした末に破滅していった者たちを描いた小説である。「人には棒振虫《ぼうふりむし》同前に思はれ」（巻二の二）の主人公は、かつては月夜の利左衛門と色里で評判をとった大臣だが、今は金魚の餌のボウフラを売り、その日の糧にしている。金魚は、リュウキンなどの尾を長く引いた観賞用の金魚で、江戸なればこそ大名が五両七両で買って行く贅沢品である。金魚の餌のボウフラ、その餌のボウフラに食べさせてもらう最下層の人間、それが今の利左衛門であつた。金魚店の前でひやかしに眺めていた三人は、ボウフラを二十五文で売って明日また参りますと軽薄をいう男を、貧しい者もいるものだと哀れに見ているうちに、それがかつての遊び仲間の利左衛門であることに気付く。「さりとてはみにくい姿にはなりぬ」と心中思うが、再会を喜び「昔の仲間はみなひどくお前をなつかしがっている。こうして出会えたのだからこれからは我々が引き受けて楽に暮らして行けるようにしてやろう」というが、利左衛門は「女郎買ひの行末《ゆくすゑ》、かくなれる習ひなれば、さのみ恥づかしき事にもあらず」と、彼らの援助を断り、今受けとった二十五文で一杯の茶碗酒を振舞おうとする。三人は、その銭は宿で妻子がなべを洗ってまっているはずだと事情を察し、利左衛門の宿で語り合おうと連れ立っていく。今の内儀はきっとあの太夫の吉州《きちしゅう》かと話を向けると、「この女郎ゆゑにこそかくはなりぬ。傾城《けいせい》も誠のある時あらはれて、四年あとより男子《むすこ》をまうけ、父《とと》さま母《かか》さまといふをたよりに、今日までは暮しける」と語る。道すがら、また宿に着いてからもさまざまな出来事が述べられていくのだが、ここではそれを省略して、結末の部分だけを見ていく。帰りしなに三人は持ち合わせた一歩《いちぶ》金《きん》や細銀《こまがね》をそっと茶碗に入れて出て行ったが、後から利左衛門は追ってきて、「これはどうしたしかた。神《しん》ぞ〳〵筋なき金をもらふべき子細なし」と投げ捨てて帰っていった[8]。しかたなく二、三日してから品物に替えて、内儀あてに届けたが、はやその人たちは田舎に立ち退き、空家となっていた。いろいろ探したが行き方知れずであつた。三人共にこれを嘆き、「おもへば女郎ぐるひも迷ひの種」と遊びをやめてしまった。

さて、この話をどう読めばよいだろうか。利左衛門は誠の愛情をつかんだが、極貧状態で、子供の着物も一枚きり、洗って乾かす間、裸にしておくしかない生活である。一方、友人たちはかつての利左衛門のように裕福に遊んでいる。友だちのよしみに援助をしたいと心からの申し出をするのだが断られつづける。彼らの善意とは、利左衛門らを立ち退かせ、ボウフラを売ってかろうじて成り立っていた生活さえも破壊することでしかなかった。

友人三人はもちろん現在の経済社会の価値観の中で生きている。だから破産する事は破滅であるから利左衛門のようになることを恐れて廓遊びもやめてしまう。彼らは一貫した価値感を貫いている。他方利左衛門夫婦は、悪所の遊びで破滅を経験したものだけが到達できる世界にいる。現実に生活は苦しく、思わず涙してしまうこともあるが、だからといって昔の世界に戻りたいということではない。自分たちの経験に後悔は無い。金がすべてであるという現実とは異なる価値感を持つに至っている。この両者の出会い——現実の価値観の中で生きる者と、それを突き抜けてしまった者との出会い、その接点を見せているのがこの作品であろう。商売に失敗して破産したのならば、もう一度かつての繁栄を願って這い登るであろう。しかし遊里で遊び尽くすということは、思い残すことがないほどにこの世の極楽を味わってしまったということでもある。しかも利左衛門は廓という仮構の世界から誠の愛を手に入れて現実世界へ戻って来た。もはや誰も足を踏み入れていない場所に流浪していく外ない。経済社会の論理や価値観に復活するのではない、敗者復活の道筋を西鶴は示すことが出来ただろうか、さらに問い続けねばならないだろう。

(1) 拙稿「近世考」(『社会評論』№一二七)参照。「精神史としての近世」に改題、本書収録。

(2) エミール・バンヴェニスト『インド=ヨーロッパ諸制度語彙集I　経済・親族・社会』(前田耕作監修、蔵持不三也・田口良司・渋谷利雄・鶴岡真弓・檜枝陽一郎・中村忠夫共訳、一九八六、言叢社)「無名の職業、商業」参照。例えば以下のような一文がある。
「ホメーロスにみられる oneomaigb《買う》の用法を分析すると、すべての事例が人に適用されているのがわかるだろう。(略)それは商品や品物、日用品などでなく、人間の売買を意味するのである。」「商業の概念は、売り・買いのそれとは区別されなければならない。土地を耕すものは自分のことだけを考える。もし彼が余剰をもてば、それを持って他の耕作者が同じ目的のために集まる場所へ、自身の生活必需品を買い付けるために赴く。だがこれは商業ではない。」「自分の余剰分を売って、暮らしのための必需品を買うことと、他者のために売り買いすることとは全く別である。商人と交易者は、生産物や富の流通における媒介者である。」

(3) この論考で詳しく触れることは出来なかったが、質屋や借銀後に伴う利銀(利息)の恐怖について、西鶴はさまざまに記している。例えば、「元手《もとで》持たぬ商人は、随分才覚に取廻しても、利銀にかきあげ、皆人奉公《ひとぼうこう》になりぬ」(『西鶴織留』)とあるように、利息を払うためだけに一生働き詰めで終わる、誰が主人か分からない本末転倒した人生が記される。利銀という概念はなかなか理解しがたいものにもかかわらず、猶予もなく生活は蹂躙されていくのである。

（4）日本の名著『荻生徂徠』（尾藤正英責任編集、一九七四、中央公論社）

（5）拙稿「『女殺油地獄』の作劇法」（『法政大学文学部紀要』第四三号）参照。本書収録。

（6）拙稿「「貧福論」の考察――経済社会と徳」（『法政大学文学部紀要』第四七号）参照。本書収録。

（7）注（1）に同じ。

（8）友人の援助に対して利左衛門は「おのおのの御合力は受けまじ」といっている。「合力（こうりょく）」とは、富んだ者が貧しい者を助けるといった意味合だが、厳密には「他者への援助・加勢が原義であり、近世では、共同体の成員が困窮に陥った場合、集団全体で、あるいは富裕層が集団に代わってこれを援助し救済することをいう。基本的には水平的な互恵・相互保障関係を示す」と『日本史大事典』にある。援助の拒否を近代の読者は、落ちぶれた仲間を金持ちの友人が哀れに思って恵むが、大臣はプライドが高くて断るというふうに解釈しがちだが、それだけではないだろう。この時代、富者が貧者を援助するのは当然の行為として、社会の制度として合力は生きているのであり、受ける方もそれを惨めに思う必要もない。

＊西鶴の現代語訳は、『対訳西鶴全集』（明治書院）の麻生磯次・冨士昭雄氏の訳を参照させていただいたことをお断りしておく。

西鶴――破滅の行方

近世のはじまりとともに、民衆は貨幣経済社会を生きることになる。それにより、精神の拠り所であった、人としての在るべき姿、善悪、道徳等、すべての価値規準が根底から覆るという一大転換を経験することとなった。同時に、貨幣という新たな全能の神の出現により、出自や家柄や階層などの前提に規定されることなく、個人の能力にしたがい可能性を追求する自由をも手にした。しかしその自由とは、成功の階《きざはし》を一気に駆け上ったり一夜にして没落したりという激しい転変のなかを、命懸けで翻弄されることでもあった。

歴史上、人は、死後の世界を到達目標とする仏教思想を拠り所として生きてきた。死後、極楽世界に生まれ変るためによりよく生きるのであり、地獄の責め苦を恐れて悪行に歯止めをかけるのである。それが近世になり、目に見える「現在」が関心の対象となる。想像上にのみ存在した理想の世界への希求が消滅しつつあるという一点から見ても、近世に生じている事柄は精神史上危機を伴った転換であったといえる。とまれ、近松門左衛門は『女殺油地獄』（一七二一）で、次のようにしるす。主人公の与兵衛はお吉を刺し殺して金を手にしたあと「しづむ来世は見えぬ沙汰、この世の果報のつき時と、内を抜け出で、一散に、足にまかせて」逃げて行く。目に見えぬ地獄のことなどはどうでもいい、金を手にして、いま生きる此の世で運がめぐってきた、というわけである。

では、人々は此の世の極楽に何を追い求めていたのだろうか。西鶴は彼らの渇望を、『西鶴織留《おりどめ》』（一六九四）に次のようにしるす。伊丹の酒造家が京都の島原へ廓《くるわ》遊びに通うが、着くなり揚屋《あげや》では、「まずお行水《ぎょうずい》よ、白粥《しらかゆ》よ、柚《ゆ》味噌・酒麩《さかふ》を出して、そのあとから牡蠣《かき》のお吸い物」と大騒ぎをして、揚屋の亭主は置炬燵《おきごたつ》をこしらえ、女房は濃茶《こいちゃ》をたてて一服差し上げ、女郎に髪を撫でつけさせ、禿《かむろ》に足をさすらせ、吉野太夫に手の指を一本一本引っぱらせて、酒盛りを始めた。こんな栄耀栄華は、「大名もならぬ事」という。それを、太夫や揚屋の主人だけではなく、できることなら、自分が来たという声を聞くとすぐに、京都中の八十二人の幇間《ほうかん》や、大門口にある十七軒の茶屋までも、霜夜に裸で飛び起きて、「旦那が御上京なされた」と、廓中の人間を熱狂さるほどの金銀をばら撒きたいものだ、とおのれの欲望を語るのである（「津の国のかくれ里」）。「目前の極楽とは、ここのことだ」といわせている。死者の世界であった極楽に対して、「悪場所」という現世の極楽が対置させられ、その現世の極楽を思う存分楽しむ――人としての最大の願望は、貨幣の力で実現可能なものとなった。

貨幣経済の始まりにより、商人たちが権力を手にするという積極的な状況が生じる一方、当然その矛盾も顕わになる。最大の論点は、貨幣が人倫の道と切り離されたものであるにもかかわらず、人間に全能の力を振るうという点にあるだろう。この深刻な矛盾に対して、西鶴からほぼ一世紀の後、上田秋成は『雨月物語』（一七七六）の「貧福論」において、正直で慈悲深く親にも孝行をつくす者が生涯貧しく不幸で終わり、貪欲残忍な者が金を儲け長生きをし一生を安楽に暮らすのは何故なのかという問題を論理的に追求しようとする。この問題に対して、西鶴の立場は、歴史上初めての状況に立ち会っているということもあり、疑問の呈し方は異なるものの、その矛盾に気付いていないわけではない。「貧福」への言及はいたるところに見られる。

「申してもく、貧にしてうき世に住める甲斐なし。いかなる前世《ぜんじやう》の約束にて、貧福《ひんふく》のふたつ有り。福者はまねかずして徳来たり、貧者は願ふにそんかさなり、さりとてはま、ならぬ世上沙汰、見るに付け聞くに付け、うとまし」（『西鶴織留』「引手になびく狸祖母」）。貧富の差が生じ、貧者の様は目に余るものがある。古来人は餓死の危険にさらされて生きてきた。それが近世には、ゆとりと遊びを享受できるほどになり、共同体の庇護を受けずとも、郷里を離れて都会で一人暮らすことも可能になるほどの経済成長をとげた。しかしそれまでとはまったく異なる貧者が生じてきたのである。

書簡体小説『万《よろず》の文反古《ふみほうぐ》』の「百三十里の所を十匁の無心」を見てみよう。江戸に住む源右衛門は同じ長屋の知人に手紙を托して、百三十里彼方の大坂の兄に、わずか銀十匁（一両の六分の一）の無心をするのである。若気の至りで江戸に出てきてから、紙子《かみこ》売り、煙草売り、印肉の墨を売るなどしたがどれも埒があかず、今では其の日暮らしの生活で、朝は仏壇の花を売り、昼は冷や水を売り、暮れ方から蚊ふすべのおが屑を売り、夜は茶売りの紙袋を張る内職をして、少しの油断もなく稼ぐけれど、世の人は賢く利益は薄く、日に一匁五分（銭百文）儲けることは難しい。倅《せがれ》が生れ親子三人になってからは暮らしも立ち行かなく、おそばの大坂に帰って日雇いでもして暮らしたい、と手紙で兄に懇願した。生国なつかしく、せめて雨風火事には駆けつけ御用に立ちたい。昔のことはどうかお許しください。かつては酒に乱れて皆様にご厄介をかけましたが、今では一滴も飲みません。こちらで女房持ちましたのも、浮いた気持ちからではなく、武家方の裁縫師でしたので共稼ぎもでき、数年給金もためて持参金も持っていたからです。この女も随分働いたのですが、近頃は何の商い事もなく、家計がさし詰まってしまいました。そちらへ上る旅費にも事欠く始末、兄弟のお慈悲と思し召して、銀十匁ことづけて下さるようお願い申し上げます。

ところが、無心をする兄の家計も苦しく、今では屋敷を売り借家住まいで、判じ物の団扇《うちわ》屋をしている。家持《いえもち》でなくなったということは、町人から階層没落したということでもあり、深刻な状況がうかがえる。無理を見越して源右衛門はさらなる譲歩をしるす。

女房と子供は離縁してもかまいません。義理の姉の所に片付けることができますが、私の身の始末はどうにもなりません。「たとへ鉢開き坊主に罷成《まかりなり》候とも、大坂の土になり申度《まうしたき》願ひに御座候」と、最後に、物乞いをしてでも何としても生国の大坂に戻りたいという追い詰められた本心を吐露するのである。「一日も此処元《ここもと》に居《ゐ》申す程、かつえ（飢え）申し候」。

この話の舞台が江戸と大坂であることは注目に値する。これは大都市で生きる者の話であり、大坂は日本一の港を擁する米の集配地で、大商業都市である。新興地の江戸は、大名の集まる日本一大気《たいき》で贅沢な消費地である。源右衛門は大坂で肴屋をして地道に暮らしていた。ところが若気の至りで江戸の華やかさに惹かれ、つかみ取りの大儲けを狙い、反対を押し切り江戸へ出てきた。その時のことを彼は、自分も今ではあの時のご意見が疵口に塩をすり込むように肝に応えていると、後悔を述べている。

他所でも西鶴は、「住みなれたる所を立ちのく事、身代の没落なり」（『西鶴織留』四の一）「腹の中より（胎内にいるときから）それにそなはりし家業を、おろかにせまじき事なり」（六の四）というが、今の世の人心は、「親よりゆづりあたへし小米屋は、ほこり・碓《からうす》の音を嫌ひて紙見世《かみみせ》に仕替《しかへ》、紙屋は又呉服屋を望み」という具合で、次第に見栄えのよい楽な商売に気を移し、親から受け継いだ家屋敷をも失ってしまうのだ、と当時のありさまを述べている。大都会の繁栄が人を誘惑するのであるが、つかみ取りのもっともありそうな気前のよい大消費地の江戸でさえ、もはや資本のない者が生き延びることは難しいという現実が「百三十里の所を十匁の無心」で示されている。

貨幣経済がもたらした都市生活の特徴は、借りて暮らすという在り方にある。物や金が借りられることにより生活は簡単で便利に暮らしやすくなった。借銀して暮らすという在り方が新たに生活に登場してきたわけである。その生活風景の一面は、質屋を舞台に書かれているが、『世間胸算用』「長刀はむかしの鞘」では、様々なものを質に置いて大晦日を越そうとするバイタリティーある長屋の人々を笑いとともに描いている。だが気軽な面だけではない。『西鶴織留』では一層深刻に、「質屋ほど世のうき目見る物はなし。気のよはき人の中々成まじき家業なり」とするす。質屋に限らず、借銀には当然利銀（利息）が付き物で、利銀はなかなか理解しがたい概念にもかかわらず、一気に生活を蹂躙することになった。西鶴は利銀の恐ろしさをあちこちで繰り返し説いている。「元手《もとで》持たぬ商人は、随分才覚に取廻しても、利銀にかきあげ、皆人奉公《ひとぼうこう》になりぬ」（一の二）。人奉公——利息を払って他人に儲けさせるためだけに一生働きづめで終わるという、まったく理不尽な事態が生じている。

「ただ銀《かね》が銀をためる世の中」「兎角銀《かね》がかねをもふくる世」となったのであり、知恵や才覚により一代で分限になることが可能だった下克上的な活況は、たちまち影をひそめ、いまでは、「元手」（資本）を持っている者だけが二乗的に金を儲けていくというのが現実であった。

以上のような状況に対して、小説家西鶴が提示してみせたものは何か。『西鶴織留』「千貫目の時心得た」を見てみよう。或る商売人が、財産を銀千貫目まで伸ばしたとき、五十三歳で大病にかかった。十九になる一人息子に遺言していうのには、「何によらず商ひ事やむべし」というものだった。商売をしていれば千貫目の銀も十年はもたないだろう。また商いを止め金貸し業をする場合でも、十貫目以上の家質《かじち》（抵当に取る家屋敷）の取れる所でなくては、何処へも貸してはならない、という。こうして商売繁盛のさなかに店仕舞して、息子に渡した。人々は繁盛のさなかの廃業を惜しんだが、わずかな資本から千貫目の身代を作った人の言うことだからと、行く末をみていたところ、息子の代には金銀の置き所もないほどの富貴な家になった。

貨幣経済の立役者として、自身の知恵才覚で商人の道を切り開いてきた彼らは、十七世紀末には、最も安全確実な家質を担保に取る金融業に行きつくのである。商い事を止めた商人という逆説的な世界が示されている。

ここで取り上げた『万の文反古』『西鶴織留』、次いで取り上げる『西鶴置土産』はいずれも遺稿集として刊行された、西鶴晩年の作品である。『万の文反古』「百三十里の所を十匁の無心」で、時代のうねりに翻弄され、自分の無分別で餓死寸前まで追い詰められた男の話を見てきた。このような日常生活の没落に対して、廓遊びによって大尽から一気に無一物になる人間模様も数多く書かれている。それほどに新しい現象だったともいえるが、遊里で遊び尽くした果てに破滅した者の行く末を西鶴はどのように描いただろうか。『西鶴置土産』の最終章「都も淋《さび》し朝腹《あさばら》の献立」に次のような人物が登場する。

たとえ隠者でも雨露をしのぐ場所は必要なのに、備利国《びりこく》という人は宿も定めず暮らしていた。京都の歴々を友としていたので、その援助で、東山の谷峰を見晴らす室を借りて楽々と過ごしていた。ところが、こういう暮らしも面倒だからと、皆さん回り持ちで毎日銀「二匁一分」下さい、といい出す。そのうちの一匁三分は私、残りの八分は小者《こもの》に、祇園町の弁当屋から注文の弁当を運ばせます、そうすれば朝夕椀を洗うこともなく、これほど埒の明くことはないといい、願いの通り暮らした。草庵には湯を沸かす小釜が一つあるだけの暮らし振り。あるとき大坂の大尽数人が早咲きの桜を見に京へ上った折に、ふと思い出して備利国を訪ねた。四方山話に大笑いしているうちに朝日が昇り、あるじはここで朝飯を食べていくようにと、硯を取り出し書き出していく。「汁はよめ菜たたきて雲雀《ひばり》、さて焼物は、勢田うなぎの格別なるをくうてみ給へ。さて、子もち鮒の煮びたし、これでは川魚過ぎたによって、鯛を皮引きにして、あしらひなしの膾《なます》、さてわすれた事、堀川牛蒡《ごぼう》ふと煮」と、朝食の献立を吟味して決めていく。「何ぞ引肴見合せに《ひきざかな》」とデザートも忘れない。書付を小者に渡しいつもの茶屋に持って行かせようとするが、聞かない振りをしている。結局、日頃の払いも滞っているのだから、こんな注文を引き受けるはずがないと小者にいわれ、朝食の美食好みは、大笑いして幕となる。

備利国は、昔は名高き太夫に誓紙を書かせたほどの人物だったが、今では人に援助され、楽寝をして一生を終える。こんな彼でも死んだ時は、人が白帷子を着せ葬式を出してくれた、南無阿弥南無阿弥、と話は締めくくられる。

かつては廓で大尽遊びをした人物が破産した身の行く末はどうだったかというと、悲嘆に暮れることもなく、人の施しで楽々と暮らしている。美食好みという自分の欲望を最後まで満たしながら。しかも彼の粋人《すいじん》ぶりは、献立書きに現れている。無粋な私たちにはその価値の程がなかなか分かりにくいのだが、季節に合わせて肉・肴・野菜が取り合わされ、肴も鰻・鮒・鯛と川魚と海の物とが取り合わされ、それぞれ極上の生産地を選び、その調理法も見事で、鰻をメインに、鮒は煮びたし、鯛は皮引きの膾《なます》という具合である。

彼が朝食の献立作りに見せたセンスのよさ、ひいては文化の程は、悪所で身を滅ぼすほど遊び尽くして初めて得られたものである。粋に裏打ちされた美食好みを、人の施しで暮らしていることなど気にもかけずに最後まで貫き通す。それを西鶴は「夢のようなこころざし」といい、「万事捨て坊主にはよし」と思い切り笑う。笑う側は、道化としての備利国に援助しているのであり、備利国は夢か現か、働かず、美食を好み、ただ楽寝をして過ごして死んで行くという、羨望のなれの果てともいえそうな、なんとも不思議な有様をあらわして見せる。

もう一例「おもはせ姿今は土人形」ではどうか。「今の都の奢《おご》り男」と称されるほどの大尽四六《しろく》、しかも男相手の商売の茶屋女が、毎日四六が通りかかると、食事を中断して走り出て眺めるほどの、あるいはまた水茶屋の娘は茶碗を手から落とし、商売も忘れて眺めるほどの美形であった。男色女色に遊びつくして京にも飽きたので、吉原の小紫を目当てに江戸に下ったところ、すでに身請けされて行方がわからない。

あるとき路地裏で「こむらさき姿屋」と看板を出して土人形の細工をする男に出会う。役者のやつし姿のように風情のある男だったので立ち寄り打ち解けた話をするうちに、彼も小紫に焦がれ、一度の逢瀬をと、毎日三文掛銭《かけせん》して蓄え、二年あまりにやっと七四匁になり、揚屋をとおして手はずをととのえているうちに、身請けされてしまった、と男泣きして語った。四六は、これこそが恋だと感じ入って、今では他人の女房となった小紫の姿人形を作っている男を友として、京から持参の三千両を吉原で遊びあげた。一銭残らず使い果たして、今では二人で太夫の人形を作り、連れ節の加賀節で門付《かどづ》けをして歩いている。「罪もなく銀もなく、世の人におそれもなく」という暮らしぶりだった。この四六大尽、京都の実家に大層な財産があったが、母親にさえ見限られて、他人のものにしてしまったということだ、と話は締めくくられる。

いまだ三十にならないうちに、この世の栄華のすべてをし尽くしてしまった。この先も何とかなるだろうと、気の合った男二人で暮らしていく。金もないけれど世間の人に恐れもない、まったく気苦労のない生活があらわされる。

以上のように『置土産』では、この世の極楽を味わい尽くして、粋という美意識は手にしたが、現実の経済社会の価値観を突き抜けてしまった者たちが描かれている。その中でやはり避けて通れない作品は、「人には棒振虫《ぼうふりむし》同前に思はれ」であろう。

かつては月夜の利左衛門といわれたほどの大尽が、いまでは金魚の餌のボウフラを二十五文で売って、その銭を宿では妻子が釜を洗って待つような生活である。前に見た『万の文反古』「百三十里の所を十匁の無心」では、朝から夜まで休みなく働いても銭百文なかなか稼げないとあったが、利左衛門の方は、労働としては軽そうな、対象としてはもっとも取るに足らないボウフラをすくい、一日の稼ぎは銭二十五文で最底辺の生活である。銭を受け取った帰り道に昔の遊び仲間に出会い、その銭で酒を振舞おうとする。友人たちは事情を察して、利左衛門の宿で話し合おうと連れ立っていく。結局、彼らは、これからは自分たちが援助をして楽に暮らして行けるようにするといい、また立ち際にそっと金を置いていくが、後から追ってきた利左衛門は、「神《しん》ぞ〳〵筋なき金をもらふべき子細なし」と投げ捨てて、その後親子三人行き方知れずになるのである。友人の善意は、ボウフラ採りでかろうじて支えられていた利左衛門の生活を破壊することでしかないという皮肉な結果に行きつく。この作品をどう読むかはなかなか難しいのだが、少なくともこんな構図になっているといえるのではないだろうか。

備利国や四六と同様に、利左衛門も遊里で遊び尽して破滅した。だか彼の場合は吉州という遊女を手に入れた。「この女郎ゆゑにこそかくはなりぬ」といい、「傾城《けいせい》も誠のある時あらはれて、四年あとより男子《むすこ》をまうけ、父《とと》さま母《かか》さまといふをたよりに、今日までは暮しける」と友人に語る。悪場所という此の世の極楽——しかし誠を求めてはならぬ場所から、利左衛門は誠の愛をつかんで戻ってきた。そのとき彼は無一文になっている。世間並みの観点からは敗者である。戻ってきた俗世間で彼はかつての遊び仲間と出会う。遊び仲間は勝者として経済社会の価値観のなかで生きている。だから利左衛門のような破滅を目の当たりにすると、恐ろしくなって廓通いもやめてしまう。彼らは金のあるなしが価値基準であり、そこから利左衛門にも経済的援助を約束するが、それは利左衛門が求めているものではない。そのため善意が破壊的な結果を引き起こす。しかも現実世界では、「恋」とか「誠」とかは見失われている。一方利左衛門は「この世の極楽」も経験し、嘘をつくのが商売の女郎から「誠の愛」も手に入れたが、金が全能の世界に戻って生きねばならない。むかしの遊び仲間と出会っても、「女郎買ひの行末《ゆくすえ》、かくなれる習ひなれば、さのみ恥づかしき事にもあらず」と臆する様子もなく、その日の稼ぎの二十五文も惜しげもなく投げ出す。妻の吉州《きちしゅう》もかつての太夫としての気概を失っていない。しかし子供の着替えもなく、着物が乾くまで裸でいるしかないことがあらわれて、二人は涙する。

このように、利左衛門と遊び仲間とのまったく異なる価値観を持つものの出会いによって、両者を相対化してみせるという構図になっているのではないだろうか。貨幣経済社会の消費の欲望と遊里の美意識とが一体となった世界を経験した利左衛門と、日常性に安住している遊び仲間との齟齬《そご》を描いたものととらえられる。しかも廓の美意識を体現する二人に、子供を配することにより、相対化の構図はかなり危ういバランスの上に成り立っている。もちろん私たちが追わねばならぬのは利左衛門の行く末であり、貨幣経済社会における倫理の行方であり、廓の美意識に託された現実への対抗である。

『女殺油地獄』の作劇法

『女殺油地獄』は、近松の他の世話浄瑠璃にみられるようなカタルシスはなく、殺しの場面を見せ場にする特異な作品といわれる。だが、はたしてそう言ってしまっていいものか。この劇を近松の世話物の流れのなかに置いて再検討していきたいと思う。

ここでは、『女殺油地獄』は悲劇であり、その主人公が河内屋与兵衛であることはゆるがない、という観点に立つ。だが、与兵衛は二十三になってもまだ親掛かりで悪友と遊びほうけているようなありさまで、行き着くところ、金欲しさに筋向かいの油屋の女房お吉を殺す。このような与兵衛のどこに、悲劇の主人公としての資格があるといえるのだろうか。現状では、観客（読者）はどのように与兵衛に寄り添えばいいかわからず、戸惑ってしまう。そこで、倫理的な観点から徹底的に与兵衛を断罪したり、与兵衛の人格の異常性を強調したり、ひいては、『油地獄』は不条理劇だ、というところまで行きつくことになる。つまり、劇としての道理の追及できない、因果関係の解明できない劇としてとらえるほかないということだ。こうして、脇差を差している以上初めからお吉を殺すつもりであった、いや、衝動的な殺人だとか、与兵衛の言葉が嘘かまことかというような細部を取り上げた議論が、繰り返されることになった。混沌として暗礁に乗り上げている状態といってもいいだろうか。だが、このように『油地獄』の理解の不可能性を、近松の戯曲に負わせるのではなく、もうそろそろ私たちの側の問題、言葉の読みの不十分さや型にはまった思考の仕方に思いを致してもいいのではないだろうか。

殺人を犯す与兵衛の悲劇性をとらえることができないかぎり、この戯曲を開いたことにはならない。戯曲の言葉に基づいて、殺人を犯した与兵衛が、なぜ悲劇の主人公になり得るのかを問わねばならない。

近松は、世話悲劇といわれる現代劇を二十四編書いた。二十二編目にあたる『心中天の網島』はその最高傑作といわれる。つづいて『女殺油地獄』と『心中宵庚申《よいこうしん》』を書いて、世話物を書き収めることになるのだが、どちらの作品もいまだに評価の規準が定まっていない。表現者として近松は、『天の網島』で到達点に達した後、どのような軌跡を描こうとしているのか。以後の二作品の、解釈が揺らいでいることからもしられるように、これらが、実験的な作品であることはうたがいない。『油地獄』は放蕩息子の殺人であり、『宵庚申』は夫婦者の心中であるというように、悲劇の成立しにくい領域に踏みこんで行く。

上の巻　徳庵堤の段

「舟は新造《しんぞ》の乗り心、サヨイヨエ」と野崎参りの物見遊山の陽気な雰囲気で上の巻は始まる。鯰川からゆらゆらと屋形船の一行が囃立ててやってきた。その船から一人ひらりと徳庵堤に飛び移る。「小菊は陸《をか》へ一飛びに、ひらり帽子の深々と、眉は隠せど風采《とりなり》の、町でなごやの胸高帯は、小笹に露のたまられぬ」と、北の新地の女郎、小菊の登場である。舞台に最初に登場する美しい女性であるだけに、『曾根崎心中』などを見てきた観客は、この小菊を相手に恋愛沙汰がくりひろげられるかとふと思わせられるが、その点を近松は細心に書いている。びらり帽子に深く隠されて小菊は顔をみせてはいない。小菊は与兵衛の相方の遊女だが、この劇を中心的にになう人物ではない。次に、堤を歩いてお吉が登場する。

所を問へば、本天満町《もとてんままち》、町の幅さへ細々の、柳腰、柳髪、とろり渡世も種油、梅花、紙漉《かみこし》、荏《え》の油、夫は、豊島屋《てしまや》七左衛門、妻の野崎の開帳参り柳髪柳腰で、とろりとして美しい人妻がそこにいる。「姉は九つ三人娘、抱く手、引く手に、見返る人も、子持とは見ぬ花ざかり、吉野の吉の字をとつて、お吉とは誰《た》が名づけけん」。三人の子持ちで、その内の一人を抱き一人の手を引いているけれど、いまだ花のように美しいお吉である。しかしそれは、色恋に発展するような色気ではない。そうはいっても、三人の子持ちで所帯に安住した世話女房であってもならない。概してお吉はこれまで世話女房タイプとして演じられているがそれだけであってはならない。

つづいて河内屋与兵衛の登場である。刷毛《はけ》の弥五郎・皆朱《かいしゅ》の善兵衛の悪友を伴い、提重《さげじゅう》と五升樽を坊主持ちにしてやってくる。茶屋の内から「申し〳〵与兵衛様、こ、へ〳〵」と呼び掛けられてお吉と与兵衛一行は合流する。お吉はうきうきして、通りを行く女性の衣装評判をしながら、与兵衛をおだてて馴染みの女郎との付き合いを語らせる。商家の人妻にしてはくだけすぎともみえる振る舞いだが、じつは与兵衛の親から、「そちへは与兵衛めが間《ま》がな隙《すき》がな入りびたつてをる、意見してくだされ」との頼みもあり、色模様の話に水を向けたのであった。この先、少しは商いに精出し、親達の肩助けせよと、意見をする段取りとなる。この場のお吉のなれなれしい挙動を、尋常ではないとする見方もあり、それが与兵衛の殺意を誘いかけることになったと、批判的にとらえる読み方もあるが、そういうことではない。

世話女房という型に収まってしまわないよう、お吉のはなやいだ開放的な様子は、この劇に必要な人物造形として、意図的になされている。

お吉にさそわれて小菊の話をしていると、「問ふには落ちず語るに落ちると、利口さうに、それが信心の観音参りか」とやりこめられ、憮然とする与兵衛。かまわず言うだけの意見はしてお吉は去って行くが、言われっ放しで収まらない与兵衛と皆朱の善兵衛は、「物腰《ものごし》もどこやら恋のある美しい顔で、さて〳〵堅い女房ぢやな、されば、年もまだ二十七、色はあれど、数の子ほど産みひろげ、所帯染《じ》うて気が公道《こうとう》（実直）、よい女房にいかい疵、見かけばかりでうまみのない、飴細工《あめざいく》の鳥じや」と笑い合う。このように、初めの浮気な様子のお吉像は、「堅い女房でうまみのない」お吉像で修正される。恋の相手になり得るほど十分に美しく色っぽく、であってまた、子持ちの堅気のしっかり者の女房がお吉である。

与兵衛らは馴染の女郎小菊を追って野崎へやってきた。小菊を連れ出した会津の客と張り合うためだが、その喧嘩の最中に誤って侍に泥をかけ、下向《げこう》に手打ちになるかもしれないと、おろおろしているとき、ふたたびお吉を見かける。「ヤアお吉様下向か、わしや今斬らる、、助けてくだされ、大坂へ連れて行てくだされ、後生でござる」と泣いてすがる与兵衛を、向かい同士のこと、すげなくもできないと、お吉は与兵衛の身づくろいをするため茶店の内を借りる。「二人葭簀《よしず》の奥、永き日影も昼に傾けり」。

そこへお吉の夫豊島屋七左衛門がやってきて、娘に母《かか》はどこにと尋ねる。「母様《かか》はこゝの茶屋の内に、河内屋の与兵衛様と二人、帯解いて、べゝも脱いでござんする」「さうして、たゞ鼻紙で拭《のご》うたり、洗うたり」。さては不義密通と合点し、「お吉も与兵衛もこれへ出よ、たゞし出ずばそこへ踏込《ふんご》む」と顔色を変える夫の苛立ちをよそに、「こちの人か、子供がお昼の時分《じぶん》も忘れ、どこに何してゐさしやんした」と普段の様子で顔をみせるお吉。事情を知った七左衛門は腹立つやらおかしいやらで、「人の世話もよいころにしたがよい」と小言をいいい、与兵衛を残して下向する。

お吉が与兵衛の着物の泥をすすいでやる、そこまではよいとしても、なぜ密通のイメージを結ぶところまで押し進める必要があるのか。それが、緊張と弛緩という劇のリズムを刻むことになるとしても。

不義密通のイメージは『油地獄』にとって意図的に仕掛けられている。しかし一方、舞台上のお吉・与兵衛からそれが感じられてはならない。お吉に不義の気配はみじんもなく、与兵衛は小菊を追い回しているのだが、「二人葭簀《よしず》の奥、永き日影も昼に傾けり」と、お吉・与兵衛の密通のイメージは観客のなかに結ばれるように書かれている。

金のために与兵衛がお吉を殺すという主軸はゆるがない。しかし二人の関係をどのように設定するかによって、劇の様相はさまざまに変わる。たとえば、お吉と与兵衛がただの顔見知り程度にすぎないとすると、それは行きずりの強盗殺人といった意味合いが強くなり、与兵衛の悪業に弁解の余地はなくなる。また、不義の気配のただよう男女が突如逆転して殺しに至るという設定にすると、愛憎の縺《もつ》れではないが、親密なゆえに金と殺しが結びつくというわけで、現代の観客にも理解しやすく、それならば、これほど『油地獄』の評価が混乱することもなかっただろう。しかしそうは書かれていない。二人の男女に不義密通の気配は一切ない。にもかかわらず、子供の言葉によって、有り得ぬ関係の像を作り上げておくという書き方をしているのであって、これは、『油地獄』にとって意図的にとられた作劇法であった。この点については、後にふれたい。

中の巻　河内屋の段

中の巻では、与兵衛をとりまく家庭環境が描かれる。従来中の巻は、与兵衛の暴力沙汰ばかりが注目されてきたが、『油地獄』は家庭内劇・社会劇でもあるので、その意味においても中の巻は重要である。父親徳兵衛の存在を読み込んでおく必要がある。通常、関係のありようが行動につながり劇を動かして行く。しかし、『油地獄』の中心をなす事件、与兵衛のお吉殺しは、二人の関係の結果ではない。むしろ『油地獄』では、与兵衛と義父徳兵衛の人間像、その二人の関係が描かれているといってもいいだろう。

徳兵衛は継父である。先代徳兵衛の亡きあと、手代からこの屋の主人に直った。太兵衛（兄）と与兵衛が先代の子で、実子におかちがいる。太兵衛はすでに独立し実直な商人として別に店を構えている。長男が家を継ぐ社会からすれば、太兵衛の行動には、おかちに家を継がせてやろうという、義父に対する配慮がほの見えるといえるだろうか。

河内屋では、与兵衛の放蕩に手を焼く一方で、おかちに婿《むこ》をとる談合も進んでいる。叔父森右衛門の手紙をもって太兵衛がやってくる。この先与兵衛が何をしでかすやらと案じる徳兵衛に太兵衛は、叩き出せばいいのだという。「じたい親仁《おやぢ》様が手ぬるい、私と与兵衛めは、お前の胤《たね》でないとて、あまり御遠慮が過ぎまする」「おかちは打叩《ぶちたゝ》きなされても、あんだらめには拳一つあてず、ほたえさせ（つけあがらせ）」、万事につけての遠慮がかえって与兵衛の身の仇になるという太兵衛に、徳兵衛は無念顔で、「継父《まゝてゝ》なればとて親は親、子を折檻するに遠慮はないはずなれど」そなたたちは親方の子、嚊《かか》だって内儀様といっていた人だ。「伯父森右衛門殿が了簡《りようけん》で、そちが家を見捨てては、後家も子供も路頭に立つ、とかく森右衛門次第になつてくれと、だん〳〵の頼み故」、この河内屋に入った、という。このやりとりの中で、徳兵衛は、親方の子を一人前にし、河内屋を守り立てることだけを望みにじっと我慢をし、辛抱強くここまで日を送ってきたことがわかる。それなのに肝心の与兵衛は尻のほどけた銭さしのように金を使いすてるばかりである。

　太兵衛と入れ替わりにおかちの病気快癒の祈禱に行者がやってくる。修験の行者をありがたく迎える家族に対して、そのいかがわしさを愚弄する与兵衛。祈禱の最中におかちは「なう祈りもいらぬ、祈禱もいや」と憑《つ》きものしたように語りだす。与兵衛の約束した人を嫁にしてこの所帯を渡してほしい、というのである。しかし徳兵衛は「死んだ人の跡式《あとしき》取らいでも五人、七人はゆるりと過るすべ知つたれど、（親方の）年忌、命日も弔ひ、地獄へ堕さず迷はせまいために、名跡《みやうせき》継いで苦労する」、お前（与兵衛）に所帯を渡して河内屋を傾け、親方の弔いもできぬようにはさせぬと、言い合いになり、与兵衛は父を足蹴にし、踏み付ける。おかちがとめようとすると、「おかち構ふな、あいつが腹の癒《い》るほど、存分に踏ましや」と徳兵衛。実はおかちは、商いにも精出す、親たちにも孝行尽くすという与兵衛の誓言《せいごん》が嬉しいばかりに、病み疲れた身でいいなりの芝居をしたのだが、その嘘をなじるおかちも踏み付け、かばう徳兵衛を、「腹の癒《い》るほど踏めと言うたな、これで腹を癒るわい」と顔も腹も分かちなくさんざんに与兵衛は踏み付ける。

　その場に立ち帰った母親は、薬を投げ捨て、与兵衛のたぶさ（髻《もとどり》）をつかんで横投げにし、握り拳で打つ。「おのれが五体どこを不足に産みつけた、人間の根性なぜさげぬ、父親《てゝおや》が違ひし故、母の心がひがんで、悪性根《わるしやうね》入る、と言はれまいと、差す手引く手に病の種、おのれが心の剣《つるぎ》で、母が寿命をけづるわい」と悲痛な胸の内を語り、与兵衛を追い出そうと枴《おうこ》（天秤棒）を振り上げるが、それをひったくり母親を打つ。そのとき始めて踏み付けられるままになっていた徳兵衛が、枴をもぎ取りそれで与兵衛をぶちすえる。

与兵衛が父と妹を、母が与兵衛を、与兵衛が母を、最後に父が与兵衛を殴るという行為の連関の中でエネルギーは高まり、与兵衛を家から追い出すという形でこの劇を展開させていく。けっして与兵衛に手をあげることのなかった父親と、つねに父にはむかう与兵衛、これが二人の間柄であったが、おかちの憑きものの芝居を発端にして、次々に行為が行為を引き出し、ついには徳兵衛が与兵衛を殴るという、逆転した事態がそこに生じた。間に、母、おかち、兄を挟んで、両端にいた徳兵衛と与兵衛が始めて向かい合った。

打ちのめしながら義父徳兵衛は思いのたけをぶちまける。「おかちに入婿《いりむこ》取るといふは跡《あと》形《かた》もないこと、エ、無念な、妹に名跡継がせては口惜しと恥入り、根性も直るかと一思案しての方便《はうべん》、あの子は余所《よそ》へ嫁入さする、気遣ひすな」と、激しい行為とはうらはらにその言葉は慈愛に満ちている。「他人同士《どし》親子となるは、よくよく他生の重縁と、かはいさは実子一倍、疱瘡した時、日親《につしん》様へ願かけ、代々の念仏捨て、百日法華になり」よろずに面倒を見た。それなのに、「たつた一間半《いつけんまなか》の門柱《かどばしら》に念かけ、母に手向かひ父を踏み、行先《ゆきさき》、偽り、騙事《かたりごと》、その根性が続いたら、門柱は思ひもよらず、獄門柱の主にならう、親はこれが悲しい」と、わっと叫んで泣き入る。

それは、父と与兵衛の間に、初めて関係が成立したときでもあった。しかし、そのとき与兵衛は家を追われ、父から離れて行くのである。

「勘当ぢや、出て失せう」という母に、「この与兵衛がこゝを出てどこへ行く所がない」と思わず口にする与兵衛。したい放題の放蕩者であっても、勘当されることなど思ってもみなかった。暴力というエネルギーによって関係は突き動かされ、拠り所であったはずの母親の剣幕に押し切られ、仕方なく家を出ていくのである。行く当てもなく歩いていく与兵衛の後ろ姿を見送る父と母。

越ゆる敷居《しきゐ》の細溝《ほそみぞ》も、親子別れの涙川、徳兵衛つくぐ〱と後姿を見送りて、わつと叫び声をあげ、あいつが顔付、背格好、成人するにしたがひ、死なれた旦那に生写《いきうつ》し、あれ、あの辻に立つたる姿《なり》を見るにつけ、与兵衛めは追出さず、旦那を追出す心がして、勿体《もつたい》ない、悲しいわいのと、どうと伏し、人目も、恥ぢず、泣く声に

四つ辻に心もとなげに立ちつくすその背格好に先代徳兵衛が重なり、義父徳兵衛は思わず泣

き伏す。この先の与兵衛の運命を想うと、これが姿の見納めになることもそれは暗示している。

憎い〳〵も母の親、たしなむ涙堪《こら》へかね、見ぬ顔ながら伸上《のびあが》り、見れども、余所《よそ》の絵幟《えのぼり》に影も、隠れて

母は気強く、見ぬ顔をしながらも涙をこらえかね、一目なりともと伸び上がるが、すでにその姿は絵幟に隠れて見えない。風にひるがえる幟だけがそこにある。この見事な描写は語りの言葉だからこそ、なし得たともいえる。四つ辻に立つ与兵衛、泣き伏す父、そっと伸び上がって眺めやる母、ひらめく幟というようにショットを重ねたような風景であり、語りの言葉の想像力を失ってしまった現代では、映像がもっともよくそれを実現できるようなものであろう。

心の内では与兵衛を溺愛する母親が、与兵衛を気強く追い出さねばならない。見ぬ顔しながらも一目なりと視線をやるが、姿は幟に阻まれて見えない。かろうじてとの思いさえかなわない。それが母親の悲痛さをいっそう際立たせる。悲嘆にくれた二親の視線の先に、観客は与兵衛のはかなげに立つ後影を見る。親に暴力を振るう与兵衛像は、この二親の視線のなかで変容する。観客のなかに残る与兵衛像は、父と母の愛情のこもった眼差しを一身に受け

た与兵衛像である。視覚（イメージ）の説得力とでもいうべきものを見事に駆使した、劇の方法といえるだろう。台詞以外に地《じ》の文《ぶん》をもつ「語りもの演劇」の、表現の可能性をうかがい知ることができる。

下の巻　油見世豊島屋の段

五月五日の節季の前日、豊島屋七左衛門は外の掛《かけ》取りに忙しく、お吉は「内のしまひと小《こ》払《ばらひ》と油売つたり舞うたりに、三人娘の世話」と、かいがいしく立ち働く。「女は髪より容《かたち》より、心の垢《あか》を梳櫛《すきぐし》や、嫁入先は、夫の家、里の住家《すみか》も親の家、鏡の家の家ならで家と、いふ物なけれども、誰《た》が世に許し定めけん、五月五日の一夜《ひとよ》さを、女の家といふぞかし、身の祝《いはひ》月《づき》、祝日《いはひび》に、何事なかれ」と、お吉は姉娘の髪を梳いている。髪を梳くという形は、後に歌舞伎で、女が男の髪を梳いて情愛をあらわす〈髪梳き〉として類型化するが、ここでは、母親の娘に対する情愛が、髪を梳くという形でしみじみと表現される。だからいっそう、殺しの場で命乞いするお吉の言葉に切実さが生まれることにもなる。また、「身の祝日に何事なかれ」といっているにもかかわらず、たった一日の女の家といわれる五月五日を目前に殺されなければならない、お吉の逆転した運命の暗示にもなっている。

一方与兵衛はこの節季がどうにも越されず、「手はずの合はぬ古袷《ふるあはせ》、心ばかりがひろ袖に下げたる油の二升入、一生差さぬ脇差《わきざし》も、今宵鐺《こよひこじり》のつまりの分別」で、豊島屋の門口にたたずむ。

この場の与兵衛について、脇差を差している以上、初めからお吉を殺して金を取るつもりでやってきたとするなど、いろいろと議論がなされている。「一生差さぬ脇差も、今宵鐺のつまりの分別」の表現しているものは何か。脇差を今宵初めて差してきたという、生涯に一度という緊迫感がそこにはある。さらに「鐺のつまり」（小尻＝刀の鞘の端がつまると刀が抜けない）で、にっちもさっちもいかないところまで追い込まれて、困り果てた与兵衛の状態を表す、それがここでの目的である。「刀」という小道具を身に帯びることによって、与兵衛は、これまでとは異なる時間のなかに足を踏み入れた。それは、お吉を殺す者になり得るということでもあるが、反面、後に与兵衛が「自害して死なうと覚悟し、これ、懐にこの脇差さしはさいて出たれども」というように、自害する者にもなり得るということである。家を追い出され、困り果て、いっそ死のうかという気持ちもわく、窮状をなんとか抜け出そうと、最後の頼みの綱のお吉のところへついふらっとやってきた。

そのとき後ろから口入《くちいれ》（仲介業）の綿屋小兵衛に呼び掛けられる。明日の明け六つまでの約束で貸した金の催促のため、与兵衛をたずね回っていたという。借りた金は二百目だが、五日の日が明けると、一貫目にして返さねばならぬ、法外な高利の金である。しかもその金は親仁の判で借りている。「二百目を一貫目にして取れば、こつちの得《とく》のやうなれども、親仁殿に非業《ひごふ》の銀《かね》出さするが笑止（気の毒）さに、こなた贔屓《ひいき》でせつくぞや」と、綿屋小兵衛の名のとおり、真綿で首締めるようにして催促する。「河内屋与兵衛男ぢや〱、あてがある」の言葉を受けとって小兵衛は帰っていく。

　家で夫の帰りを待つお吉、門口に立つ与兵衛。後ろを見れば小提灯、あれは親仁さあ大変と与兵衛は平蜘蛛のようにぴったり身をつけて忍ぶ。

　潜戸《くぐりど》から入った徳兵衛はお吉に心痛を語る。「産みの母の追出すを、継父《まゝてゝ》の我ら、軽薄らしう、止められず」勘当はしたものの、自棄《やけ》をおこしはせぬかと気がきでなく、父親は承知だから母に詫びごととして家に戻るよう、与兵衛に意見してくだされと頼む。女房のおさわは侍の家の出で、そのせいか、一度決めたらそれを押し通す義理がたい生まれつきと、愚痴めいたこともいい、「女房が目顔《めかほ》を忍びつい懐へ入れて出た」銭三百を、そっと与兵衛に渡してほしいと頼む。

　続いておさわが登場し、隠れようとする徳兵衛を見付け、「又与兵衛めが事悔《くや》みにか。いかに継《まゝ》しい子なればとてあんまりに義理過ぎた。真実の母が追出すからは、こなたの名の立つことはない、この三百の銭のらめにやるのか」と憎まれ口をきき、「その甘やかしがみな毒飼《どくかひ》（毒を食わせるようなもの）、この母はさうでない、サア勘当という一言口を出るがそれ限り、紙子《かみこ》着て川へはまらうが、油塗つて火にくばらうが、うぬが三昧、悪人めに気を奪はれ、女房や娘は何になれ、サアサア先へ往《い》なしやれ」と引き立てる。すると徳兵衛は、

エ嚊《かか》、むごいぞや、さうでない、生立《うまれだち》から親はない、子が年寄つては親となる。親の初めは、皆人の子、子は親の慈悲で立ち、親は我が子の孝で立つ、この徳兵衛は果報少く、今生《こんじやう》で人は使はずとも、いつでも相果てし時の葬礼には、他人の野送り百人より、兄弟の男子《おのこゞ》に先輿《さきごし》、後輿舁《あとごしか》かれて、あつぱれ死光《しにびかり》やらうと思うたに、子はありながらその甲斐なく、無縁の手にかゝらうより、いつそ行倒《いきだふれ》の釈迦荷《しやかになひ》が、ましでおぢやるは

とむせかえる。この言葉から、徳兵衛の存在が浮き彫りとなり、胸をうたれずにはいられない。子供が無事育ってくれることが何よりの望みだった徳兵衛。身を粉にしても、今生では果報少なく人を使うほどにはなれなかったが、その葬礼の時、成人した兄弟の男子二人に輿を担がれて、立派な商人だと果報者だと認められる、それを自分一人の楽しみに生きてきた徳兵衛。かつては使用人であったための身の狭さ、おさわの血縁の森右衛門の言うままに責任

を負い、家族のため、先代徳兵衛の御恩に報じるため、寡黙に一心に働いてきた徳兵衛の孤独が、ここでくっきりと際立ってくる。この徳兵衛の孤独が一気にこの場で浮かび上がるため、それを立ち聞いた与兵衛が、親仁いとしさに目覚めるという後の展開に説得力が生まれるのである。はからずも立ち聞くことになったが、日常の生活では決して理解することのなかったであろう父親の境涯、それが与兵衛を揺さぶらずにはおかない。

それでもおさわは、「与兵衛めばかりが子ではない」となおも気強く、先にお戻りなされ、いや連れ立って帰ろうとやりあううちに、懐よりがらりと落ちた粽《ちまき》一把《は》に銭五百。「徳兵衛殿まつぴら許してくだされ、これは内の掛《かけ》の寄り、与兵衛めにやりたいばかり、わしが五百盗んだ」と悲痛な叫びのうちに、女房おさわの様子は一変する。

不憫さ、かはいさは、父親《てゝおや》の一倍なれども、母がかはいい顔しては、（徳兵衛の）隔てた心に、あんまり母があいだてない（分別がない）、甲張《かうばり》が強うて（ひいきが過ぎて）、いよ〳〵心が直らぬと、さぞ憎まるゝは必定と、わざと憎い顔して、打《ぶ》つつ叩《たゝ》いつ、追出すの勘当のと、酷《むご》うつらうあたりしは、継父《まゝてゝ》のこなたに、かはいがつてもらひたさ、これも女の廻り知恵、許してくだされ徳兵衛殿本心を知った徳兵衛のやるせない複雑な気持ち。しかし子の不孝を通すことによって、初めて夫婦の間に心の隔てのなくなる時でもあった。「道理道理」とおさわを受け止め、二人連れ立って帰っていく。

二親の嘆きを立ち聞いた与兵衛は、心になにか決めた様子で、脇差しを懐へ差し替え、潜《くぐり》戸《ど》をあける。これはよいところへ来たと銭八百と粽一把を渡すお吉。与兵衛は少しも驚かず、「是が親達の合力《かふりよく》か」。何で親がと打ち消すお吉に、「いや隠さしやるな、先にから門口に蚊に食はれ、長々しい、親達の愁嘆聞いて、涙をこぼしました」。それなら、この銭を元手にひと働きして孝行せよとさとすと、「いかにも〳〵よう合点《がてん》しました。只今より真人間になつて孝行尽す合点《がってん》なれども、肝心お慈悲の銭が足らぬ」、どうか金を貸してくだされと頼む与兵衛。それそれどこに心が直ったというのだ、こんなときに嘘にも金貸してくれとはいわれぬはず、とお吉はなじる。掛《かけ》の寄りが確かにあるが、夫の留守に一銭でも貸すことはできない。先日野崎参りで着る物を洗っただけでも不義したと疑われたのだからというと、それならば「不義に成ッて貸してくだされ」と与兵衛はにじり寄る。

この場の与兵衛は、もはや以前のわがままな放蕩者の与兵衛ではない。相反する思いが抑圧された緊張感のなかでかろうじて均衡を保っているかのようだ。親たちの慈悲は涙が出るほどありがたい、しかし、肝心の銭が足りない、という状況の中に引き裂かれて。「一生差さぬ脇差も今宵鐺のつまりの分別」という状態に無かったなら、親たちの愁嘆を聞いてその場に駆け込み、これまでの不孝を詫びたかもしれない。あるいは、お吉に銭と粽を渡されると、男泣きに泣いたかもしれない。しかし、そうするには、何としても明け方までに二百目の銀を返してこの窮地を抜け出さねばならぬ。真人間になって親に孝行を尽くそうとする決心、お吉から金を借りてこれ以上の憂き目を親にみせまいとする決心が、いちどきに固められる。絶体絶命の窮地に立った者の覚悟が与兵衛にみなぎっている。

「不義に成ッて貸してくだされ」との途方もない言葉にお吉は、「女ごと思ふて嬲《なぶ》らしやると声たててわめくぞや」と気色だつ。「ハテ与兵衛も男、二人の親の言葉が心魂に染み込んで悲しいもの、嬲るの侮るのといふ所へ行くことか、何を隠しませう」と、その金の必要な訳を語る。借りた金は二百目だが、明日になれば一貫目になって親のところへ取り立てが行く。そればかりか、町の年寄り五人組へ通知される。そういう訳だから「たつた二百目で与兵衛が命を継いで下さるゝ御恩徳《ごおんどく》、黄泉《よみじ》の底まで忘れうかお吉様、どうぞ貸して下され」と必死に与兵衛はすがりつく。お吉は「そうした事も」と、ふと心がゆるむが、「かねての偽り、これもまた、その手よ」と思い返してきっぱり断る。これがお吉の運命の岐路であった。「これほど男の冥利《みやうり》にかけ、誓言《せいごん》立てても成りませぬか」と、なおもすがるが、いったんゆるんだお吉の心が取り直されると、与兵衛の唯一の機会は失われた。「ハァ何とせう」と与兵衛は一瞬途方にくれるが、すばやく「借りますまい」と決意をかため、「言ふより心の一分別《ひとふんべつ》、そんならこの樽に油二升取り替へて下さりませ」と、迷いもなく行動に突き進んでいく。気づかぬお吉はほっとして、「五十年、六十年の女夫《めをと》の仲も、まゝにならぬは女の習ひ、必ずわしを恨んでばし下さるな」と、日頃の会話で油を注ぎ始める。

灯の影にうきあがる薄暗い油屋の店先、何の懸念もなく後ろ姿をみせて油を注ぐお吉。ほんの束の間の命とも知らないでいる、お吉のはかなさ哀れさが、後ろ姿という形に託されて表現される。

灯油《ともし》に映る刃《やいば》の光に驚いてお吉は振り向く。脇差を後ろに隠し、目もすわった与兵衛の様子に、こな様は小気味が悪いと、門口から逃げようとするが、追い詰められ、「出会へと喚《わめ》く一声《ひとこゑ》、二声待たず飛びかゝり、取つて、引締め、音骨《おとぼね》立つるな、女めと、笛のくさり（のどぶえ）をぐっと刺す。刺されて悩乱、手足をもがき、そんなら声立てまい」と、お吉はのどぶえを刺されながらも命乞いをする。

今死んでは年端《としは》もいかぬ三人の子が流浪する。それがかはいい（ふびんである）、死にともない、銀《かね》もいるほど持つてござれ、助けて下され与兵衛様

与兵衛は与兵衛で、

ヲヲ死にともないはず、もつとも〳〵、こなたの娘が可愛いほど、おれもおれを可愛がる親仁がいとしい、銀《かね》払うて男立てねばならぬ、諦《あきら》めて死んでくだされ

血と油にまみれ、からだは一つに絡まってはいても、それぞれが娘と父親に向かって思いのたけを訴え、両端に引き裂かれている。その姿に、『油地獄』の美があるといえるだろう。現在では、男女が油に滑り血にまみれてのたうちまわる歌舞伎風の上演の仕方に引き付けられているが、近松の戯曲は殺しの場面をことさら見せ場にするように書かれているわけではない。むしろお吉が、此岸と彼岸の狭間で、地獄の苦しみにのたうち、事切れて行く描写に、語りの言葉の持つ威力が発揮されている。

南無阿弥陀仏と、引寄せて、右手《めて》より左手《ゆんで》の太腹へ、刺《さ》いては刳《えぐ》り、抜いては切る。お吉を迎ひの冥途《めいど》の夜風、はためく門《かど》の幟《のぼり》の音、煽《あふち》に、売場の火も消えて、庭も心も暗闇に、うち撒く油、流るゝ血、踏みのめらかし、踏滑《ふみすべ》り、身うちは血潮の赤面《あかづら》赤鬼、邪慳《じやけん》の角を

振立てて、お吉が身を裂く剣《つるぎ》の山、目前《もくぜん》油の地獄の苦しみ、軒の菖蒲《あやめ》のさしもげに、千々《ちぢ》の病は避《よ》くれども、過去の業病逃れえぬ、菖蒲刀《しやうぶがたな》に置く露の、たまも乱れて、息絶えたり

吹きあおる風に灯火も消え、夜風にはためく幟の音にかりたてられ、闇の中を、赤鬼が邪慳の角を振り立ててお吉に襲いかかる。剣の山を踏みしめてあゆむ苦痛に身を切られながら、めった刺しに刺し殺される。冥途の赤鬼と剣の山、与兵衛と脇差の、入り乱れるイメージ。殺される何のいわれもない女性がこの世の執着にもがき苦しみ、無残に生から引き剝がされていく。

一方、与兵衛の方は、後世ならば「色悪《いろあく》」とでもいえる魅力を発揮して殺しの場を支えている。観客は、命乞いするお吉の台詞の日常的なリアリティに胸突かれながらも、潜戸《くぐり》をあけて登場したときからの、与兵衛の発散する抑圧された緊張感とその台詞の一つ一つに、或る種の陶酔感を味わう。しかしそれはあくまでも、与兵衛を主人公とした悲劇を成り立たせていくための、危ういバランスのうえに仕掛けられている。悪の魅力といった感性に羽目を外していくわけではない。従来、与兵衛像をとらえきれないところから、その言葉を、悪人の語る嘘の言葉とする解釈もでてくるわけだが、そういうことではない。語っている言葉はすべて心から出たものであり、真人間になるという真摯な言葉が、悪の切れ味をともなって語られているのである。言葉の中味と語り方との二律背反。それが、『油地獄』という劇が

必要とした台詞の方法である。

与兵衛がお吉を殺す契機を、「(野崎参りで着物をすすいでもらった)スキンシップの記憶が、あの女だけが最後の頼みをきいてくれるという思いにさせ、それが受け入れられないゆえに殺すことになる」とか、「(恐怖を感じ、頑なに自分の中にとじこもっていく)お吉の態度が与兵衛にはひどくよそよそしく写った。彼らのつまづきは、通じるべき相手との心が通じなくなってしまった瞬間にある」とか、「与兵衛とお吉の間に、姦通になりかねない気配が出てこなくてはおもしろくない。人形ではこの点にいつも不満が残る」とかいうように、二人の男女関係に求めようとする見方が大勢をしめている。だがこれらの解釈は、いささか心理小説風の読みに引き摺られ過ぎてはいないだろうか。『油地獄』は劇であり、まず、劇としての構造の解明がなされねばならない。しかも心理的な微妙な演技を人形に求めるのは筋違いであるともいえる。むしろ、お吉の拒否にあい、裏切られたという思いが殺人へと繋がるというような、愛と憎しみの反転劇としては書かれていないという点が、重要なのである。しかし、この点にも『油地獄』のとらえにくさがうかがえる。

それでなくとも難解なこの戯曲は、役者が演じることによって、生身の人間の持つリアリティに引き摺られ、殺しの場を見せ場に感覚的になっていくとともに、『油地獄』本来のありようから、ますます遠ざかってしまったのではなかろうか。現に、お吉を殺した以後の場面は研究者たちを戸惑わせることにもなっている。「大罪を犯した当人が、最後になって罪を自白し、懺悔《ざんげ》する筋は、近松作では珍しくない脚色法であり、近松の浄瑠璃も基本的には類型趣向の組み合わせ」にすぎないと指摘されたり、「最後に反省させても、それがそれまでの非行の前にはとってつけたように思わ」れ、「この男に人間のもつ正体不明の暴力を見る」という読取り方にもうかがえるように、お吉を殺した以後の場面も、捕えられて述べる改心の言葉も、皆付けたりという解釈が生じてくる。だが、与兵衛がお吉を殺すことで終わってしまっては、この劇の構造は見えてこない。

お吉を殺してしまうと与兵衛は、「日比《ひごろ》のつよき死顔見て、ぞっと我から心もおくれ、膝節がたく〳〵、がたつく」有様で、刀の霊力を帯びた悪の魅力とでもいうようなあの張り詰めた緊張感は消える。金を盗むと、色町の払いを済ませ、落ちつかなげに遊んでいる。三十五日の逮夜にお吉の家を訪ね、殺したやつも追っ付け知れましょうなどといっているが、鼠が落した血染めの書き付けがもとで、ついに与兵衛の仕業と知れる。「一世一度の力の出し場」と立回りを演じた末に捕えられ、五月四日に与兵衛が着ていた袷《あわせ》にさらさらと酒をこぼしかけると、「酒塩《さかしお》変じて朱《あけ》の血汐」となり、与兵衛の罪は極まった。そのとき与兵衛は覚悟の大音《だいおん》を上げる。

一生不孝放埒《はうらつ》の我なれども、一紙《いつし》半銭《はんせん》盗みといふことつひにせず、茶屋、傾城屋の払は、一年、半年遅なはるも苦にならず、新銀《しんぎん》一貫目の手形借り、一夜過ぎれば親の難儀、不孝の咎《とが》勿体なしと思ふばかりに眼《まなこ》つき、人を殺せば人の嘆き、人の難儀といふことに、ふつ、と眼つかざりし、思へば二十年来の不孝

ひとは、色街の遊びに耽り、親から金をせびり、暴力を振るうような与兵衛だから、いずれは殺し盗みをする身になっただろうと考える。しかしそうは書かれていない。一生不孝放埒三昧だったが、(親の金をくすねはしたが)盗みということは、一紙半銭もしたことがなかった、茶屋の払いの滞りも苦にならなかった、という。いうなれば与兵衛は、家庭のなかで我が儘を通していた道楽息子であったにすぎない。これまでの無責任な勝手放題の与兵衛ならば、人殺しの大罪を犯すことなどなかっただろう。それが、始めて、真人間になろう、親仁に難儀かけまいと思う気持ちに目覚めたとき、なんとしても二百目の銀がいるという窮地に追い込まれていた。その結果、以前の与兵衛なら決して踏み込むことのなかった世界へと踏み込んでいくのである。

未熟さのために、殺人という行為の重さ、お吉の家族の嘆きに理解が届かなかったという与兵衛。真摯な気持ちが、お吉と自分の死を呼び込んでしまった。真人間になろうとする決

意の行き着く先が、殺人であるといういいようのない矛盾。時代に翻弄されているかのような与兵衛に、哀れさを感じるのは私だけだろうか。

近松の生きた元禄期を考えるに際して、それが貨幣経済の到来した社会であることは見過ごしにはできない。この視点は、これまで、近松に限らず、近世の文芸を評論するさい、ほとんど持ち込まれることがなかった。与兵衛の借金はただ金に困った状況として読み過ごされてきた。しかし、ここで、与兵衛に借金の催促をした、綿屋小兵衛に注目してみよう。小兵衛は「上町《うえまち》の口入《くちいれ》」とあるように、仲介業を生業としている（仲介業という職種が貨幣経済の産物ともいえる）。彼自身が金を貸しているわけではない。つまり、莫大な資本を持つ人物がいて、自分は表立たずに、小兵衛を介して、二百目が一貫目になるという高利の金を、それも、遊びのための金を対象に、手形一枚で貸して、暴利を貪る。小兵衛は仲介料として相場の一割をとるのであろう。その小兵衛は与兵衛に、「今宵すまして入用なれば、明日また直ぐに貸すわいの」といっている。借金を取り立てては即座に、いともたやすく貸し付ける。

一方で、これもまた近世の特色であるが、「悪場所」を初めとした恒常的な遊びの場所が誕生した。年に一度の祭りなど、特別の日に味わっていた解放感や娯楽に、日々浸りこめる。そのために入り用な金は、そそのかされるように簡単に貸しつけられる。だとしたら、与兵衛が高利の金を借りるに至るのは、自明の成り行きではなかろうか。

元禄期の人々は、消費文化の強烈な魅力を体験し、一方では、遊びのための金がいともたやすく借りられる、そんな危険な状況にいっきに投げ込まれた。急激に暴力的に翻弄されている。気付いたときには命を賭けねばならぬという絶体絶命の状況に追い込まれていた。これは人間の歴史上未曾有の経験といってもいいだろう。金のために慕わしい人を殺すという想像さえしなかった自分に立ち会うことになる。

生きることの意味に気付いたときには、若くして、もうすべてが遅く、取り返しのつかない地点にいる。その責任をどうとればよかったというのか。

だから、捕われて上げる与兵衛の大音上、「一生不孝放埒の我なれども、一紙半銭盗みといふことつひにせず」「人を殺せば人の嘆き、人の難儀といふことに、ふつゝと眼つかざりし」の、空に向かって大声で吐露される一言一言が胸を打つのである。この場面を欠いてしまっては与兵衛の悲劇性は現れてこない。

一方お吉の方はどうかというと、お吉には殺されるどんな筋合いもない。二人の関係から、殺人への衝動が引き出されているのではないという点が重要である。貨幣が介在する以前の社会なら、事件の当事者には、それなりの因果関係が見出だせたはずだ。しかし、ひとたび、人と人との関係に、貨幣が猛威を振るいはじめると、突如、予想も付かない亀裂が走り、見知らぬ世界が出現する。お吉殺しの場で、近松は、命がこの世から引き剝がされて行く無残なさまを表現してみせた。死がお吉に理不尽に襲いかかる。そしてそれはまた、実行者の与兵衛にとってさえ理不尽な出来事だった。金が人間の関係のありようを変えてしまう、過酷で不気味な社会の到来を私たちに告げている。

だが、思い出していただきたいのだが、お吉と与兵衛の間には、密通のイメージが重ねられていた。なぜなら、殺人者与兵衛を主人公とする悲劇の難しさを、観客に馴染みの深い、心中物や姦通物の助けをかりて、乗り越えようとしているからである。この方法は、『堀川波鼓《なみのつづみ》』ですでに試みられている。お種という主人公はとらえることが難しく、いまだに読みの成立しないこの劇については改めて述べたいと思うが、姦通の罪による成敗の場では、心中劇の助けをかりている。その『堀川波鼓』を書いて、近松は『油地獄』にたどりつく。心中劇の場合、愛し合った男女が共に死ぬ、その美しさ哀れさに、観客は、魅了される。しかしそれは、心中とはいえ、男が女を刺し殺すことにちがいはなく、その形だけを見れば、彦九郎が不義のお種を成敗するのも、与兵衛が金のためにお吉を殺すのも、男が女を刺し殺すという形において、心中と同一線上に並ぶことができる。作者は観客にすでに受け入れられている心中劇に乗り合わすという仕方でこの劇を成立させようとする。これは演劇だからこそ可能な方法であり、近松は、視覚の上での説得力に、力をかりて、『油地獄』の危うい造型を行おうとしている。

上の巻で現されたとろりとして美しいお吉像が、この場で息づいてくる。お吉は劇を支えるもう一人の主人公となる。殺人と心中の錯綜した世界。この幾重にも仕掛けられた世界が舞台上をおおい、観客を波立たせ揺さぶり奪い取って行く。これは、小説の論理とは全く別の、筋道の通し方である。広くは、論理の限界を試す行為ともいえるだろう。

いわれもなくお吉が殺される無残さを示すためならば、心中のイメージなど無いほうがいい、殺されるのはやはりお吉のほかにないという幻想の生まれる余地など無いほうがいいと理屈でいえばそうなる。また、そう書くこともできたはずだ。しかし、演劇の陶酔感、演劇の説得力、演劇の論理、という観点に立つとき様相は変わる。言葉と視覚とイメージと音色が、肉体にはたらきかけ連れ去り全身に襲いかかる世界。歴史上初めて手にした「語りもの演劇」というジャンルの、言語表現における可能性の探求に、近松は踏み込めるだけ踏み込んでいこうとしている。

愛憎の果てでもなく、無差別の暴力によるのでもない、死の在り方。死が憎むべきものであるという観念の領域をこえていこうとする。殺すものの死と殺されるものの死、二人の死の周囲にはある美しささえたちあらわれる、といってはいいすぎになるだろうか。

最後に与兵衛はいう。「お吉殿殺し、銀《かね》を取りしは河内屋与兵衛、仇《あだ》も敵《かたき》も一つ悲願、南無阿弥陀仏」と。仇をうけた者（お吉）も敵となる者（与兵衛）も、共に未来でお救いください。この言葉のなかで、お吉と与兵衛は一つになる。そこに、殺人劇という困難な形をとった悲劇に、かろうじて託した、近松の鎮魂の思いがあるであろう。

『心中宵庚申』──夫婦心中に見出した死のかたち

享保七年（一七二二）四月二十二日大坂竹本座初演。半月ほどまえに起こった大坂生玉《いくたま》馬場先の大仏勧進所の心中事件を仕組む。外題は、心中のあった四月五日（厳密には六日の未明）が宵庚申《よいこうしん》にあたるところからつけられた。これより早く、同じ事件を題材に、紀海音《きのかいおん》の『心中二ツ腹帯』が大坂豊竹座において上演されている。海音の『二ツ腹帯』は初演大当りで、近松の『宵庚申』はそれに及ばなかったらしい。このことは晩年の近松の作劇法を考える上で興味深い。『宵庚申』は近松最後の世話物である。世話物の傑作といわれる『心中天の網島』のあと『女殺油地獄』『心中宵庚申』と書き継いで終止符を打ったが、どちらも評判をとるには至らなかったようだ。世話悲劇の到達点に『心中天の網島』によって達した近松は、以後どのような演劇を試みようとしているのか。

『宵庚申』の特色はそれが夫婦者の心中であるという点に求められる。心中する男女を夫婦者にするということは、悲劇を成立させねばならぬ作者にとってかなり困難な選択といってもよい。それの持つ意味に近松は自覚的であった。「世に心中も多けれど銀《かね》に詰るか逢ふ事のならぬ切羽の時にこそ」といわれるように、遊女との恋に逢うこともままならず、そこに金の問題も絡まってにっちもさっちもいかなくなるという設定は、『曾根崎心中』の始めから観客にとって馴染み深い状況設定ともいえる。しかし『宵庚申』では「銀に詰る事」も「逢ふ事のならぬ恋」もどちらもかかわってこない。代わりの障害らしきものは姑の嫁いびりということになる。だがこれは世間によくあることで、ありふれているからこそかえって、嫁姑の争いがもとで心中に至るという設定はいっそう観客の共感を得られにくくする。端的にいって近松は、心中にまで追い詰められる抜き差しならぬ事態を極力排除して書こうとしている。これは心中劇の破綻と背中合わせにあることを意味する。このようにあやうい実験劇は観客にとっては分かりにくいし、カタルシスも味わえない。だが既成の感性に納まりきらないということは、理解し難い反面、未知の領域を表現することにも通じる。『宵庚申』によって近松は何を描き出すことに成功し、私たちの感性はどのように育てられたかを問わねばならないだろう。

この作品は、おちよ・半兵衛夫婦が各々どのような境遇を負う者であったかを重要な要素として成り立っている。ために上巻では半兵衛の、中巻ではちよのシチュエーションを描く。

上巻——大坂新靫《しんうつぼ》の八百屋半兵衛は生まれは武士であったがわけあって町人の養子になった。父の年忌で郷里に戻り城主に料理の腕をおめにかける。半兵衛は「形《なり》こそ町人、心は侍」として造型される。武士でもあり町人でもある、また武士でもなく町人でもない者。ここでの半兵衛はかつての出自である武家社会に外からやってきたものにすぎない。だがそこに違和はあっても、武士道に対して料理という芸道で対抗し得る存在である。生まれたままに武士であったならという未練らしいところはないし、またあってもならない。さらに弟の衆道《しゅどう》の相手を下衆《げす》とののしられる奴《やっこ》に定める。「この道に高下はない」と多くの武家を差しおいて誠の心を奴に認めた。一つの階層に属さない（属せない）者の視点をもって見事に捌《さば》いてみせる半兵衛を描く。

中巻——ちよは三度も去られて戻ってきた女である。このたびも夫の留守に、四月の身重のからだで姑のいいなりに実家に戻され、郷里からの帰りに立ち寄った半兵衛が連れて戻るといえばまた喜んで付いて行くというような、父親の口からも「取りじめのない愚か者」といわせているが、一つ間違えばちよは愚かな女になりかねない。それを近松は、周囲の者の無償の愛情によって掬いとっている。ちよの美しさは遊女まがいであってはならないし、その憐れさは冷えびえとしていてはならない。ちよの存在はひたすら美しい。

父や姉の愛情がどれほど深くともそこにちよの居場所はない。半兵衛も同様に居場所のない人間である。そういう二人が縁あって出会い初めて互いの孤独をうづめあった。それは、これまで近松の描いた「お初徳兵衛」（『曾根崎心中』）「小春治兵衛」（『心中天の網島』）のような恋というのではないけれど、おちよ半兵衛がどのような者同士の結び付きであったかを書くことによって、かれらが生涯出会うべきただ一人の相手と出会ったことを表現している。半兵衛はいう。「つらい目ばかりに日を半日、心を伸すこともなく、死なうとせしも以上五度《たび》、恨みある中にも、そなたに縁組み、せめての憂さを晴せしに、それさへ添はれぬやうになったと。近松流にいうなら「世のまがいもの」たちは現実には孤独な違和感をかかえ、生きながら朽ち果てていったに違いない。このように跡形無いまがいものたちは、おちよ半兵衛の心中劇によって生きる形を贈られ存在させられたといえるだろう。

近松は『心中宵庚申』という夫婦心中の悲劇を書くことによって、どのような死のかたちを描き出すことができたか、作品に即してみていこう。

おちよ・半兵衛は、夫婦であるにもかかわらずなぜ心中しなければならなかったのだろうか。二人にとって最大の障害は、姑がちよを気に入らず追い出そうとしていることにあるが、夫婦で心中するというところまでおちよと半兵衛を追いつめていく役割を、姑の嫁いびりに担わせるには無理があろう。それもあってか、早くも天明頃、姑が半兵衛に恋慕のためちよを去ろうとしているという趣向で再演されているという(横山正「『心中二ツ腹帯』『心中宵庚申』の流転」)。

〈夫婦者の心中〉については、すでに松田修氏の「近松世話物の方法」(「日本文学」一九五七年一一月)でふれられており、『宵庚申』について、「心中という行為そのものに葛藤の解決手段としてのぎりぎりの性格をみとめえない」「お千代半兵衛を死にまでおいやった事態が事態として描かれなかった」とある。また、「上巻は有機的に中・下巻とからみあっていない。(略)しかも、その(中巻)成功が下巻とは一つの断絶を示すものであることを否定しえない」といわれる。こうした批判的な指摘は、『宵庚申』評価の基本的な問題にかかわるものだが、以後の研究において、あまり論じられることもなく、『宵庚申』の評価は低いままに止まっているように思われる。松田氏は、自身の提出した批判に対して、「近松の観客は論理の目では『心中宵庚申』を観ないであろう。彼等は場面場面の悲劇性にただその場面かぎりに酔えばよい」のであり、「趣向(場面性)」が優先されたためだと述べている。だが、果たして『心中宵庚申』の場合、「場面の悲劇性」をねらう作劇術によって書かれているというふうに言ってしまってよいであろうか。

『宵庚申』よりも先に近松は夫婦者の心中として『卯月《うづき》の紅葉《もみじ》』を書いている。夫の与兵衛は成人したばかり、妻のおかめも十五歳、その若さゆえになすすべもなく追いつめられるというふうで、しかも与兵衛に家尻《やじり》切りと火付けの疑いがかけられるというぬきさしならぬ事態が用意されている。それにひきかえ、『宵庚申』のおちよは三度の嫁入をした二十七歳の女、半兵衛も養子になって十六年じっと堪えてきた三十八歳の分別盛りの男。夫婦を心中に追いつめていくための、『卯月の紅葉』に仕掛けられていたような要因を、『宵庚申』に見出すことはできない。

夫婦者の心中を書くということ、それは、実際に起った事件であることは別にしても、心中物としての芝居の必然性を得にくい題材を取り上げて書くということであった。そのさい、あくまで、心中のための外的要因を仕組んでいくという行き方がある。近ごろテレビで放映された『心中宵庚申』では、養母は半兵衛に恋慕し、養母の甥もちよに気がある、ちよには前夫との間に不義の疑いがかけられ、果てに、半兵衛は誤って養母を刺し殺してしまうというように、あらゆる理由づけが持ち込まれ、親を殺した以上、夫婦が心中しなければならぬわけについて誰一人文句のつけようもなく作られていた。しかしそう仕組むことでいったい何が描き出せたというのか。心中の理由づけはできた。しかし、そのことによって、ほかならぬ夫婦心中という事件にどのような意味のドラマを見出すことができたであろうか。

近松は、夫婦者の心中を、しかも、理由づけを極力避けて書こうとする。行為も葛藤も書きえない状況を意識的に設定し、そこに劇を展開させていく方法を見出す試みをしているのであり、それは『心中天の網島』から『女殺油地獄』へ、さらに『心中宵庚申』へと続いているように私には思われる。『宵庚申』において近松は、葛藤の必然性を追い求めていくことによっては表現されることのない世界を表現した。たしかに、一見、上・中・下の巻は有機的にからみあい事件が展開していくというふうになっていないかのようだが、その場を貫く論理というものを組み変えてみるならば、上・中の巻の担っている役割が見え始めるのではないだろうか。

『宵庚申』に設けられた葛藤の中心は、姑がちよを何としても気に入らないということであった。舅は大坂中の寺狂いにうつつをぬかし、「内外《うちそと》の世話に五つも年ふけて、朝から晩まで気はいらだて」という姑にとって、おっとりして夫婦仲睦まじいちよは憎くてならぬ相手だったと思われる。この姑の憎しみを柱とし、さらにいま一つの障害としては、ちよが二度去られた女で、もう実家に戻ることができないという事情があった。半兵衛は中の巻で、姑によって実家に戻されていたちよを連れて戻るが、母の憎しみが激しく、ちよを家に入れることができない。かといって、ちよの父の前で、「たとへ死んでも体も戻さぬ、尽未来《じんみらい》まで女夫《めをと》々」と誓って水杯《みずさかずき》まで交わし、門火《かどび》に送られて連れ帰ったちよを、実家に帰すこともならない。その狭間で苦悩し、心中に至るというように『宵庚申』はたしかに書かれている。だが、そこにはもう一つの面が貼り合わされている。

この作品は、ちよと半兵衛との出会いが、どのような者どうしの出会いであったかということを重要な契機として成り立っているのではないだろうか。そのため、上巻では半兵衛を、中巻ではちよを造形することに力を注ぐ必要があった。

ちよの、幼な子のように澄んだ素直な美しさが『宵庚申』の世界を支えている。ちよの登場の場にもその容姿の描写はない。『二ツ腹帯』でのちよは、華やかで遊女に間違えられるようにあらわされているが、そのようなイメージをここに決して持ち込んではならない。また、近松の書いたほかの遊女たちにあった凛々しさや頼母しさというものもちよにはない。父親に「取りじめのない愚か者」と言わせているが、近松はなおちよに美しさを見出していく。ちよは悲運にも三度も去られて戻ってくるが、なお娘のような初々しさを失っていない。ちよが姑に無理やり帰されてきた場で、父は不憫でならないが、心を鬼にして会わずにちよを追い返すと書くこともでき、そうすることで戻る家のないちよは死ぬほかないというふうにもなりうるが、ちよのあわれさは、そのように冷え冷えとしたものであってはならない。「三度はおろか、百度、千度去られても。去らるゝに定りし前世の約束と思ひ諦むれば。悔みもせぬ、憎うもない。笑う人は笑ひもせよ。譏《そし》らば譏れ、指もさせ。子の不憫さにはかへぬぞ」と父親がいうように、父と姉とはちよが不憫でいとしくてならない。幼な子をいつくしむようなまなざしでちよは二人に見守られている。

他方、上の巻では、「魂は武士なれど。三十余年町人に、業《わざ》も姿もしみつきし」という半兵衛が描かれる。半兵衛は今では町人として立派に生活しているけれども、心の底に町人になりきれない何かを抱えている。しかし『二ツ腹帯』にみられるように武士らしさが前面に押し出されているようであってはならない。また縁者にしても腹変りの弟のみ登場するという設定も注目される。侍の家の長男として生まれながら、五歳のときに大坂へ奉公に出されるとはよくよくの事情がおもいやられる。武家社会からは縁を切った――切られた者であり、そこに彼の戻る場所はない。半兵衛は武家社会へ外からやってきた者として上の巻で位置付けられている。しかしまた、町人社会で立派に一家を構える分別盛りの、頼母しげな男であって、明るく活気に満ちた雰囲気のなかで描かれる必要がある。

半兵衛がより武士的であったなら、ちよのあわれを思って一緒に死んでやるというふうにはならなかったかもしれない。また、半兵衛が根っからの町人であったなら、夫婦で養家を出ていったかもしれない。「女夫連《めをとづれ》でこの家をさる」、ふとそのとき、二人が家を出たからといって誰が不幸せになるというわけでもない、との思いが浮かびもするが、しかし、その方向には、半兵衛の孝心深き侍魂が楔《くさび》として打ち込まれる。二人で死ぬということは、だから半兵衛がちよの哀れを思って一緒に死んでやるということであると同時に、「よしない者に連れ添うて、半兵衛が身の因果、そなたにまで振舞ひ」と自分の生まれながらの悲運に、ちよを巻き添えにして死なせてしまうということでもある。

ちよも半兵衛も、どこにも居場所のない者たちであった。二人は恋というのでなく縁あって夫婦となったが、それは、この世でただひとり出会うべき相手であり、恋であったと書かれている。ちよは半兵衛に初めてその哀れさ美しさを理解され、半兵衛もまた、養子になって十六年、つらい目ばかりに死のうとしたことも以上五度《たび》、恨みあるなかにもちよと縁組みして初めて心が晴れる。しかしそれさえお腹に子までなしながらわずか二年で終止符をうたねばならなかった。

居場所のないこと、それが孤独というものであり、その孤独を理解すること、それが愛だというかのように書かれているとはいえないだろうか。

『心中宵庚申』——貨幣経済社会で滅びゆく者たち

人と人とを結び付ける深い絆とは何か。それが人を生かすのか、殺すのか。
八百屋半兵衛と女房ちよの心中事件をとりあげた『心中宵庚申《よいこうしん》』は、従来、上之巻「坂部郷左衛門屋敷の段」は、中・下之巻の世話物の世界からは異質な、関連性を欠く段として批判的にとらえられ、作品評価も低かった。しかし、『宵庚申』は主人公の半兵衛の人間性にかかっており、半兵衛の出自である武家社会をあらわす上の巻は有機的に組み込まれるべき不可欠の段であると考える。とりもなおさず、近松の世話物は、世間の動向を見る作者の鋭い視線によって貫かれた社会性に富む劇でもある。その点においても、階層という側面からいま一度『宵庚申』を見てみよう。

心中事件が起るのは、大坂という大都会である。上演された一七二二年の大坂は、世界で一二を争う商業都市であった。心中事件の当事者は大坂で八百屋を営む商人夫婦であるが、彼らは根生いの都会人ではない。半兵衛の出自は武士であり、ちよは近郊の農家の娘である。事件の起る都会（下之巻）を軸に、浜松の武家社会（上之巻）と山城の農村社会（中之巻）を配置するという見取り図になっている。なぜこのように日本社会の階層に目配りすることになったのか。それは、十七世紀から十八世紀にかけての日本は、貨幣経済の始まりによって人の心に決定的な変動が起り、既存の価値観の急激な崩壊の中で人々は暴力的に翻弄されているからである。それを諸《もろ》に受けているのが貨幣経済の担い手でもある商人階層なのだが、『宵庚申』でも大坂の商人の生活に焦点があてられている。それを基盤とした上で、主人公の出自は武家であり農家の娘であるという設定には注意を払う必要があるだろう。次いで半兵衛・ちよの立場を見ておこう。

半兵衛は遠州の生れ、父親の山脇三左衛門が亡くなってから十七年、郷里には腹違いの弟小七郎がいる。五歳の時に大坂の町人に奉公に出された。侍の次男三男ならば成人に従って養子に出されるのは通常のことで、養子先が町家であることも不自然ではない。しかし半兵衛には、兄弟といえば二十一も年下の義理の弟がいるだけ、侍の長男に生まれながら五歳の時に奉公に出されるというのはよほどの事情がありそうだ。そのことについては何も語られていないが、親の愛を受けずに育った幸《さち》の薄さは読みとれる。二十二歳の時に大坂新靫《しんうつぼ》八百屋伊右衛門の養子となった。年季奉公の末に暖簾分けをされて自分の店を持つというのが奉公人の最大の望みであろう。それが八百屋の養子となり、まるまる家屋敷と家業を継ぎ一家の主となるのだから、社会的に見れば幸運ともいえる。一方、「小糠《こぬか》三合あるならば入り婿するな」の諺からも知られるように、養子となることの苦労も一方にうかがわせる。ひたすら働いたのちようやく三十六でちよと結婚するが、ちよは二度も去られた（離縁された）女で、結婚の取り決めは養い親によるものだろうが、半兵衛へのぞんざいな扱いがそれとなく感じられる。現在半兵衛は三十八歳。苦労を負っていそうな半兵衛の半生を見てきたが、その生い立ちにもかかわらず、上之巻に登場する半兵衛は生き生きとしている。

父親の十七年忌で浜松の城下に居合わせ、城主のために料理の腕を振るうことになる。武家社会に対する未練は微塵もない。弟小七郎の主人坂部郷左衛門にも述べるところは述べ、弟の念者捌《ねんじやさば》きも見事に果たす、颯爽とした半兵衛像が造形されている。現在の幸せがにじみ出ているのであろう。

「魂は武士なれど、三十余年町人に、業《わざ》も姿もしみつきし」「形《なり》こそ町人、心は侍」、それが半兵衛である。腰の低い世辞も口にする商人ではあるが、半兵衛は武士の魂を失わずに生きている男である。

中之巻では、農村が舞台となる。ちよの父島田平右衛門は、山城の上田村で庄屋に並ぶほどの大百姓で、「地頭代官のその外に一生下げぬ頭」という誇り高い人物である。母は昨年亡くなり、姉のかるに入り婿を取っている。「実の入米《いりまひ》は上田《じやうでん》の田畑《たばたけ》の世話」とあるように地に足の付いた労働の充足感や豊かな生活がうかがえる。ちよは、大坂の伯母婿、川崎屋源兵衛を親分として嫁いでいる。おそらく階層を超えた婚姻が難しかったからであろう。

平右衛門はにわか病で臥せっており、戻されたちよが退屈しのぎに本を読んで聞かせる所で、棚に置かれた本を取り出し、「伊勢物語、塵劫記《じんこうき》、徒然草、平家物語」とあげていく。結局読みさしの『平家物語』祇王の段を読むことになるのだが、このあたりからも近郊の大百姓の教養の程がうかがえて興味深い。姉ははきはきとした物言いのしっかり者で、温かな愛情にあふれた実家である。しかし「在所は一所《いつしよ》どころ」（田舎は全体で一つところ、何ごともすぐ知れわたる）の農村ゆえに、三度も千代が戻されて帰っては、親兄弟人中へ顔出されぬというのもまた事実である。姉はちよが戻されて帰ったと知るや、離縁状をもらってきたかと口にする。ちよは両親と姉の愛情を受けて幸せな娘時代を送ったであろうが、その幸せのまま実家に留まることはできない。「女は三界に家なし」の哀れさ、それさえもかなわずちよは嫁ぎ先を転々としなければならない。

承知の上で留守の間に女房を去らせるような男だと疑われているところに、浜松の帰りに挨拶をと半兵衛が立ち寄るが、取り付く島のない応対に、ムウムウと言葉につまりうつむくことしか出来ない。半兵衛の知らぬ間にちよは実家に戻されていた。上之巻とはうって変わって、身に覚えのないことに翻弄される不器用な半兵衛である。事情を察して言い訳をせずにちよを連れ帰ろうとすると、喜んでちよは帰り支度をする。こんなちよを可愛いい女ととらえる、男性優位主義者的な見方もあるが、取り違えないでいただきたい。ちよは姑に無理やり籠に載せられればされるままに実家に戻され、二年も夫婦でいて腹に子までなしたのに半兵衛の気持ちを察することも出来ない、連れて帰るといわれれば嬉しくて父親の病気も忘れて半兵衛ににじり寄ってしまう。親の言葉ではあるが「取りじめのない愚か者」といわれても仕方のないようなところがある。これまでの世話物で近松は、自分の責任は自分でとる、しかも男の不幸も自分で負おうとする女性のけなげな美しさを書いてきた。廣末保氏が「ちよを書く七十歳の近松の眼には、驚くべき深さがある」（『近松序説』）といわれるように、世間の眼から見て不足のありそうなちよを、近松は美しいものとして描き出すことに成功している。

中之巻で忘れてならない言葉は、平右衛門の述懐のなかに出てくる。ちよを嫁がせる時に半兵衛は、「ご臨終のおりからは、先輿《さきごし》は平六殿、後輿《あとごし》*はこの半兵衛、真実の子を持ったと、思召《おぼしめ》せ、今こそ町人八百屋の半兵衛、元は遠州浜松にて山脇三左衛門が倅《せがれ》、武士冥利、商ひ冥利、ちよは去らぬ、気遣ひするな」と、誓言《せいごん》を立てて約束した。不足のない平右衛門の人生で唯一黄泉路《よみじ》の底までも心にかかるのはちよのこと、その親の心配を受け止め肩代わりする半兵衛。半兵衛の理解の深さがうかがえる。

上中下之巻を通して、人は半兵衛にさまざまな感情を投げつけるが、半兵衛は一言の言い訳もせずにすべてを受け止める。しかしそれよりも何よりも、半兵衛は、後輿をかつぐ、真実の子と思ってくれといった。愛情を吐露した言葉である。平右衛門にとってこれほど嬉しい言葉はない。半兵衛の「ちよは去らぬ」という約束は義理を立てるばかりではなく、愛情ゆえに発せられた約束でもある。平右衛門を親として、かると平六夫婦、ちよと半兵衛夫婦が共に暮らせればこれほどの幸せはない。その幸福な幻影が一瞬結ばれる。だからこそ、門火《かどび》を焚いての別れがいいようもなく名残のつきない思いを人々の心に生じさせるのである。

下之巻は商業都市大坂が舞台となる。養父伊右衛門は、店は半兵衛にまかせ、大坂中の寺狂い、開帳や回向《えこう》の世話で出歩いている。対して女房は、内外の世話に五つもふけて、朝から晩まで気をいらだてている。伊右衛門からは「半兵衛さへ見れば敵《かたき》のようにいふ人じや」と、女房の口やかましさをたしなめる言葉も聞かれるが、踏み込んで仲裁するほどの積極性はない。また女房に対して「約《つづ》まるところは赤貝にとどまる。一蓮托生閨《ねや》のお同行」と戯言《ざれごと》をいってご機嫌取りをする陽気な一面も持っているが、関心は妻にも商売にもなく寺の社交生活に没頭している。好人物だが、隠居をするでもなく放置している彼の無責任さは事の一因でもあるだろう。

養母の甥太兵衛ものらくら者の怠け者で、半兵衛に扶養されている。血の繋がった甥にではなく半兵衛に家屋敷をやるのだから自分に邪《よこしま》はないと、たびたび養母は口にするが、甥の太兵衛ではたちまち店は立ち行かなくなる。半兵衛が継いだからこそ、元はわずかの八百屋店を今では人に銀貸すほどに盛り立て、伊右衛門は好き勝手に出歩き、太兵衛はのらくらしていられる。この二人の無責任さが養母のイライラの一因でもあろうが、それからすれば口やかましい養母でさえ、商売上の責任を果たしているといえそうだ。養母は夫・甥・養子・嫁と、距離が遠くなるほどに怒りが増していくのであって、誰かを愛し誰かを憎んでいるというのではない。すべてに不満で、伊右衛門が「修羅燃やすそなた」と形容するように、「猜疑心、嫉妬心、執着心が深く、激しくねたみ、激しく恨み怒る」状態にある。

近松の他の世話物では、金と愛とが要因となって心中を決意することになるのだが、『宵庚申』にはどちらも取り上げられていない。金をめぐる問題もないし、夫婦であるから遂げられぬ愛のための心中でもない。その点でも特異な作品といえるだろう。困難は唯一姑の修羅燃やす性格にあるが、しかし、それが心中の原因というわけでもない。「姑去り《しゅうとめざ》」の言葉からも知られるように、親の意向で離縁することは当時の世間にあることで、しかも姑いびりに耐えられなくて心中したものに世間の共感は得られない。近松は何を書こうとしているのだろうか。

十七世紀以後、武士は、土地から引き離され城下町という作為的につくられた都市に暮らすようになる。領土を封《ほう》じられた見返りに戦乱に参加するという封建制度はもはや名目のみで、実際は貨幣経済社会の中で消費者として生きるのが武士であった。では、武士とは徳川時代どのような存在となるのか。その一つの大きな役割が儒教道徳の体現者ということである。主君には忠を親には孝をつくし名を惜しんで生きるという役割を担うことになる。

上之巻でも、坂部郷左衛門が、返り忠の武士を批判し、売り買いを安くするための倹約を説いている。儒教道徳の強化は貨幣経済社会と表裏の関係にあるものだろう。貨幣経済の導入は善悪の価値観の変動をもたらした。端的に言えば、御《お》伽噺《とぎばなし》に見られるように正直で徳のある人間が幸せになるのではなく、強欲で金のある人間が幸せになるという歴史上初めての転換が起こっているということである。このような社会変動のなかで防波堤の役割を担わされた武士がどこまで踏みとどまれるかは目に見えている。

六十数年後、江戸で刊行された黄表紙『文武《ぶんぶ》二《に》道万石通《どうまんごくどおし》』（一七八八年）の「ぬらくら武士」からもうかがえるように、武士の退廃ぶりは目に余るものがある。同じく黄表紙『時花《はやり》兮鶸《やすひわ》茶曾《ちゃやそ》我《が》』に、「とかくおぬしたちは、何んぞというと、町人になりますといやるが、これはみなぶざ（武士）のくせだ」とあるが、武士にとっても町人の暮らしの方がよほど気楽で粋で楽しそうに見えたのである。

貨幣経済の象徴ともいえる都会で暮らす人々が下の巻でどのように描かれていたかを思い起こしていただきたい。養父の伊右衛門は自分の楽しみを最優先している。甥の太兵衛はのらくらと楽をして生きている。「母の言葉を真実と思ふか、言やることがみな嘘じや」と半兵衛がいうように、養母は平気で嘘をつく。楽しみという欲望の目覚め、働かずして生きる者、嘘も方便という考え、みな貨幣経済のもたらしたものである。損か得かという判断が価値観の最前線に据えられた。そんな商人世界の中で武士のモラルに基づいて生きているのが半兵衛であった。だからこそ親に孝行を尽くすということが彼にとっては大切な守るべき事柄となる。たとえ養い親や在所の舅であったとしても。しかしこれを建前と受けとってはならない。「いとしぼなげに（いたわしいことに）、根からの悪人でもない母を」というように、死のうとするほど苦しく恨みもする生活だったにもかかわらず、「いとしぼなげ」と母を思いやる半兵衛の気持ちは真実のものである。

商業社会の中で武士のモラルで生きるものは、時代の流れに合わない人間でもある。心中の決意を暗示させる場面、ちよを家に入れてほしいと母に生涯でたった一度の嘆願をする場面で、「女房の親と我が親と世間の義理と恩愛と、三筋四筋の涙の糸たぐり、出すがごとくなり」と半兵衛を描く。身を揉み絞るほどに苦しみ、とめどもなく涙を流しながらの決意となるのである。

武士の魂で義理と恩愛を貫き、誓いの言葉の責任を取り、孝行の道を立てるとともに世間も立てようと一筋に思いつめる生き方が破綻した瞬間でもある。そしてそれは、「養ひ親に賛《さん》（非難）もつかず、在所の親の遺恨もなく、ヱヱさすがぢや、見事に死んだと、未練者の名を取るまいため」の決意でもあった。半兵衛は最後まで武士の魂で生きそして死のうとする。それが町人の心中にしては奇異な「切腹」という死の形に表されている。

生玉《いくたま》の正法寺近くの東大寺大仏殿再建のための勧進所の門前で心中する。親から譲られた先祖伝来の脇差でちよの喉笛を突き、ちよのしごき帯を二つに切り、もろ肌脱いで鳩尾《きゅうび》とへその二箇所を締め、脇差逆手に腹に突き立て、弓手《ゆんで》から馬手《めて》へ引き回し、返す刃で喉笛を掻き切り、作法どおり見事に切腹するのである。だが、死に際の辞世で口をついた「古《いにしえ》を捨てばや義理も思ふまじ」からもうかがえるように、この状況へ至る出発点にあるものは何かというと、それは、ちよと決して離ればなれにはならぬという思いである。侍の心も入る余地はない。「死ぬるは二人がかねての覚悟」というように、ちよへの愛に迷いはなく別れはしないという決意を基に選択が行われている点を忘れてはならないだろう。

時代に合わない人間の滅んでいく姿に愛惜の思いは深い。それがモラルに基づいて生きようとしたためであるのでなおさらだが、特に私は半兵衛の最後の述懐に心打たれる。「よしない者に連添ふて、半兵衛が身の因果、そなたにまで振舞ひ、在所の親仁《おやぢ》、姉御にも悲しいことを聞かすと思へば、この胸に鑢《やすり》をかけ、肝《きも》を猛火で煎るやうな、ェ、口惜しい」とハラハラと涙を流す。半兵衛には自分が不運に生まれついた者だという自覚がある。だがそれへの恨みを述べたことはない。物心ついたときから他人の中で暮らし、養子になってからは働きづめで心を伸ばすこともなく、死のうとしたことも幾たびかあったが、ちよと結ばれたこの二年初めて生きる喜びを味わった。このまま添い遂げ、ちよを幸せにし、在所の親も安心させたかったのに、離縁どころが死なせることになってしまった。それもみな自分のようなつまらない不運なめぐり合わせの者とかかわったがためだと、この時初めて身の不運を、自身の不甲斐無さとして嘆くのである。かかわりのある人すべてに良かれと一途に思いつめて生きてきたのに、人の為につくすことで甲斐のない身の存在証明を遂げたかったのに、すべてが無に帰し、親より先に死ぬという最大の不孝を残すのみとなる。生涯一度の自分の望みを貫くことが、ちよと共に死ぬことであり、武士のなかにさえ失われようとしている武士の魂を表わして切腹することだった。時代錯誤といってしまうにはあまりに悲しい、そのようにしか生きることの出来なかった半兵衛に心打たれる。

芭蕉の「わぶ」

松尾芭蕉は、寛文十二年（一六七二）二十九歳の時に、『貝おほひ』を携え、郷里伊賀上野を後にした。目的の地は、武士の集まる消費都市、江戸である。江戸の寛濶《かんかつ》を意識してのことか、発句合《ほっくあわせ》『貝おほひ』の芭蕉の判詞《はんし》（優劣の判定の言葉）は、六方《ろっぽう》言葉や流行小唄がもりこまれ才気煥発な言葉遊びに満ちている。伊賀で仕えていた藤堂良忠（蟬吟《せんぎん》）が没してから六年後のことであった。かつては亡命説もとなえられるほど、江戸東下は芭蕉にとって人生上の大きな転機であった。

江戸の地で、『貝おほひ』を出版し、これは芭蕉の処女出版にあたるが、延宝五年（一六七七／芭蕉三十四歳）までには宗匠立机《そうしょうりっき》していたもようで、職業俳人としての地位を築きつつあった。井原西鶴が二十一歳で点者《てんじゃ》となっていることからすれば遅い出発でもあったろうか。その俳諧活動のかたわら、神田上水の水道工事に携わっていたことも知られている。延宝八年四月には、「桃青門弟」と角書《つのがき》する『独吟二十歌仙』を刊行し、九月には芭蕉が判詞をした其角《きかく》の『田舎之句合《いなかのくあわせ》』、杉風《さんぷう》の『常盤屋之句合《ときわやのくあわせ》』を刊行している。門弟には、杉風、卜尺《ぼくせき》、嵐雪、其角など錚々たる人物を擁しており、当時の俳諧師とひとしなみに宗匠として連衆《れんじゅう》を率いていたが、その活動もわずか数年にして終ることとなる。延宝八年芭蕉三十七歳の冬、江戸市中から外れた深川に隠棲し、またも思いがけない転換をとげることになった。郷里を離れ、意気軒昂として新興の地江戸において宗匠として俳諧活動を展開し、人生を切り開こうとした矢先であるにもかかわらず、早くも職業俳人としての生活から退いてしまうのである。木示《もくじ》（桐葉）宛書簡（天和年中）に、「野夫《やぶ》（芭蕉）病気引込候而点作止申候へ共」とあり（村松友次『芭蕉の手紙』）、宗匠の収入源である添削を止めていることも知られる。延宝八年には、百韻にしろ歌仙にしろ、一巻の連句も巻いていない。江戸東下から深川隠棲までの十年に満たない都会生活は芭蕉にとって激動の時代といってよいだろう。

深川に移った延宝八年の冬から翌天和元年（延宝九年九月二十九日天和に改元）の冬にかけて、わずか一年ほどの間に、芭蕉は立て続けに一連の句文をあらわしている。「柴の戸」「月佗斎《つきわびさい》」「茅舎の感《ぼうしゃのかん》」「寒夜の辞《かんやのじ》」「乞食の翁《こつじきのおきな》」等である。それまでは句合の序や跋文を二、三書いているのみで、これらの句文はほぼ芭蕉の初めての俳文にあたる。その年天和元年歳末吟「暮れ〱て餅を木魂《こだま》のわびね哉」により芭蕉三十八歳の年は暮れた。

「乞食の翁」をあらわしてから、一年半ほど後の、天和三年五月刊行の其角撰『虚栗《みなしぐり》』に芭蕉は跋文を書いている。さらにその一年後、貞享元年（一六八四）八月『甲子《かっし》吟行』（野ざらし紀行）の旅に出て、蕉風俳諧の第一声を名古屋の連衆と一座した『冬の日』によってしるし、芭蕉の本格的な俳諧活動が展開されていくことになるのだが、この蕉風の新たな出発に至るまでの過程で、芭蕉の生涯を決するともいえる延宝八年冬から翌天和元年冬までの、深川隠棲とその思索の産物である一連の句文を読み解いていくことが本稿の目指すところである。

【柴の戸】（延宝八年冬）

こゝのとせの春秋、市中に住侘《すみわび》て、居を深川のほとりに移す。長安は古来名利の地、空手にして金《こがね》なきものは行路難しと云《いひ》けむ人のかしこく覚へ侍《はべ》るは、この身のとぼしき故にや。

しばの戸にちやをこの葉かくあらし哉　　はせを

赤裸々といえるほど、自己の真情をストレートに述べている。句の詞書《ことばがき》のような体裁の文章だが、芭蕉が初めて俳文と呼べる文章を自覚的に記したのがこの「柴の戸」であり、そのときすでに都会から脱落した者の心情を語ることになった。江戸住まいは芭蕉にとって身に添うものではなかったようで、伊賀上野を後にして九年の春秋を江戸で過ごしたが、市中に住み侘びて、深川に移り住んだという。「市中に住侘て」と述べていることが、「柴の戸」文章中もっとも重要な言葉に思えるのだが、主だった注釈書のいずれにも「住侘て」に注は付されていない。「市中に」——都会のまちなかに、「住侘て」——住むのに苦労して、いやいやながら暮らしてというのは、気持ちの問題だけではなかった。その思いを白楽天の詩「張山人ノ嵩陽ニ帰ルヲ送ル」からの引用によって語っている。「長安ハ古来名利ノ地、空手ニシテ金ナクンバ行路難シ」とある一節をそのまま取り込んでいる。「名利の地」——長安に同じく江戸の地は、名誉欲と利欲に追い立てられている都会で、「空手にして金なきものは行路難し」——手ぶらで金を持たない者が世を渡っていくのは難しい。そういうわが身を思い知らされたという。白楽天の詩に共感を覚えるのは、「この身のとぼしき故にや」——自分が貧乏なためであろうか、と結んでいる。

「名利」については、すでに『平家物語』や『徒然草』に「帝都名利の地、鶏鳴いて安き事なし」とか「名利に使はれて閑かなる暇なく、一生苦しむこそ愚なれ」と、都の地において欲望に駆り立てられる騒々しさについてふれられている。また、白楽天の詩についても、これまで長恨歌《ちょうごんか》や琵琶行《びわこう》によって愛唱されてきた歴史がある。しかし芭蕉は、「空手ニシテ金ナ」き者の生きにくさに目を留め、「とぼしさ（貧しさ）」を詩作する白楽天に共感したのである。

貨幣経済社会の台頭した十七世紀、しかも江戸という当代随一の消費社会。この頃、文化・経済の中心は上方であったが、金銭の浪費は大名の居住する江戸で行われていた。西鶴の『置土産』にも、五両三両で若君様のもてあそびものに金魚を買いととのえているさまが、江戸の風景として書かれている。

「しばの戸にちやをこの葉かくあらし哉」

右の句については、難解な句であるとの句評が多い。その上で、「ちやをこの葉かくあらし哉」を「まるで茶筅《ちゃせん》が茶を掻きまわすように木の葉を冬のあらしが掻きまわす」とか、「この葉」は茶の木の落ち葉で、「茶の落ち葉をあらしが掃き掻いている」とか、「私に茶をすすめようと、嵐が焚物にする落ち葉を掻き寄せてくれる」とかの擬人化した解釈もなされている。しかし、句の切り方としてはやや変則かもしれないが、「しばの戸」に「ちや」を取り合わせているととらえておきたい。深川へ隠棲した暮らしを、柴の戸の質素な住まいで茶を喫するという姿で象徴的に表しているといえるのではないか。

後に芭蕉は柴の戸の住まいで、「あさがほに我は食《めし》くふおとこ哉」と朝飯を食ったり、昼寝をしたりするが、草庵での隠棲の出発点では茶を取り合わせている。藤堂新七郎家に仕えていたのであるから、当時の武家社会の必須の教養である茶道のたしなみはあったろう。しかしここでは、「柴の庵で茶を煮るために」(『芭蕉文集』)ともあるように、茶葉の袋を釜に投げ込んで煮出すような日常風景でよい。その眼前に木の葉を掻き集める一陣の風が立つ。

句の味わいについては、「貧居ながらも名利の巷を離れて心安らかなため、戸外の嵐にまで親しみを感ずる自足の生活をいった」とするとらえ方もあるが、「木の葉掻く嵐」のイメージは、それほど穏やかなものではないであろう。

この句は、上五を「草の戸に」で、「冬月江上に居をうつして寒を侘る茅舎の三句」(『芭蕉翁親筆拾遺』)として挙げられた内の一句でもある。

「草の戸にちやをこの葉かくあらし哉」
「けし炭に薪《まき》わる音かおの、おく」
「櫓声波を打てはらわた氷る夜や涙」

以上の三句いずれも、心安らかな自足の生活という心境には程遠い。
また、同時期に、以下の句もよんでいる。

富家喰《ハクラヒ》肌‐肉《ヲ》丈夫喫《ハキッス》菜‐根《ヲ》、予《ハ》乏し
「雪の朝《あした》独り干鮭《からざけ》を噛《かみ》得たり」

富者に対して、予（自分）は乏し（貧しい）と詞書し、寒い雪の朝、独り、固い干鮭を、噛みしめる。すべてに、凝り固まっていて、悠々自適の生活からは遠く隔たっているであろう。

【月侘斎】（延宝九年秋）
月をわび、身をわび、拙《つたな》きをわびて、わぶと答へむとすれど、問ふ人もなし。なほわびくて、

侘てすめ月侘斎《つきわびさい》がなら茶哥《うた》

「わぶ」の宣言ともいえるほどに、わび尽しの文章になっている。

「わぶと答へむ」からは、すぐにも、在原行平の「わくらばに問ふ人あらば須磨の浦に藻塩たれつつわぶと答へよ」（もしたまたま問う人があれば、藻塩で塩をとる須磨の浦にしおたれて（涙にくれて）つらがっていると答えてください／古今和歌集）の歌が連想される。在原行平は、「事にあたりて」須磨に蟄居《ちつきょ》した。「わぶ」には都から離れて蟄居する者の「失意の心」が込められている。

須磨の地と行平の和歌は、『源氏物語』にもふれられ、のちに謡曲『松風』や『忠度《ただのり》』などにもとられ、広く浸透していた。一方、須磨は月の名所でもある。「配所（配流の地）の月、罪なくて見ん事、さも覚えぬべし」と『徒然草』にもあるとおり、「配所の月を見る」という風雅の感性も育っていた。

以上を背景に、わび尽くしの芭蕉の文章を読む必要があるだろう。

行平が、月をわび、身をわび、運命の拙さをわびて、配所の月をみながら和歌を詠む、それはいつしか芭蕉の心に重なり、わが心をあらわそうとしていくが、芭蕉には行平のように問う人もいない。さらに一段と、「なほわびわびて」と推し進め、わびの世界に没入していく。

「侘てすめ月侘斎がなら茶哥」

謡曲『松風』の一場面。諸国一見の僧が一夜の宿を求めるが、主人（松風）はあまりに見苦しき塩屋なのでと断る。ところが、「出家と申し旅といひ、泊りはつべき身ならねば、いづくを宿と定むべき。その上この須磨の浦に心あらん人は、わざとも侘びてこそ住むべけれ」といって僧は、「わくらばに問ふ人あらば」の行平の和歌を詠じるのである。

「侘てすめ」の句には、『松風』の僧の「わざとも侘びてこそ住むべけれ」への共感が反映しているであろう。「句案に当って念頭になかったはずはない」という安東次男氏の同様の指摘もある（『芭蕉　その詞と心の文学』）。「すめ」には住むと澄むが掛けられており、澄むは月の縁語。「月侘斎」とは芭蕉自身のことをいった。「なら茶」とは奈良茶飯のことで、質素な食事。奈良茶に掛けて、俳諧のことを「なら茶哥」と称したのである。

「なら茶三石食ふて後はじめて俳諧の意味をしるべし」（『俳諧十論』）と芭蕉のことばもあるように、質素な貧しい暮らしにとことん身を染めて初めて俳諧がわかるという。従来これを、清貧の生活という言葉で括ったりするが、そのような抽象化はしないでおきたい。基盤となる貧しく悲しくつらい失意の生活の感慨を受け止めておきたい。

芭蕉は俳諧の真髄を「わざとも侘びてこそ住むべけれ」という姿勢におこうとしている。

「わぶ」はあまたの中の一つの語ではなく、風雅の中心を託す語として選ばれつつある。

『歌枕歌ことば辞典』(片桐洋一)で「わびし」を引くと、「現代語の「わびしい」と違って、孤絶した中に、どうしようもないつらさを味わっている感じ。つらく悲しくどうしようもないという気持ちである」と説かれている。「わびびと(侘人)」についても、母の喪などで悲しみに沈んでいる人や、望むことが入れられず失意の底にある人の意とある。『日葡辞書』「ワビシイ」にも「哀れで惨めである、または、物悲しくてさびしい」とある。言葉のまとっているこれらの意味を受け止めた上で、一連の俳文ですでに見てきたように、芭蕉の「わぶ」には、十七世紀の都会で経験した「貧しさ」によって引き起こされた感慨がこめられていることも忘れてはならない。だからこそ、歴史上早くも貧困を詩の主題としていた漢詩に引き寄せられるのであり、漢詩をわが心への架け橋として、「わぶ」の心情を俳諧の中心に据えようとするのである。

現代、私たちは「わび」「さび」といった美意識になじんでいるため、芭蕉の注目する「わぶ」という動詞にこめられた意識を、自明のこととして見過ごしがちである。隠遁者の自足の境地や、閑寂な趣の「わび」としてとらえがちである。だが、今一度、馴染みの風雅の「わび」から一線を画し、芭蕉の「わぶ」に目を注いでいただきたい。

芭蕉は、自分の求める「わぶ」の心を、はじめ、金なき者の都会での行き難さを吐露する白楽天の漢詩に探り、清貧や世捨て人の自足とはかけ離れた、孤独でどうしようもなくつらい失意の心を行平の和歌に託した。

【茅舎の感】（天和元年冬）
老杜《らうと》、茅舎破風《ばうしやはふう》の歌あり。坡翁《はをう》ふたゝび此《この》句を侘《わび》て、屋漏《をくろう》の句作る。其《その》世の雨をはせを《〔芭蕉〕》葉にきゝて、独寝《ひとりね》の草の戸。

芭蕉野分《のわき》して盥《たらひ》に雨をきく夜哉

杜甫に「茅舎破風」の歌がある。それに感じて、蘇東坡《そとうば》は屋漏の句を作る。杜甫から蘇東坡に受け継がれた二人の詩人の侘びを、今、芭蕉葉の雨音にしのんで、独り寝の草の庵で、句を作る。

「茅舎破風の歌」とは、杜甫の「茅屋秋風ノ破ル所トナル歌」と題する詩であり、「屋漏の句」とは、蘇東坡の「連雨ニ江漲《みなぎ》ル」の詩の一節「牀牀《しようしよう》漏ヲ避ク幽人ノ屋」をさす。詩の解釈については、曹元春氏の『杜甫と芭蕉』、黒川洋一氏の中国詩人選集『杜甫』から引かせていただく。

乾元三年（七六〇）春、杜甫は、漂白の生活から離れて成都に茅屋を建てた。しかし、大風に茅屋は破られ、大雨に屋根が漏ってしまった。詩人は夜眠れなくて、この詩を書いたが、自分の境遇を述べるに止まらなかった。我が家の損壊からふと考えたのは、「どうにかして千間も万間もある広い広い家を手に入れて、おおいに天下じゅうの貧乏人をおおってやりみんなでよろこばしげなかおを見合わせるようにしたいものだと。しかもそれは風にも雨にもびくともせず山のようにどっかりとした家である。ああ、いつの日にか目の前ににょきっとこんな家がそびえたつのを見ることができたならば、わたしのすまいがひとりうちこわされ凍え死をしたとしても満足である」（黒川訳）。自分一家の苦難から、天下の貧しい人々を思い出し、その人たちが幸せになれば、自分はどうなってもかまわないと、憂国憂民の情を言い表わした。

この杜甫の詩を受けた蘇東坡の詩は、大雨のために江が水かさを増し、住民が洪水に苦しむさまを表したものである。「牀牀漏ヲ避ク幽人ノ屋」――「ベッドというベッドは、みな雨漏りを避けて動かさねばならぬ。この世捨て人の住居は」（全集頭注）。

曹氏は、芭蕉は杜甫と蘇東坡の詩をどのように読み取ったのであろうか、と問う。「芭蕉野分《のわき》して盥《たらひ》に雨をきく夜哉」――外では芭蕉の葉が嵐に破れ、内では盥に雨漏りを受ける、独り草庵で、雨音の中に、遠く杜甫、蘇東坡の屋根に降った雨の音を、今宵の芭蕉の葉に聞いている。「杜甫と蘇東坡の詩に政治性があるとは、分かっているはずであるけれども、その政治性を切り捨てて、杜甫、蘇東坡の聞いた「屋漏り」の雨の音を侘びの精神の伝わってきた物として見ている」と、芭蕉の句を評する。

確かに、芭蕉は、直接には社会の苦難を嘆かない。しかしすでに説いてきたように、貧しさへの視点は「わび」の中に含まれている。貧乏人を案じたり憤るのではなく、自分を貧乏人の底辺に置き、それの味わうわびしさの感性を、日本の詩の世界に定着させようと懸命になるのである。この後ふれることになるが、貧しさは、乞食にまで推し進められる。

ところで、興味深い事に、秋の世、寝ながら、芭蕉とか蓮とか竹などに落ちる雨音を聴くのは、中国古代の才子・文人の風雅の一つであったそうだ。わざわざ窓の元に、芭蕉を移し替えたり、枯れた蓮を置いたりしたという。また、中国の詩歌においては、「秋雨」は寂寞、孤独を感じさせるイメージを持つ、ともいわれる。

日本においても、謡曲『雨月』に、「月」を愛《め》でようと軒を葺かず、「雨」を聞こうと軒を葺く、どちらがよいかと夫婦が雨月をあらそうところに、一夜の宿を求める西行が行き会い、即座に、「賤《しず》が軒端を葺きぞ煩ふ」に上句を付けて「月は洩れ雨は溜《た》まれととにかくに賤が軒端を葺きぞ煩ふ」と歌をよむ、なんとも美しい情景があらわされている。雨の音を愛でるという風雅は共通するもののようだ。

芭蕉の句は、雨をきくという伝統を受け継ぎながら、それらが眼前の自然の情景に融和している、その点に見るべきものがあるだろう。「盥に雨をきく」としたところに俳諧がある。

【寒夜の辞】（天和元年冬）

深川三《みつ》またの辺りに草庵を侘《わび》て、遠くは士峯の雪をのぞみ、ちかくは万里の船をうかぶ。あさぼらけ漕行《こぎゆく》船のあとのしら浪に、芦の枯葉の夢とふく風もや、暮過《くれすぐ》るほど、月に坐しては空《むなし》き樽をかこち、枕によりては薄きふすまを愁ふ。

櫓《ろ》の声波を打《うつ》て腸《はらわた》氷る夜や涙

深川三またの辺り――隅田川（大川）と小名木川とのＹ字形に合流する地点ゆえに「三股」と称する（集成頭注）。『江戸名所記』（一六六二）に、「浅草川、新堀、霊岩島、この三方に相通じて、水の派わかれながるる所なればかくいふなり」とある。北には浅草寺・東叡山（寛永寺）、西には江戸城・愛宕山、南東には伊豆大島、南西には富士山、東には房総のみえる絶景のところで、「何より面白きは八月十五日夜の舟遊びなり」（日本歴史地名大系『東京都の地名』）とある。

「士峯の雪」「万里の船」――杜甫の「絶句四首」のうちの其三から引いている。詳しくは次項の「乞食の翁」にゆずる。杜甫の詩を初めとして、この短い文章のなかに次々と先人の和歌や詩が取り込まれていく。

「あさぼらけ漕行船のあとのしら浪」――沙弥満誓《さみまんせい》の「世の中を何にたとへん朝ぼらけ漕ぎ行く舟のあとのしら波」（世間の無常なことは、何に譬えようか、明けがた漕いで去りゆく舟のあとの白波のようなものだ／拾遺集。語訳は大系『和漢朗詠集』より）を引く。「白波」はすぐ消えるはかないもののたとえによまれる。

「芦の枯葉の夢とふく風」――西行の「津の国の難波の春は夢なれやあしの枯葉に風わたるなり」（『新古今和歌集』）を引く。

「月に坐しては空き樽をかこち」――李白「将進酒」の「金樽をして空しく月に対せしむることなかれ」を引く。

満誓の歌は始め万葉集に「世間《よのなか》を何に譬《たと》えむ朝びらき漕ぎ去《い》にしふねの跡なきがごと」として載るが、後人によってさまざまに引かれ改められ、よく知られた歌であった。満誓こと笠麻呂は、奈良時代の官僚で、元明上皇の病気平癒を願って七二一（養老五）年出家し満誓と号す。筑紫観世音寺の創建に尽力し、太宰帥大伴旅人と歌の交流があった。この歌は『和漢朗詠集』では「無常」に収められている。

『和漢朗詠集』の注に、満誓の歌について次のように記されている。『三宝絵』序には、満誓の歌と羅維の詩句とが並べて掲げてある。「身を観ずれば岸の額《ひたひ》に根を離れたる草　命を論ずれば江《え》の頭《ほとり》に繋がざる舟　羅維」（この人間の身をしずかに考えてみると、あやうくたのみがたいことは、ちょうど岸の片すみに根を離れかけた草の一筋みたいなものだ。この人間の寿命を考えてみると、はかなくさだめないことはちょうど川の流れのほとりに繋いでない一艘の小舟みたいなものだ）。ここからも知られるとおり、満誓の歌は、「無情の代表歌であった」と指摘されている。

つづいて、満誓の歌が無情の代表歌であることを示すいくつかの例があげられている。「源順集に応和元年七月に四歳の女児を失って、また八月に五歳の男児を失って、無常の涙にくれ、満誓の歌の「世の中を何にたとへん」をかしらにおいて十首の歌をよんでいる」と。この例によっても「無常」の心がどういうものかがわかる。幼い子供を亡くした親や母を亡くして喪に服す子が「侘び人」であった。「無常」の和歌によって「わび」の心はいっそう明確なものとなる。

次に、西行の歌はどうか。

西行の「津の国の難波の春は夢なれやあしの枯葉に風わたるなり」は、能因法師の「心あらん人に見せばや津の国の難波わたりの春の景色を」を本歌としてよまれたものだが、難波の春といえば、次の歌が有名であろう。

「難波津に咲くやこの花冬ごもり今は春べと咲くやこの花」

この歌は『古今和歌集』仮名序に、歌の父母《ちちはは》における父に当たる歌としてあげられており、誰しも手習いのはじめに書いた周知の歌であった。伝承では王仁《わに》が仁徳天皇に即位を勧めた歌とされている。難波津の春を盛りと咲いている花は梅の花である。その梅の花がさかりと咲く春の景色を心ある人に見せたいと、能因法師は受け継いだ。しかし西行は、あれほど愛でられてきた華やいだ「難波の春」を「夢だったのであろうか」と受けている。むかしの夢に対して、葦の枯葉に冬の木枯らしが吹き渡る景色を眼前の景色として出現させるのである。

かつては梅の咲きほこる春であったのに、いまは葦の枯葉に風の吹きぬける冬という無常観。西行には難波の葦をよんだ別の一首もある。

「津の国の葦の丸屋《まろや》のさびしさは冬こそわけて訪《と》ふべかりけれ」（『山家集』）

春の爛漫としたやわらかさではなく、冬の冷え冷えとしたさびしさをこそ訪うべきだ、という。西行は新たに詩情をさし出してみせたのだが、この西行の詩情へこそ芭蕉の共感の根本が認められるだろう。

次に李白「将進酒」の詩について。この詩は二十五句からなり、「金樽をして…」の句は第六句にあたるが、初句から六句までをみてみよう。

「君見ずや黄河の水天上より来るを／奔流海に到つて復廻らず／又見ずや高堂の明鏡白髪を悲しむを／朝には青糸の如きも暮には雪の如し／人生意を得ては須《すべか》らく懽《かん》を尽すべし／金樽をして空しく月に対せしむること莫かれ」（君は黄河の水が遥かな上流、天の上からすばらしい勢いで流れ下って来るのを見ないか。あれも奔り流れて海に行き着くと、二度とかえっては来ないのである。又君は高い広間の立派な住まいに居る貴人でも、さすがに明かるく写す鏡の中の、自分の白髪を悲しんでいるのを見ないだろうか。あれも朝には青黒い糸のようであったのに、暮にはもう雪のように白くなったのである。黄河の水の帰らぬように人生は速かに過ぎて、この黒髪は白くなり、忽ち年老いてしまうのである。だからこの人生で、自分の思う通りにできる順調の時には、ぜひ十分に歓楽を尽さねばならない。立派な黄金作りの樽の酒を、飲みもしないでむだに照る月に向かわせておいてはならないのである。人生の得意快適の時はまことに得がたくて、また失いやすいからである。）（新釈漢文大系『古文真宝前集』）

詩は最後の句「爾《なんじ》と同に消せん万古の愁いを」（君たちと共に、人間にとって永遠に尽きない、過ぎ行く生命に対する悲しみを、酒によって消そうと思うのである）をもって結ばれる。

「詩想の飛動すること、黄河の奔流のような雄大な詩である。いわゆる天馬空を行くという詩風である。この奔放自由、縦横に駆使する華麗な詩句の中に、抑え難い人生の悲哀が溢れている。（略）これこそ万古の愁いというべき、人間のある限り絶えることのない愁いであろう」と説かれている。

人生の無常を悲しむことにおいて、李白の詩は満誓や西行の歌と共通する。三つの詩歌を選択した芭蕉の意図も見えてくる。

李白の「金樽」に対して、芭蕉は「空しき樽」といい、愁いを「忘れるための酒もない」我が身のありさまで応じた。あるのは「薄きふすま」だけ、その薄い布団にくるまりながらただ月を見てわが身の愁いを身にしみて感じる日常の景を描きだす。

「寒夜の辞」において早くも芭蕉は、満誓・西行・李白の詩歌に焦点をしぼり、「無常」の観をしっかりと押さえとどめている。そうしてこの詩歌につらなって、腸《はらわた》も氷ると言わしめるほどの深い寂しさ、悲しさを俳諧であらわした。

「櫓の声波を打て腸氷る夜や涙」（延宝八年冬の吟）

「波の上を聞えてくる櫓のきしり、それにじっと耳を傾けていると、寒夜の弧愁に腸も氷るかと思われ、涙がひとりでに流れてくる。」（『芭蕉句集』）

芭蕉の俳諧の根底にある詩想は「無常迅速」である。

『三冊子』に次の話が伝えられる。

「師、或方《あるかた》に客に行きて食《めし》の後、「蠟燭《らふそく》をはや取るべし」といへり。夜の更《ふく》ること目に見えて心せはしきと也。かくもの丶見ゆる所、その目・心の趣、俳諧也。つゞいていはく「命もまたかくの如し」と也。無常の観、猶《なほ》亡師（芭蕉）のこゝろ也。」（「わすれみづ」）

また『三冊子』にはこうもいう。

「侘《わぶ》といふは至極《しごく》也。理《ことわり》に尽きたるもの也といへり。」（「わすれみづ」）

「わぶ」というのは究極の概念である、論理的な筋道を付けて説明できないものだ、とでも訳せるだろうか。「わぶ」が多くの美意識の一つではなく、芭蕉の俳諧において、撰ばれた概念であることを裏付ける。

【乞食の翁】（天和元年末）

窓《まどには》　含《ふくむ》西嶺《せいれい》千秋《せんしゅうの》　雪《ゆき》

門《もんには》 泊《はくす》東海《とうかい》万里《ばんり》船《のふね》

泊船堂主　華桃青

我其《われその》句を識て、其心を見ず。その侘《わび》をはかりて、其楽《たのしび》をしらず。唯《ただ》、老杜《らうと》にまされる物は、独《ひとり》多病のみ。閑素茅舎《ばうしゃ》の芭蕉にかくれて、自《みづから》乞食《こつじき》の翁《おきな》とよぶ。

櫓声《ろせい》波を打《うつ》てはらわた氷る夜や涙

貧山《ひんざん》の釜《かま》霜に鳴《なる》声寒シ

買水《みずをかふ》

氷にがくエン鼠《そ》が咽《のど》をうるほせり

歳暮

暮れ〱てもちを木玉《こだま》の侘寝《わびね》哉

「窓含西嶺千秋雪　門泊東海万里船」は、杜甫の「絶句四首其三」「両箇黄鸝鳴翠柳／一行白鷺上晴天／窓含西嶺千秋雪／門泊東呉万里船」の三句目と四句目によっている。黒川洋一氏の訳では、「二羽のうぐいすがみどりの柳に鳴いており、一列の白さぎが青空に上がっていく。そして窓には千古の雪がはめこまれ、門のところには東呉に向って万里の旅をしようとする船がとまっている。」

曹氏の解釈によれば、一つの句が一つの風景で、絵画のような風景が四つ重ねられていく。美しい大自然に恵まれて、穏やかな田園生活を楽しんでいるが、結句「門泊東呉万里船」によって、成都を離れても故郷を忘れず、故郷へ向かう船の旅を思う杜甫の気持ちが暗々裏に表されている、という。

結句の「東呉」を芭蕉は「東海」とし、従来それは誤りとされてきたが、そうではなく、芭蕉にとっての「西嶺」は富士山、「東海」は東海道であり、東呉を東海とすることで杜甫の詩はいつしか芭蕉の現在に結びついていく、ともいわれる。同様に、廣田二郎氏によれば（『芭蕉と杜甫　影響の展開と体系』）、杜甫のこの詩は当時よく知られていたもので、芭蕉が抜き出した情景は、「草庵から隅田川西岸の彼方に眺める富士の千秋の雪、草庵の門辺の川岸に全国各地から航行して来て碇泊している船舶について詠んでいるかのようであった」とある。だから芭蕉は、杜甫をそのまま引き写したような詩句に「泊船堂主」と自らの名を記したのだという。「泊船堂」とは、深川の草庵が「芭蕉庵」と称せられる以前の名。

「其句を識て、其心を見ず。その侘をはかりて、其楽をしらず」と、杜甫を前提に、己の不足を説いていくのだが、すでに取り上げてきた「侘」につづいて、「心」「楽」と注目すべき語が出てくる。しかしそのどちらも自分は理解するに至っていないという。「わび」を遠く中国の漢詩に探ってきた芭蕉だが、その心や楽しみを知るまでには至っていない、そういいつつも、侘びを楽しむ境地に触手をのばそうとしていることはうかがえる。風雅や風狂の精神につづく道筋がみえてきたともいえるだろう。

杜甫の詩に多くよまれている「独多病」にかけて芭蕉は「まされる物は、独《ひとり》多病のみ」といったが、これには曹氏のまじめな反論がある。杜甫の持病を分析すると四種類あり、1慢性、衰弱性のマラリア、2糖尿病、3肺病、4リューマチ。それに対して芭蕉は、疝気《せんき》（胆石による腹痛）と痔疾なので、杜甫の病の方がひどくて多いから、「唯、老杜にまされる物は、独多病のみ」というのは成立しない、という。杜甫の生涯が日本に紹介されるのは、明治三十五年刊の笹川種郎『杜甫』を初めとするから、芭蕉はその多病を詳しく知らなかったのだろうという。そういう側面もあるかもしれないが、芭蕉は、杜甫よりも多病と主張しているのではなく、すべてにおいて杜甫に及ばない自分だが、負の病のみは勝っているのだと、少しユーモアを添えて文章を作っていったのであろう。

芭蕉は、貧の意識を自覚的に形成する過程で、ついにここにおいて自らを「乞食の翁」と称することになった。それは西行へ連帯する心でもあった。『ささめごと』にいう。「西行上人は身を非人（乞食）になせども、かしこき世にはその名を照らす」と。
乞食について『三冊子《さんぞうし》』に次の記事がある。「師つねに我を忘れず心遣ひ有事也」といい、その例として挙げられているのが、乞食についてふれた以下の文章である。

或旅行の時、門人二三子伴ひ出られしに、難波のやがてこなたより、駕《かご》下りて、雨の薦《こも》に身をなして入り申さる、と也。その後、此事を問へば、「か丶る都の地にては、乞食行脚《こつじきあんぎや》の身を忘れて成がたし」と也。駕をかるに、価《あたひ》を人のいふごとくに毎《いつ》もなし侍る也（「わすれみず」）

土芳《とほう》がかたるに、芭蕉先生は、あるとき門人二三人と旅に出かけられたが、難波（大坂）近くになると駕籠から下りて雨よけの薦を身にまとってその地に入られたということだ。後にわけをたずねたところ、こういう都会の地においては、自分が乞食行脚の身であることを忘れてはならないのだ、それを忘れては俳諧はなしがたい、といわれた。
「かかる都の地にては」といっていることが興味深い。「柴の戸」の「長安は古来名利の地、空手にして金《こがね》なきものは行路難し」を思い出していただきたい。貨幣経済の席巻する都会への視点がここにもうかがえるであろう。「薦かぶり」とか「お薦」は「乞食」の別称であり、当時の乞食は、橋などで、筵《むしろ》をかぶっているのがその姿であった。いろいろな席で丁重に迎えられる芭蕉ではあるが、遊行芸能民同類の乞食行脚の身を忘れてはならないという心意気を述べる。蕉風俳諧の核が、孤独で貧しくつらく失意の「わび」の心にあることがこの話からもうかがえる。

乞食行脚の話につづいて、いつも駕籠賃を相手の言うままに払ったということに土芳はふれるのだが、それについては注釈などで、「他人の労苦は正当に評価して感謝する気持ちを述べたもの」とか、「駕籠を途中で下りたのは駕籠賃を惜しんだためではないので言われたままに支払った」とか解されている。

駕籠を下りた話から駕籠賃のことへと及んだのであろうが、しかしそこには乞食の対極である金銭・富への連想も働いていたのではないか。騒々しい都会生活というのは、少しでも人に先駆けようとする気持ちに駆り立てられている。貨幣経済社会というのは、損か得かが判断の基準になる社会である。常に言われたまま賃金を払う芭蕉の、損得に左右されない姿をしるす土芳は、芭蕉の独自性に気付いていたのではないか。

「櫓声《ろせい》波を打《うつ》てはらわた氷る夜や涙」
「貧山《ひんざん》の釜《かま》霜に鳴《なる》声寒シ」

「貧山の釜」——中国の故事に「豊《ほう》山の鐘」という言葉があり、豊山の鐘は霜が降ると人が突くわけでもないのに自然と鳴るという。その「豊」を「貧」に、「鐘」(カネ)を「釜」(カマ)に変えてもじっている。「豊山の鐘」については、『芭蕉句集』に、『田舎之句合』の芭蕉評語に出てくることもあり、かなり一般化した故事ではなかったか、と指摘されている。「豊山」の「豊」に反応し、詩人のモチーフである「貧」を対応させた。冬の草庵、霜に氷って、金属の釜が自然と鳴る、その音に寒々しさがつのる。霜夜に自然と釜が鳴るけれど、それは似て非なるものであって、とうてい豊山の鐘ではない。『芭蕉句集』に「蓼太《りょうた》の『芭蕉句解』にこの句を「ことばのつづきこは〱しけれど、さびしみ言外に有て、尤《もっとも》正風といふべし」と評する」ともある。「さびしみ」、つまり「わび」の情趣である。

後年芭蕉は「紙衾《かみふすま》ノ記」で次のようにも記している。

なをも心のわびをつぎて、貧者の情をやぶる事なかれと、我をしとふ者にうちくれぬ。

「おくのほそ道」の旅の途中でもらった紙衾(紙でできた夜具)を、大垣に着いて門人にくれてやる時、俳諧の心の「わび」を受け継いで、貧しい者の心情を破らない(紙なので破るといった）、つまり無にしないでほしいと、ことばを添えて渡した。ここでも「わび」と「貧者」とが対にとらえられている。多く「貧者の清らかな情を破ることがないように」と訳されるが、それでは芭蕉が「わび」にたくした詩情を破るものであろう。

買水《みづをかふ》
「氷にがく偃鼠《えんそ》が咽《のど》をうるほせり」

「水を買う」――『国史大辞典』「水船」には、江戸深川など隅田川の対岸で水道施設のない地域の住民に、飲料水を積んで小船で売りまわったとある。深川は、神田上水の便をこうむらず、また、飲料水に適する水に行きつくまで深く井戸を掘る技術は十八世紀をまたねばならなかったようだ。十七世紀の芭蕉の住む深川では飲み水を買って生活していた。

「偃鼠が咽をうるほす」――『荘子』「逍遥遊」に出て来るエピソード。理想の帝王である堯《ぎょう》が高士の許由《きょゆう》に天下を譲ろうとした。それに対して許由は、「ミソサザイは、森林に巣をかけるにしても、一枝で十分ですし、ドブネズミ（偃鼠）は川の水を飲むにしても、満腹で止まります」（新釈漢文大系『荘子』）と答える。鼠が水を飲むとしても小さなお腹を満たせばいいのであって大河など必要ないという喩えで、許由は「私に天下は無用です」と断るのである。それを引いた芭蕉の句を「隠者の知足と見るべし」(『芭蕉句解』)との解釈があり、多くはそれにしたがって「分に安んじているのを許由のたとえで述べたもの」とみるのだが、許由には、『徒然草』第十八段に次のエピソードもある。

「昔より、賢き人の富めるは稀《まれ》なり。唐土《もろこし》に許由といひつる人は、さらに身にしたがへる貯へもなくて、水をも手して捧げて飲みけるを見て、なりひさごといふ物を人の得させたりければ、ある時、木の枝にかけたりけるが、風にふかれて鳴りけるを、かしかましとて捨てつ。また手に掬《むす》びてぞ水も飲みける。」

許由は、水を汲むひさごさえ持たない無一物の貧乏人で、周知のように、堯から天下を譲るといわれて耳が穢れたと潁川《えいせん》で耳を洗った清貧な高士である。だが芭蕉はその許由と自分を同一視しているわけではない。重ねるとしたら、ひさご一つ持たない無一物の方の許由であろう。

芭蕉も許由のように自分をドブネズミにたとえ、同じく貧しく天下から外れたところに隠棲しているのだが、「氷にがく」から響いてくるものは、現状に満足し安んじているものの姿ではない。芭蕉は、許由のように、世間から超越し世の中の事に無関心だったわけではない。

「買水」が効いている。金で求めた飲み水が凍るほどの冬の夜、そのひと欠けを口に含むのだが、決して美味ではない。しかしその苦い水で咽をうるおしている。そこに日常があり、その苦い日常をしっかりと見定める。「寒夜」と題する次の句もある。「瓶《かめ》わる、夜《よる》の氷のねざめ哉」（貞享頃の句）

歳暮

「暮れ〳〵てもちを木玉《こだま》の侘寝《わびね》哉」

「貧寒な草庵では正月が来るといっても、餅を搗《つ》くこともなく年の瀬の迫る日々を、他家で餅搗く杵の音を侘寝の枕に聞くばかりである」（『芭蕉句集』）。さらにそれを「自己の侘寝を風雅なものとして世俗一般の生活と対比した」と鑑賞するが、このように「わび」をただちに「風雅」と結びつけることはしないでおきたい。当時新年を迎えるに餅を搗かないというのは貧しさのあらわれであり、餅を搗けなくとも入用だけ餅屋から買って整えたりもした。どんなに貧しくとも、誰もが正月を迎える準備に精一杯をつくすのである。その様子は西鶴の『世間胸算用』「長刀はむかしの鞘」で描かれる。貧しい長屋の住人の一人は、普段している帯を紙こよりに仕替えて、その他、枡や釣御前《つりおまえ》の仏具や家にあるだけのものを二三品かき集めて、それを質種に銀一匁三分借りて年を越すのである。『日本永代蔵』「世界の借家大将」では、大店でありながら暮れに餅を搗く手間が惜しいと餅をあつらえる主人を、世界に二人といない始末な合理主義者として描くのである。

ホカホカと搗き立ての餅は、正月を迎える喜びや幸福感の象徴でもある。「侘寝」には、貧しさだけでなく、世間では一年で最も活気付く年末、正月を待ち望む年末、そこから一人外れてなすこともない者のわびしさもこめられていそうだ。こうしてそのわびしさを寝ながら引き受けるということである。

*

延宝八年の冬深川に居を移してから天和元年冬にかけての一年間、芭蕉は「わぶ」を主題とした文章を書き、句を作り続けた。句文を書くことは、負の感性である「わぶ」を詩情へと転換しようとする課程でもあった。それは、茶の湯のわびという美意識に抽象化されたものから一旦離れ、「わぶ」という心情を徹底的に探索する試みでもある。浪本澤一氏の次の指摘もある。「元来「わび」の語義は「貧」の一義を内包している。芭蕉の侘びは「タツキ乏シ」の生活に自らを投げ入れ、そこに風雅の境地を定着させていった所から自然に湧き出てくる侘びである。」（『芭蕉風雅考』）

古今和歌集以後、和歌において貧困の悲哀を歌うことはない。一つに芭蕉が貧しさの悲哀をよんだ白楽天や杜甫や李白の詩に没入したゆえんでもある。日野龍夫氏の次の指摘もある。「和歌の伝統は、貧窮を排除してきた」。漢詩においては、「貧窮はすぐれた詩人になるための必須条件」であって、「「貧窮は盗みをしか産まない」という和歌の思想とはまさに正反対」である（「俳諧と漢詩」『俳諧と漢文学』所収）。

十七世紀の作家たちは、貨幣経済社会という未曾有の現実にそれぞれの方法で対峙するのだが、一見芭蕉はそれから距離を置いているようであり、西鶴や近松のように目前の現実を直接描写して思いを述べることはなかった。しかしここで考察してきたように、芭蕉が「わぶ」に込めた心、「無常」や「貧」への視線を理解していただければ、詩人は社会の深刻な様相に決して無関心であったわけではなく、この現実に詩人として向き合っていたことが分かる。

一年半後の天和三年五月、其角編集の『虚栗《みなしぐり》』に芭蕉は跋文を書く。跋文のなかで「侘と風雅」を並び称するにおいて、芭蕉の一連の「わび」の詩情を自家のものとする切磋琢磨は収束する。

跋文のなかで、『虚栗』には四つの味があるという。一つは杜甫・李白、二つは寒山、三つは西行、四つは恋の情で、白楽天へとつづいていく。唯一和歌の西行を取り上げて、「侘と風雅のその生《つね》にあらぬは、西行の山家《さんが》をたづねて、人の拾はぬ蝕栗也《むしくひぐり》」（わびとそれを含むこの俳諧が普通のものと違うのは、西行の流れを汲んでいるもので、普通の人なら拾いもせぬ虫食い栗のようなものなのである。／阿部喜三男『芭蕉俳文集』）という。

当時流行の俳諧とは行き方が違って見向きもされないであろうネガティブな「わび」に、蕉門の抒情の中心を定めたことが語られる。俳文「寒夜の辞」で取り上げていた西行の歌を思い出していただきたい。「津の国の難波の春は夢なれやあしの枯葉に風わたるなり」「津の国の葦の丸屋のさびしさは冬こそわけて訪ふべかりけれ」。

つらく悲しく惨めで孤独な「わび」とともに、その「わび」が『虚栗』において「風雅」に並列されたことに注目したい。阿部氏の訳では風雅は俳諧と訳されており、たしかに芭蕉にとっての風雅は俳諧だが、それをもう少し広げてとらえる試みもしておきたい。芭蕉の時代はまだ芸術や文学という概念を持たない。しかしその概念が必要なところまで芭蕉の精神は到っている。芸術・文学に匹敵する言葉として「風雅」を見出したのであり、後年、『笈《おい》の小文《こぶみ》』の冒頭において宣言のように語った有名な文章がそのことを示している。

「つひに無能無芸にして、ただこの一筋（俳諧）につながる。西行の和歌における、宗祇の連歌における、雪舟の絵における、利休が茶における、その貫道するものは一なり」と言及し、「風雅」の語でそれらをくくるのである。

芭蕉にとっての文学・風雅は俳諧であり、その風雅の中心に西行の抒情につらなるものとして「わび」を据えた。くりかえしになるがその侘びは貧を含みこんだ乞食の侘びでもある。『虚栗』に収められた「花にうき世」の歌仙で、芭蕉は次の発句をよんでいる。

憂方知酒聖（憂ヘテハ方ニ酒ノ聖ヲ知リ）
貧始覚銭神（貧シテハ始テ銭ノ神ヲ覚ル）
「花にうき世我酒白く食《めし》黒し」

この句は、「柴の戸」から「乞食の翁」までの「わぶ」の考察の渦中でよまれた句となんと違うことか。春の花見に浮かれる季節、たとえ白いにごり酒と黒い玄米かもしれないが、酒を飲み、飯を食っている。だが、ほとんどの注釈が、花に浮かれる世間に、貧寒の自分を対比したととらえ、世間の「浮世」に対して自分は「憂世」で浮かれてはいないととらえる。しかし、芭蕉は、西行作と伝えられる和歌「すてはてて身はなき物とおもへどもゆきのふる日はさむくこそあれ」につづけて「花の降る日はうかれこそすれ」と付けているではないか。

愁いにより酒を知り、貧乏で銭のありがたみを痛感した自分の食卓は、安価な濁り酒と、精米されていない粗末な飯の生活である。おのれをながめる視線にそこはかとないユーモアさえ感じられる。「わぶ」の詩情の徹底的な追及により、蕉風俳諧の根本を確立したのちに、春の季語で句を読むところにまで、『虚栗』の芭蕉は至っているのである。

後年芭蕉は、文学にたずさわる者へ、言葉を贈ってくれた。

「侘《わび》しきを面白がるはやさしき道に入りたるかひ（甲斐）なりけらし」（『別座鋪』）

【注釈】句文の解釈については諸注釈を参照させていただいた。
『校本芭蕉全集』第六巻俳文篇／横沢三郎・尾形仂（角川書店）
日本古典文学大系『芭蕉文集』杉浦正一郎・宮本三郎・荻野清（岩波書店）
『芭蕉句集』大谷篤蔵・中村俊定
『連歌論集俳論集』木藤才蔵・井本農一
『和漢朗詠集』川口久雄
日本古典文学全集『松尾芭蕉集』井本農一・堀信夫・村松友次（小学館）
『連歌論集能楽論集俳論集』伊地知鉄男・表章・栗山理一
新潮古典日本集成『芭蕉文集』冨山奏（新潮社）
『芭蕉句集』今栄蔵
『芭蕉講座』第一巻発句篇（上）／頴原退蔵・加藤楸邨（三省堂）
『芭蕉講座』第四巻連句篇（上）／頴原退蔵・山崎喜好
『芭蕉全句集上』加藤楸邨（筑摩書房）
『芭蕉俳文集』阿部喜三男（河出書房）

『芭蕉風雅考』浪本澤一（春秋社）
『芭蕉　その詞と心の文学』安東次男（筑摩書房）
『新唐詩選』吉川幸次郎・三好達治（岩波書店）
中国詩人選集『杜甫上・下』黒川洋一（岩波書店）
『芭蕉と杜甫』曹元春（白帝社）
『芭蕉と杜甫　影響の展開と大系』廣田二郎（有精堂）
『芭蕉の芸術』廣田二郎（有精堂）
新釈漢文大系『古文真宝前集』星川清孝（明治書院）
『荘子』遠藤哲夫・市川安司

＊テキストの引用は『校本芭蕉全集』をもとに、読みやすいように手を入れた。
＊句文の題名については新潮日本古典集成によった。
＊『笈の小文』の冒頭の文章については、拙稿「芭蕉の俳諧と風――『笈の小文』にそって」（『日本の美学36――特集　風』）燈影舎を参照されたい。

杜国の詩情——冬の日「こがらしの巻」より

この論考の目的は、俳人杜国《とこく》の詩的感性を、『冬の日』「こがらしの巻」から解き明かすことにある。

芭蕉は、貞享元年（一六八四／芭蕉四十一歳）秋八月、深川の芭蕉庵を出立して甲子《かっし》吟行（野ざらし紀行）の旅に出た。その間、九月には郷里の伊賀上野に前年に亡くなった母の供養に参じ、年末にはふたたび郷里に戻ることはあったが、翌年四月に江戸に帰着するまで、およそ九ヶ月の長きにわたる吟行を行った。伊賀上野から奈良、吉野、京都、大垣をめぐり、木因《ぼくいん》の案内で熱田神宮に立ち寄り、十月中旬名古屋に入った。名古屋では一ヶ月近く、借家住まいの世話を受け、その地で『冬の日』五歌仙を巻いた。周知のように、これが蕉風俳諧の第一歩とされる。芭蕉と杜国はここで初めて対面した。杜国は、二十代後半の町代も務める富裕な米穀商であった。しかし彼は翌年の八月、空米売買の罪により御領分追放の刑を受け、四年半の後には三十代の若さで、伊良子崎の保美《ほび》の里で客死している。後に芭蕉の夢に杜国が現れた『嵯峨日記』の記述はよく知られている。

夢に杜国がことを言ひ出だして、涕泣して覚む。心神《しんしん》相交る時は、夢をなす。（略）まことに、この者を夢見ること、いはゆる念夢なり。我に志深く、伊陽（伊賀の国）の旧里《ふるさと》まで慕ひ来たりて、夜は床を同じう起き臥し、行脚の労を共に助けて、百日がほど影のごとくに伴ふ。ある時はたはぶれ、ある時は悲しび、その志わが心裏《しんり》にしみて、忘る丶ことなければなるべし。覚めてまた袂をしぼる。

以前から、芭蕉と杜国の衆道関係を指摘する論者も多く、そしてその愛情を否定するものではないが、杜国の詩人としてのすぐれた資質に気付いていただければ、芭蕉の彼への愛惜の思いも、失った痛切さも、別の観点から再認識していただけるのではないかと思う。

＊

連句は、付句《つけく》をする行為にその醍醐味があらわれる。芭蕉自身、「発句《ほっく》は門人の中予におとらぬ句する人多し。俳諧（連句）においては老翁が骨髄」（『宇陀法師』）といったように、連句に自信もあり重要視もしていた。連衆《れんじゅう》にとって、自句への付句をするのは誰かは、なおざりにできない事柄である。芭蕉に付句をしてもらうことほど、実力が付き、名誉なことはなかっただろう。芭蕉自身が「愚弄が俳諧は、五歌仙にいたらざる人、一生涯成就せず」(『俳諧問答』)と、芭蕉と一座して歌仙を巻くことの重要性をかなり力を込めて語っている。

その点から「こがらしの巻」を見てみると、荷兮《かけい》と野水《やすい》が芭蕉の前句に位置している。荷兮は四人の連衆(荷兮・野水・重五《じゅうご》・杜国)のなかで最も年長で俳歴も長い。野水はこの地の有力者で富裕な呉服商でもあり、芭蕉の滞在場所の手配をするなど一座の亭主に当たる人物である。この二人が芭蕉の付句を受ける位置に据わるというのは経歴から見てもうなずける。ただ興味深いことに、芭蕉に付句をしているのは誰かというと、杜国がその一人である。『冬の日』五歌仙のうち、二巻目の「はつ雪の巻」は、「こがらしの巻」と同様荷兮が、また野水に変わって重五が芭蕉の前、芭蕉の後は杜国・野水という配置で、つまり「こがらしの巻」「はつ雪の巻」において、芭蕉は杜国に付句を受ける位置にいる。さらに四巻「炭売の巻」、五巻「霜月やの巻」になると芭蕉と杜国は離れてよんでおり互いにかかわることがない。これは、杜国の力量を知った芭蕉が、二人の名手を間に配置して歌仙を支えようとしたと考えられなくもない。連衆の一人の力量が落ちると全体の流れや新たに創造されつつあるものは途絶えてしまう。そしてどうやら思うに専門の俳諧師とたぶん自他ともに認めていたであろう荷兮にその停滞が時折感じられるのである。
とまれ、芭蕉は杜国に付句をされて触発されたのではないかと私は考える。位置取りは、有力者の荷兮・野水の後に芭蕉が付くことが目的で、杜国の付句を受けることは偶然にすぎなかったにしても。それのみならず、杜国はときに芭蕉の目を奪う詩情をかいま見せたのではなかったろうか。

揺さぶられたのは杜国にばかりではなく、この名古屋の連衆との俳席は、芭蕉にとって予想外に振り回されるものでもあった。従来『冬の日』歌仙は、貞門・談林・天和調から脱却する過渡期の作ととらえられ、理解不明な句が多いことからも、蕉風の第一歩をしるす記念すべき歌仙ではあるが、蕉風の成果としてはそれほど重要視されてこなかった。しかし、『冬の日』歌仙は、初対面の生の臨場感溢れるものであり、俳諧の古今集といわれる『猿蓑《さるみの》』と、対にしてとらえることもできそうな可能性さえ秘めている。

晩年芭蕉は、去来《きょらい》・凡兆《ぼんちょう》の高弟と三人でかの有名な『猿蓑』「市中の巻」を巻いた。実験的でありつつ完成された連句でもあり、蕉風の到達点を示してみせた。その達成は疑うべくもない。一方、『冬の日』には生まれいずるとき特有の不十分さと破綻はあるものの、新しい詩情による躍動が溢れており、それはまたそれで楽しいものになっている。
『冬の日』「こがらしの巻」全体については機会を改めて鑑賞したいと思うが、連句は、音楽のように調べがつらぬき流れているものであるため、刻々と移り変わる中から一部の句だけを抜き出して鑑賞するのは不適切だともいえるが、ここではそのマイナスをあえて押して杜国の句に焦点をあてていく。

＊

冬がれ分けてひとり唐苣《たうちさ》　野水

25 しらしらと砕《くだ》けしは人の骨か何　杜国

「こがらしの巻」で連衆はそれぞれ七句をよんでいる。杜国の七句はいずれもすばらしいのだが、なかでもこの句は、杜国の詩的感性を現すことになった。初めに従来の評釈を見ておこう。幸田露伴の『芭蕉七部集評釈』に収められている『評釈冬の日』（昭和十九）は、初案は『冬の日抄』として大正十三年に刊行されており、古註を除けば、ほぼ現在の連句注釈は露伴の評釈を出発点としているといってもよい。「しらしらと」の句についても、露伴の評釈によって視覚的造形はほぼ定められている。すこし長くなるが引用しよう。

しら〳〵は白々なり。骨かあらぬか何ものぞと疑ひたるにて、前句の冬枯分けてひとり唐苣の立てるあたりに、何やらん白きものの砕散り居るを遠くより眺めたるまでにて、別に深き意などの存するにはあらず。

砕けたる貝殻、しやれたる木片なんどの、しら〳〵としたるが畠の土まじりに見ゆることは、よくあることなり。それを巧みに云取りて、砕けしといひ、白々といひ、骨か何といひて、冬枯のすさまじき体を見せたる、面白し、とも評すべくや。

将又《はたまた》冬枯の物すさまじき折柄には、あらぬものを看ても、何かと疑ひまどふやうなる寂しくて後見《うしろみ》らるゝ如き感も起ること有るもの故、そこをひたひたと逼《せま》りて云出だしたる、面白し、とも評すべきか。いづれにしても前句との映り、ねばらず疎からずしてよし。

「何かと疑ひまどふやうなる寂しくて後見らるゝ如き感」とは含蓄が深い、「遠くより眺めたる」もいい。が全体に、「すさまじさ」を際立たせることにはあまり共感できない。さて、後世の注釈が露伴註にどう対応しているかをみてみると、「人の骨」に力点を置いて踏み込んでいくようになった。さらにそこから「無常寂滅」と「無気味な景」の二手に分かれることにもなった。

「無常寂滅」の方は、「前句陽気発動の趣あるに対して寂滅の観想を取合せたるならむ」

（樋口）、「前句の、荒涼たる冬枯れの中でひとり生気あるものに対して、無常寂滅の景を対照的に並べたのである」（全集）、「前句の独り生気のある唐菖に対して、これは全く寂滅の姿である。狙いは無常である」（阿部）。

「無気味な景」の方は、「（唐菖を採りに枯野に分け入った）その人の目撃した無気味な景を発話体でつけた。」「白き物の品々」を雪月花の風流から「人の骨か何」と怪奇に見かえたのは、『冬の日』に多く存する天和趣味の名残」（乾）、「凄惨極まる場」（大田）、「白骨の凄まじさを点出」（能勢）などとある。

刺激的にとらえた方が感興が増すという意識が働くためか、どちらも一段と耳目をひく解釈になっていくのだが、杜国の詩心とは離れていくばかりのように思われる。

杜国が「白骨」にみているものは、無気味さや凄まじさではなく、色彩の「白」にあるのではないか。古来白を表現するものはさまざまであり、それを杜国は「しらしらと砕けしは人の骨か何」と表現した。「しらしら」には白いだけでなく砕けているものの語感もある。それについてはすでに能勢朝次氏が次のようにふれておられる。「「しらしら」の語調の中には、色彩の白さに添えて、骨らしきものが脆《もろ》くくしゃくしゃと破れ砕ける様子や音までも感じられる」。しかし能勢氏はこの句を「冬枯れの野面から受けるすさまじい感じを手がかりとして、白骨の凄まじさを点出してきたものである」と評され、「疑いいぶかる心をあらわしたものである」ともいわれる。

「破け砕ける様子や音までも」というのは踏み込みすぎのような気がするし、「無気味」や「凄まじさ」の強調には共感できない。「しらしらと砕けしは」は「白く砕けている」ではない。それでは説明的になりすぎる。「しらしら」「砕けし」「人の骨か何」の三重で構成される世界。「骨か何」と不確定な問いかけで結ぶことによって、表現の最終的な着地をゆらめかせることになっている。表現するということは区切り固定することであるから、イメージを固定せずに表現するということはそうたやすい行為ではない。「しらしら」「砕けし」「人の骨か何」と、不分明で、脆く、心もとなく、いわば何か分からないあやしげなイメージを「白」の色彩とともに云い止めてみせた。これはかなりの力量というほかはない。視覚的には、冬枯れの荒涼としたなか、野ざらしの骨、まわりがほの暗くてそこが白い景を思いうかべればよいだろう。

「白」に焦点をあててみると、斎藤徳元の『尤《もっとも》の草紙』の「しろき物のしな〳〵」にいきあたる。そこには次の和歌が挙げられている。

「しら〳〵ししらげたる夜の月影にゆきふみわけて梅の花おる」

これは、『和漢朗詠集』の「白」の部に収められており、白髪、月光、雪、梅の花と、白で満たされた幻想的な世界である。この和歌の「しらしらし」の言葉が杜国の記憶に残っていたかもしれない。(『国歌大観』に「しらしらし」と詠みだされる和歌は一首も認められない。)

数多くの注釈のなかでこの句の付け筋を明確に示したものはほとんど見当たらない。なぜ杜国は「しらしらと」と人の骨をよみ出したのか。付け筋ということでいえば、「生気ある唐苣に対して、無常寂滅の景を対照的に並べた」と一つの解釈が示されていたが、「対照」を意識したというのはいかがであろうか。一応、前句の冬枯れの情景にさらに景を付けたとは考えられる。前句「冬がれ分けてひとり唐苣」は、冬枯れのイメージと、青々とした唐苣のイメージとを併せ持っており、どちらにも展開できる。その地点で杜国は、生気ある唐苣の方ではなく、冬枯れのイメージを拡大する方を選んだのだと思う。中では阿部正巳氏や乾裕幸氏が付け筋を示しておられるが、その注釈に「青に白の色立は当時の俳趣味」とある。唐苣の青に白の取り合わせをした。すでにふれたように、「白」は雪であり月光であり梅の花であったが、それら雪月花の風雅を「人の骨」に見かえたのだという。ただ、「青に白の取り合わせ」という発想から、あの脆く心もとないイメージが生まれるものかどうかは疑問であり、別の付け筋がありそうな気がしてそれを探っていきたいという思いは残る。

いずれにしろ、「しらしらと砕けしは人の骨か何」と杜国が云い止めてみせた「白」に、芭蕉は衝撃をうけたのではないか。芭蕉の「白」への思いについては、稿を改めてふれたいと思うが、その不分明な白というイメージだけではなく、この句のある種の観念性に気付いたのは芭蕉一人ではなかったか。杜国でさえはからずも自身の魂——白に仮託されたいまだ輪郭の定まらない脆くあやしき心を表白することになったのであり、それをかぎ分けることは芭蕉の外にはありえない。

付句をした重五は、生活に根ざした現実派の傾向が強いので、かつそれがこの歌仙にビビッドなものを招じ入れてもいるのだが、「烏賊《いか》はゑびすの国のうらかた〈占形〉」と付け、「人の骨か何」の疑問に対して、それは「烏賊の甲羅さ」と謎解きをしてみせる展開になっている。それまで数句続いた冬枯れのイメージは、この思いがけない展開に打ち破られ、笑いさえ誘ったであろう。

それはそれとして、杜国の詩心、「しらしらと」であらわした不安定なイメージに通じる句を、彼は別の箇所でもよんでいる。

＊

霧にふね引人《ひく》はちんばか　　野水

15 たそがれを横にながむる月ほそし　杜国

江戸時代、船に動力は付いていないから、川下に下った船は人力で川上に上げなければならない。肩に綱をかけ川べりを人が引いていくのである。この姿は曳船図とかいわれて葦の生える水ぎわを前かがみに船を曳く姿が、棗《なつめ》や鍔《つば》や焼物や小袖など工芸の図柄にもなっている。

野水は霧のかかる光景の中、身体を傾けて船を曳く姿を「ちんば」であろうかとよんだのである。軽いおかしみがあるし、動きも呼び込んでいる。その句に杜国は「たそがれを横にながむる月ほそし」と付けた。

月の登場だが、月の定座《じょうざ》（月を詠み入れることに決められた句の位置）ということでいえば前句の野水がそれに当たる。野水のこぼした月を杜国が受けることになった。「霧」に「月ほのか」は付合《つけあい》であるため、野水は月を杜国に譲って誘いを掛けているかもしれない。「一句の情、前句とのかかり、解に及ばずして分明なり」（露伴）、「句はさらりと付け流している」（能勢）といわれるように、月をよみながらさらりと自然体で付けている。

その付け筋については、「淀の舟なんどより三日四日頃の月を眺めたるなるべし」（露伴）、「前句の景に対して、同じく景をもってあしらった」（能勢）、「前句の時分を定めた」（乾）、

「夕霧中を上る舟には細く幽《かす》かなる繊月《せんげつ》のにほひ自らかなへり」（樋口）など指摘される。眺めるのは船の中からでも、川岸など地上からでもよいだろうが、地上から横に水平に視線をすべらしているさまを想像したい。大田水穂氏の解釈が美しい。「前句の舟引きの景を打越《うちこし》（前々句のこと／「田中なるこまんが柳落《おつ》るころ」）とはまた変つたところから見たのである。（略）三句をならべて味つて見ると、田中の柳から舟曳く人へ夕月夜の美人へと、かう移つてさながら浮世絵の三つ切れの続きものを見るやうで、その調和の美に眼を細められる」。

とはいえ、ただ景をつけ分明で終るだけの句ではない。

杜国は前句の、霧にかすんだぼんやりした感じや、舟引く人の傾いた不安定な感じを引きついでもいる。「たそがれ」「横にながむる」「月ほそし」いずれも淡くはかなく、心細げで不安定なイメージである。詩人杜国の感性はここにもうかがえる。

細い月を称する二日月、三日月の名のとおり、旧暦の二日三日にあらわれる月は、日が暮れると中空に姿をあらわし、宵のうちに西に沈む。「横にながむる」は、実際中空低くかかっている月をそのままよんだともいえるが、それにとどまるものではなく、前句の不安定感を受け止めてもいるし、「横にながむる」が新鮮なのだと思う。

「月ほそし」に、「たそがれを横にながむる」というこれほどふさわしい取り合わせがあるだろうか。

ちなみに芭蕉は後年、「三日月に地はおぼろ也蕎麦の花」（『三日月日記』元禄五年）という繊月の句をよんでいる。「おぼろ」の世界に月光と蕎麦の花の白の取り合わせ。遠くから杜国に応じているとみるのは読みすぎだろうか。

*

きえぬそとばにすごくとなく　荷兮
影法《かげぼう》のあかつきさむく火を焼《たき》て　芭蕉
12 あるじはひんにたえし虚家《からいえ》　杜国

「こがらしの巻」の歌仙で、「影法のあかつきさむく火を焼て」は、芭蕉自信の一句ではなかったか。前句が「きえぬそとばにすごくとなく」なので、新しい卒塔婆《そとば》の立つ「墓」の前で泣いている女性がうかぶが、その景に「影法の」と付けた。露伴註によれば、「喪屋《もや》に籠れる人の悲嘆に身も細る暁の、衣手寒く胸凍る夜明のおもむきをあらはして、上無くすさまじう哀れなるさまを能く云い得たり」と芭蕉の句は解されている。さらに「一句として膚《はだ》を栗だたしむるに足り、連句として涙を堕さしむるに足る。詩は解すべからず、味はふべし味はふべし」と称賛されている。

樋口功氏によれば、「寒くの語悲寥かぎりな」く、前句の「すごすごと泣く」に全句感応しているという。能勢氏は「影法」を、「影法師のごとき、魂の抜け殻のような、痩せやつれた、影の薄い人物を彷彿させる」ととらえておられるがいかがだろうか。影法師のようなという比喩ではなく、影法師そのものをイメージした方がよい。

芭蕉は、詩の言葉として「影法」を発見しているのではないか。「影法」について乾氏は、「寒夜の影法師は芭蕉好みの素材で、卒塔婆に取合せるあたりは天和趣味の名残である」とふれておられるが、確かにこの句に凄まじさはあるものの、あまり怪奇的にとらえないでおきたい。

ちなみに、この後も芭蕉は、「冬の日や馬上に氷る影法師」（『笈《おい》の小文《こぶみ》』貞享四年）「埋火《うずみび》や壁には客の影ぼうし」（『続猿蓑』元禄五年）と、「影法師」への興味を持ち続けている。「冬の日や」の句は、『笈日記』には、「訪杜国紀行」と前書して「すくみ行や馬上に氷る影法師」とある。影法と杜国は芭蕉のなかで共に浮かぶ心象で、「木枯らしの巻」での一座はしっかりと芭蕉の心に根を下ろしていたであろう。

「墓」と「火」は付合なので、芭蕉の句に「火」が出てくる筋道は分かる。「焚火」に「寒き」も付合。では「影法」はどうか。「影法」という言葉が前句からなぜ呼び出されてきたのかについてふれてある注釈書は見当たらないのだが、「火（焚火）」に「すごすご」という弱々しさの調べ、それは影法師への連想を予測させる。また、前句の物語的な哀れさの余情、この両者の連想によって芭蕉は「影法」を取出してきたのではないか。それは、付合語に支えられた言葉の連想によって付けるのではない、「匂付《においづけ》」へと展開していく付け方の試みである。

影法師というとらえどころのなさ、しかし、ぼんやりして弱々しいかというとそうではなく、「火を焚きて」と、火に照らされた光線の強さがある。

強烈ではあるが無気味な、はかないけれども凄惨な、虚か実かわからない、夢か幻かわからない、この世のものではないイメージだがしかしそれはくっきりとある。

「きえぬ卒塔婆にすごすごと泣く」という世俗の現実の悲哀を受けて発想されながら世俗の現実を抜け出ている。しかし、露伴が「影法」の句から「すさまじう哀れ」をよみとったように、前句の悲哀を受け継いではいる。が、それは、空間そのものが作り出している悲哀である。

「影法のあかつき寒く火を焚きて」の句によって、芭蕉の内に秘められているデモーニッシュな側面を私たちは眼にすることになった。樋口氏もふれておられるが、芭蕉は「幻住庵記」（元禄三年）に、「夜座静に月を待ては影を伴ひ、燈《ともしび》を取ては罔両《まうりやう》に是非をこらす」と記している。おのれの影法師を相手に思いを凝らすのである。

これほどの芭蕉の句に付句をすることは並大抵ではないと思われるのだが、実は連句のなかでこの句をとらえ返してみると、暁《あかつき》・影法師・火を焚きて、といずれも特に現実の状景の制約を受けるわけでもなく、「影法」の句は、媒介になる句であって、どのような方向にも付けていかれる幅のある句である。それに杜国は素直に品よく「あるじはひんにたえし虚家」と付けた。

能勢氏によれば、「虚家の主人は、貧のために堪えて、今は全く無一物の空洞を思わせるような廃家となっている」とあり、前句とのかかわりにおいて見ると、「荒れた虚家に、何人か、まるで影法師を思わせるような男が、暁天の寒さにたえかねて、焚火をしている」と、前句に場を付けたと解されており、多くの評釈が同様の解釈をしている。さらに、この影法はいかなる人かと問い、「主人は絶えてないといえば、その召使の老翁などの、今さらゆくべき身のあてどもなくて、主の廃家を、露の命のしばし置きどころとでもした人間か」といわれる。「凄寒にそえてやや鬼気迫るような感じが強められる」ともある。能勢氏は影法を「召使の老翁か」といわれたが、後の注釈はそれをさらに非人や乞食や浮浪者に見変えていく。凄惨の気を一層推し進めていこうとするかのごときである。

ここでも異をとなえることになってしまうのだが、前句の影法の焚火の景に虚家の「場」をつけたという解釈とは別の解釈を試みたい。杜国の句を見ていこう。

「あるじはひんにたえし虚家《からいえ》」。「寒き」に「あばら家」は付合なので、杜国の句に廃屋が出てくる付け筋は見出せそうだ。また「虚家」も、日葡辞書に「カライエ（空家）――家財もなければ人もいない空っぽの家」とあり、日常用いられていた言葉であることが分かる。芭蕉の「影法」の句で述べたことをおもい出していただきたいのだが、芭蕉の句は、いかにその句がぬきんでて「膚を粟だたしむる」ほどの句だとしても、連句における媒介の句であった。その句意を解して、前句の景にとらわれることなく杜国は、廃家を付けて転じていこうとしているのである。主を失った空っぽの家に、人影はない。従来の評では、廃家に非人乞食などが入り込んで焚き火をしている景ととらえ、凄寒・鬼気迫る・凄惨・荒廃・悲寥《ひりよう》とさまざまな形容でいろどられるが、そのような強烈な心象ではなく、杜国は、前句の「影法」から、ひっそりと人目をしのぶ感じを引き出したのである。芭蕉の匂付の句に、匂付で応えた見事な付合といえる。

影法の句の前の三句「髪はやすまをしのぶ身のほど」「いつはりのつらしと乳をしぼりすて」「きえぬそとばにすごくとなく」とつづいたかなりドラマチックな人事句を転じていこうとする。そのきっかけは芭蕉が起動させたものだが、そのとき、仕掛けられた夢か現かわからぬ悲哀の空間に、生きているものの存在を消して行きながら、ひっそりと人目を偲ぶ感じは引き継ぎつつ、生活の場へと転じていこうとしている。それが「主の絶えた虚家」であり、その詩的感性は、見事というほかない。

誰もいない、何もない、ひっそりと忘れられている空間を杜国は表現した。杜国の詩情の発露である。その上にさらに「たえし」によって、〈時間〉を呼び込んでいる。何代も続いたであろう家が貧のために今は廃絶している。杜国がここに時間をよみ込んだからこそ、次の荷兮の句で、「田中なるこまんが柳落つるころ」と伝承の時間へと展開していくことができるのである。しかし、杜国のあらわしたひっそりと人目を偲ぶような繊細な詩情は、見棄てられた。

芭蕉と杜国の付合をもう一組見てみよう。

＊

巾《きん》に木槿《むくげ》をはさむ琵琶打《うち》　荷兮
うしの跡とぶらふ草の夕ぐれに　芭蕉
32　箕《み》に鮗《このしろ》の魚をいただき　杜国

芭蕉の前句は「巾に木槿をはさむ琵琶打」なので、「琵琶打」から、琵琶法師に信奉された逢坂山の蟬丸《せみまる》神社、その近くにある関寺の牛仏《うしぼとけ》、これらの連想により、「うしの跡とぶらふ草の夕ぐれに」はよまれたと解釈されている。この牛仏は、『更級日記』『大和物語』『栄華物語』などに記されており、古くから由緒ある近江の名所として信仰を集めた牛塔である。『志賀県の地名』（日本歴史地名体系）には、「「関寺在地」は南院の散所であったとされ、近世に昌文師《しょうもじ》村とあるのも当地とみられ芸能民の存在が想定されている」とある。この記事に基づいて、「琵琶」―「唱門師」―「関寺の牛仏」という連想の方が、蟬丸神社をはさむよりも回りくどくなくてよいような気がするが、樋口氏の注釈には、「行くも帰るも」と逢坂の関をよんだ蟬丸の和歌が、牛の跡を弔い過ぐる人にほのかに響いているとある。「琵琶」に「法会」は付合なので「とぶらふ」も引き出されるか。『栄華物語』に「草を誰も誰もとりて参りける中に」とあるように、牛の好物の「草」を供えて参詣したらしい。

「芭蕉はつい先日、逢坂の関を越えて来たばかりで、見聞にもとづく着想」（乾）とか、「興に流れ趣味に走った句はこびを、芭蕉はどこかでもう一度実相の中に引き戻そうと考えていた」（安東）といわれるように、転ずる方向がみえている。

この句は名残の裏の一句目であるし、底に逸話や伝承を潜ませながら、方向転換しようとしている。宴《うたげ》の後といっては言いすぎだか、晴れの場の華やぎから変化していこうとしている。名残の表の後半部の句――あはれさの謎にもとけし郭公《ほととぎす》／秋水《しゅうすい》一斗もりつくす夜ぞ／日東《じっとう》の李白が坊《ぼう》に月を見て／巾《きん》に木槿《むくげ》をはさむ琵琶打《うち》――を安東次男氏は、「興に流れ趣味に走った句はこび」と批判的に評されているが、名残の表の後半部は、歌仙中の最も大切な箇所で、漢詩や和歌や逸話や伝承を引くことは意図的に行われている。写生句や生活句をよしとする近代の見方で蕉風の歌仙を捌くことは控えねばならないだろう。とはいえ「牛の跡とぶらふ草の夕ぐれに」が、「木枯らしの巻」のうち一、二を争う芭蕉の佳句であることはうごかない。「草の夕ぐれ」という言葉、「なんとなく柔らか味のあるところにその弔い人の心持まで匂わされている」（大田）ともある。

　杜国の付句は「箕に鮗の魚をいただき」。

穀物をふるいにかける農具の箕に魚を入れ頭上にいただいて道行く女性。古註の越人《えつじん》注に「前を田舎にして也。前の留まりのに之字に付たる句也」とあるように、この句が付くと前句の関寺の牛仏は、田舎の路傍の牛の墓になる。また、前句「夕ぐれに」の「に」に付けた、つまり半農半漁の村の牛墓の傍らを箕に鮗をいれて頭上に支えながら通り過ぎる風景というように、対になるという解釈である。全く同じ句でありながら、付句によって句の風景が変る——関寺の牛仏から路傍の牛墓に——、これも連句の楽しさの一つである。連句はとどまることなく変化を孕《はら》んでいる。

「鮗は魚の中にても貴からぬものにて、牛馬の棄場は村はずれなんどなれば、能く此句を味はえば、其人其場其時其情、画の如くに現はれ出でて、村趣野景、言ひ難き寂しみの鄙《ひな》びたるさま眼の前に在る心地す」と露伴註にあるが、その註において、「このしろ」という言葉は古く日本書記に「鰶魚《このしろ》」とも書かれ、さまざまな俗伝俚談をもつとふれている。鮗を焼くと人を焼く匂いがするので、娘を助けるために代わりに鮗を焼いて死を偽装したとか、胞衣《えな》と鮗を供に地中に埋めれば子供が無事成長するとか、さまざまな伝承をもつという。想像を逞しゅうすれば、度を越えた解釈が展開しそうになるが、大勢は、越人の評の流れをくみ、「村趣野景」（露伴）「日常茶飯の風景、海近い村の夕暮れのさま」（頴原）というとらえ方をしている。

鮗を、前句の「とぶらふ」から連想したのであろうか。阿部氏によれば、芭蕉一座の元禄六年秋の歌仙にも、「数多く繋げば牛も富貴なり／冬の港に鮗を釣る」の付合があり、「牛と鮗」には何か連想関係があったようだと指摘されている。

「杜国の形影相副うような句作りは、芭蕉の転じの意図を、よく見定めていた」（安東）とあるように、杜国の句から日常の生活に展開しようとしている。ただ、もう少し踏み込んで杜国の句を読み解く大田氏の評もある。

箕なおし、牛捨て場、鮗などから賤民のにおいを感じて、それを「凄愴の詩」と評しておられる。「荒草の夕かげの中に一脈の青い魚肌の光りを惹いて来るようなところ、この詩は近代の詩としても可なり象徴味の豊かなものである」。

露伴が「言ひ難き寂しみの鄙びたるさま」と杜国の詩情にふれているように、芭蕉と杜国の詩情が結晶した、一対の「うしの跡とぶらふ草の夕ぐれに／箕に鮗の魚をいただき」は、「こがらしの巻」によって成し遂げられた見事な成果といえるだろう。

最後に杜国はすばらしく美しい句をよむ。

*

35
けふはいもとのまゆかきにゆき　　野水
綾《あや》ひとへ居湯《をりゆ》に志賀の花漉《こし》て　　杜国
廊下は藤のかげつたふ也　　重五

名残の花の定座である。「落花を羽二重をもって漉す句なり」（大鏡）。「志賀の花」は、「さざなみや志賀の都はあれにしを昔ながらの山桜かな」によって広く知られている琵琶湖のほとりの桜の名所。和歌の作者は平忠度だが、よみひと知らずとして勅撰集に収められ、歌は残り人は滅んだ。志賀の都—近江の大津宮は、かつての繁栄は夢のごとくでいまは荒れてしまっている。

杜国は、滅んでいくものへの愛惜の思いを遠く背景に潜ませながら、現在の幸福感をよみだした。

「化粧」に「湯」は付合。「眉作り」に「湯の山」は付合。岩波古語辞典によれば、「をりゆ［居湯・入湯］」とは、「釜のない風呂桶に、別に沸かした湯を入れて入浴することで、近世初期には貴人・金持ちなどが専ら用いた」とある。

「綾ぎぬで花を漉すというのは従いがたい」「おかしい」といった句評がみうけられるのだが、豆腐の絹ごしというと下世話に過ぎるかもしれないが、『西鶴俗つれぐ』（巻五の二）にも、江戸で一番の評判を誇った品位のある高尾太夫のために「絹ごしの湯」で行水の仕度をする様が書かれている。高貴で上品なイメージではあるが、「綾ぎぬでこした湯での居湯」は、想像上の見慣れぬ風景ではなかったといえる。「美人の新粧に匂ひて　艶麗比無し」（樋口）ともある。

綾ぎぬのうすく透ける美しさ、湯浴みのやわらかさ、絹にサーッと湯を注ぎかける動きの若々しさ、桜の花びらの散り込む風情、すべてが美しい。誰がとか問わずに、綾と湯と花びらとを想像すればよい。「綾ひとえ」というよみ出しもいいし、湯殿を切り取ってきた感性にも感心させられる。

この句の発散している若々しい幸福感が、なぜか切ない。

挙句は「廊下は藤のかげつたふ也」。晩春の午後のゆるやかなのどかな体を付けて、「こがらしの巻」は巻き収められた。

「こがらしの巻」は、芭蕉・荷兮・野水・杜国・重五がそれぞれ七句詠んでおり、合わせて三十五句、残りの一句を正平《しょうへい》が詠んでいる。『冬の日』の、二、三巻目も同じ。四、五巻目は羽笠《うりつ》が参加し、六人の連衆でそれぞれ六句を詠んでいる。

【注釈】

越人『俳諧冬日槿花翁之抄』享保四年（一七一九）頃（『近世文学論叢』一九七〇所収、桜楓社）
何丸『七部集大鏡』文化六年（一八〇九）（『俳諧注釈集上巻』（俳諧叢書）所収、博文館）
幸田露伴『冬の日抄』（一九二四、『評釈冬の日』一九四四、岩波書店）
樋口功『芭蕉の連句』（一九二六、成象堂）
大田水穂『芭蕉連句の根本解説』（一九三〇、岩波書店）
潁原退蔵、山崎喜好『芭蕉講座第四巻連句篇上』（一九五一、三省堂）
能勢朝次「蕉風連句講義　冬の日　木枯しの巻」（『能勢朝次著作集第八巻』一九八二所収、思文閣出版）
安東次男『芭蕉七部集評釈』（一九七三、集英社）
暉峻康隆・中村俊定『連歌俳諧集』（日本古典文学全集、一九七四、小学館）
阿部正巳「連句鑑賞」（『芭蕉連句抄第四篇』一九七六、明治書院）
乾裕幸・白石悌三『連句への招待』（一九八〇、有斐閣）
　文中ではそれぞれ、越人、大鏡、露伴、樋口、大田、潁原、能勢、安東、全集、阿部、乾、と記している。

文中、「付合」と記しているのは『俳諧類船集』による。

軽薄なるものの音色――『猿蓑』市中の巻より

足袋ふみよごす黒ぼこの道　　芭蕉
追ひたてて早き御馬の刀持《かたなもち》　　去来
丁稚《でっち》が荷《にな》ふ水こぼしたり　　凡兆
戸障子もむしろがこひの売屋敷《うりやしき》　　芭蕉

蕉門の俳諧撰集『猿蓑《さるみの》』は古来より「俳諧の古今集」といわれ尊重されている。なかでも「市中は物のにほひや夏の月」の発句に始まる「市中の巻」は、完成度の高い連句として人口に膾炙《かいしゃ》しているが、この歌仙は芭蕉・去来・凡兆の三人によって巻かれたものであり、去《きょ》来《らい》・凡兆《ぼんちょう》はまた『猿蓑』の編者でもある。幻住庵に仮住まいする芭蕉を京に迎えては、企画会議でもあろうか、昼夜談じ合うこともあったという。芭蕉から「西三十三か国の俳諧奉行」

に擬せられた古参の去来と、『猿蓑』において彗星のごとくあらわれ、切れ味の鋭い才能を披露した新人の凡兆。彼らを相手に巻かれた「市中の巻」が、芭蕉の連句にとってかなり意識的な、実験的な所産であることは疑いない。それからして「市中の巻」が連句の最高峰に位置するのは当然でもあるのだが、またたからといってそれが連句の手本ということにはならないだろう。詳しくは省くが、連句の有りようからいって「市中の巻」の生成の場は特殊であり、実験的であるために二度と繰り返せない——また繰り返す必要のない突出した世界を出現させている。

しかし、これほどの「市中の巻」にもかかわらず、従来、評者の誰からも酷評を受ける句が含まれている。それが、冒頭に掲げた二句である（連句の性質上前後の句を併せて引用した）。「殿様の走るお馬のあとを刀持ちが息を切らして走っていく」とか、「丁稚がかついできた桶の水をこぼした」とかの句では、素人目にも感心できない。たとえば幸田露伴の評釈『芭蕉七部集』には次のように書かれている。「一句拙く砕けて、後の床屋俳諧に似たり。前句へのかかりも妙無きにちかし」「駛《はし》り馬にあひて水こぼしたるは聞こえたれど、興も味も乏しく、前句と同じく床屋俳諧の祖となれるものなり」。ほかの評者も「軽薄な心付けが続いた」とか、「着眼の低さは救われない」とかほぼ全面否定に近い。それも句を顧みるならもっともではあり、ここで疑問に思うのは、これほど拙い句が詠みこまれていては「市中の巻」は破綻しているといってもよく、従来の評価を撤回せざるをえないのではないかということである。これまでのように「市中の巻」を高く評価し続けるには、この拙い二句を再評価する方法を見出す必要がありはしないか。そして最初にもふれたとおりこの巻は、連衆をえらび推敲をかさね意欲的な試みとしてつくられた。ならば、どこからみても通俗的で床屋俳諧としかいいようのない句がどのように生かされているか、その場を見極めていくしかないだろう。それはまた、連句というものに託された不可思議な魅力をさぐる恰好の試みになるはずだと思う。

鍵は「丁稚が荷ふ水こぼしたり」に隠されていると思うので、始めにそれからみていこう。この句はのちに改められたものであり、もとは「童《わつぱ》が糞《こえ》をうちこぼしけり」であった。ではなぜ取り替えたのか。

『去来抄』に「凡兆曰く、尿糞のこと申すべきか。先師曰く、嫌ふべからず、されど百韻といふとも二句に過ぐべからず、一句なくてよからむ。凡兆、水に改む」としるされている。従来、評者はこの伝えをあげるのみで、尿糞などの不潔なものを「水」に替えるのは詩歌として当然だというとらえ方が無意識のうちにはたらくためか、なぜここで凡兆が尿糞の句をよみ、のちにそれを水に改めるのはどういう詠み替えなのかが、ほとんど問われることがなかった。連句は前句《まえく》との関係のなかで成立するため、句の変更も付け筋を無視して行われるはずはなく、いわば「水」の句もあとからの手直しにすぎない。この場で肝心なのは、凡兆にどのような句を詠むことが求められたかであり、それに凡兆は尿糞の句をもって応えたということである。ふたたび『去来抄』にかえろう。

凡兆は芭蕉に、尿糞のことを詠んでもよろしいでしょうかと尋ねる。それに芭蕉は、嫌うべきではないと答えているのだから、ここに糞尿を水に換える変更のいわれは見出せない。だが芭蕉はそのうえでさらにその配分の度合いについてふれる。百韻（百句）ならば二句まで、一句なくてもよいだろうと。芭蕉は尿糞の句を詠むことを決して否定はしていない。「詩歌連俳はともに風雅なり。上三つのものには余す所もあり。その余す所まで俳はいたらずといふ所なし」（『三冊子』）の一例といえるかもしれないが、そのような俳諧にとっても尿糞を詠むことには細心の心遣いが求められたであろう。

ちなみに芭蕉の句、「東風風《こちかぜ》に糞《こえ》のいきれを吹きまはし」（『炭俵』梅が香の巻）。露伴評に「東風は雨気を持ちて、気重く物匂ふ。いきれは熏発なり。壬生寺門外の田舎びたるさまなり」とある。

おそらく凡兆は兼ね合いのようなものを考慮して「糞」から「水」に改めたのではないか。その場の求めに応じて糞の句を詠んだが、糞を水に替えても目的は達せられると考えたからである。なぜならばこの句の表現課題は、もっとも直接的でもっとも明快な身体の底からの躍動をフォルティシモに響かせることにあったからである。桶がひっくりかえってバシャンと糞があふれ飛び散るさまを思い浮かべていただければよいだろう。これ以上の狂乱はない。その点で凡兆は見事にこの場の要請に応えたといえる。

そうしてのち「されど百韻といふとも二句に過ぐべからず、一句なくてもよからむ」という芭蕉の言を考慮して、水のあふれ飛び散るさまによってもこの場の要求は満たせると考え、「凡兆、水に改む」となった。だから、たとえば安東次男氏の「早馬の景気に対して丁稚の動作ののろさも対照的によく捉えられている」とか、「「追い立て」る滑稽と「こぼす」滑稽とでは違うと作者は言っているらしい」(『芭蕉七部集評釈』)というような評は的はずれのように思われる。かりにユーモアをいうならば、「糞」や「水」をむだにしたときの「アッもったいない」という生活感覚にそれをひそませることは出来るかもしれないが。視点は低く、桶ごとひっくりかえっていちどきに地面にぶちまけられた水に焦点はあわさっている。以上のようにこの句の眼目を理解したうえで再度、諸注釈をてがかりに、前後の句の展開をみていこう。

足袋ふみよごす黒ぼこの道　　芭蕉

足袋をはく人物が登場。雨上がりの水たまりをよけて歩きながらつい踏みはずして足袋をよごす。前句は「五六本生木《なまき》つけたる潴《みづたまり》」と、寒村のイメージをもつ静の句であるが、その「潴」をうけ継ぎつつも、場所を転じ、静から動へと転換する。しかも感覚的にはかなり大きな動きである。「ふみよごす」があらわすように、瞬間的にグラッと傾く身体的で躍動的な動が始動する。一瞬ではあるがここに芽吹いた力強い動きをつぎの句は拡大していく。

追ひたてて早き御馬の刀持　　去来

はしる馬とはしる人間によって直接的で明快な動感があらわされている。「前句の「足袋ふみよごす」人を、馬上の主人のあとを追って走る供侍と見かえた付け。「足袋」に「近習」は付合《つけあい》。遠乗りのさまであろうか」と乾裕幸氏の『連句への招待』にある。前句の「黒ぼこの道」の「道」を契機に、広々とした空間（郊外の街道）がよみだされてくる。この句ももとは「お馬には槍持《やりもち》ひとり付きぬらむ」であった。これであっても、足袋をよごしながら槍持がお馬のあとを追うというように、馬も人も走っているし、条件は同じく満たされている。だが詠み替えによってさらにスピード感・躍動感を強調し、この場のめざすところを明確にした。しかも、前句に一瞬ひらめいた肉体的な動感をつかみとり、それをまた、予期できないほど暴力的に瞬時に高めている。痛みさえ感じられるこの発散に「市中の巻」の実験性がうかがえるともいえるのではないか。そうして、馬と人による力動的な句が詠まれてしまったあと、さらにそれ以上の過激さを迫られたとき、作者は絶体絶命、糞尿をぶちまける句を詠むしかなかっただろう。

（童が糞をうちこぼしけり）
丁稚が荷ふ水こぼしたり　凡兆

場は郊外から町中（城下町）に移る。急を知らせる早馬でもあろうか、慌ててよけて丁稚が水をこぼした。「童が糞を」では、同じく郊外の風景となり、前句に付きすぎて停滞する。力動感の拡大にともなって場面もみるみる転じている。「足袋ふみよごす」からわずか三句で「市中の巻」は全開に達した。旋風のなかで乱痴気騒ぎにわれを忘れる。読者（連衆）はこの肉体的な発散に身をゆだねればよい。さらにひとつ「水」の詠み替えによってより効果的になったのは、動感を拡大しつつ人間くささを消すという点である。無機的な水に焦点をしぼり、馬と人とを遠景に遠ざける。つぎの展開のために付け句を招きよせているといえるだろう。この招きに応ずるか、肩透かしをくわせるかは、付け句の詠み手にゆだねられている。

戸障子もむしろがこひの売屋敷　　芭蕉

戸障子がいたまないように筵《むしろ》で囲ってある売屋敷の景。高らかな哄笑は、急転し、静寂にみたされる。動の激しさに呼応して静もまた過激である。「思いきり遠く付けて転調をはかり」（『連句への招待』）とあるように、前句との付け筋をたどれないほど遠く付けられている。久しくうち捨てられ無人のひっそりした、けれど、諸注釈にあるような「荒れるに委せた」とか「わびしい」とかいうのではない、静寂が表されている。だがそれを鑑賞するまえに、この句がはじめは「童が糞をうちこぼしけり」に付いていたことを思い出しておこう。そのとき水のイメージはない。「童が糞を」はわずかに「むしろがこひ」にひびきあっているかもしれないが、それを取り去ったいま展開上無理があるともいえるほど遠い。しかしこの場の目的は大きく転ずることにあるのだからその点は許容されるだろう。むしろ前句を契機に詠まれる付句が、前句が書き替えられてしまってもなお成り立つところに、連句の独自性があるのだととらえておこう。「丁稚が水」のところでもふれたように、その場の要請に応えてさえいればのちに書き替えても連句の場が破綻することはないし、言葉のひびきあいによる幾通りもの可能性を暗示している。

そして「糞」を「水」に替えたとき思いがけなく美しい情景がうまれた。「古井戸の清水だけは昔と変わらず湧いている。それを近所の人が汲みにゆき、古屋敷に自由に出入りしているのである」（日本古典文学全集『連歌俳諧集』暉峻康隆・中村俊定注解）。だが、この句の主体はあくまで売屋敷であり、家と人とは交わることなく人はただ通りすぎてゆく。深くて枯れることのない名井をもつ大きな屋敷もいまは住む人さえいない。露伴評「佳き水の井のある大屋敷の購入無くて久しきなり」。これを「置き忘れられた空間」と廣末保氏はいう。

戸障子もむしろがこひの売屋敷　蕉
てんじやうまもりいつか色づく　来
こそこそと草鞋《わらじ》を作る月夜《つきよ》さし　兆
蚤《のみ》をふるひに起きし初秋　蕉
そのままにころび落ちたる升落《ますおとし》　来
ゆがみて蓋のあはぬ半櫃《はんびつ》　兆

鑑賞は省くが、静の句が六句つづく。これは連句、とくに歌仙の有りようからいって破格としかいいようのないほど静の句を引きのばしている。「そのままにころび落ちたる升落」

では転ずるこころをこらえてもう限界に近い。しかしこの極限の場にさらに一句「ゆがみて蓋のあはぬ半櫃」を重ねた。限界をものともしないこの大胆な詠みぶりにも「市中の巻」のめざましさがうかがえる。異様ともいえるほどの静の句の連続のなかでひそやかな変化をしいられたのち、一挙に解放される。

草庵に暫らく居ては打やぶり　蕉
いのち嬉しき撰集の沙汰《さた》　来
さまざまに品かはりたる恋をして　兆
浮き世の果《はて》は皆小町《こまち》なり　蕉

古来連句の遺産として名高い四句である。鑑賞は諸注釈におまかせしようと思うが、ほんの二、三行露伴評をのぞいただけでも、その名句ぶりはうかがえる。「草庵以下四句、金盤に真珠を転ばすが如く、個々光彩ありて、青光黄光紅光白光、燦然爛然煥然煌然、各々相輝映照徹し、晶瑩明朗の美、人を撲《う》つものあり」と絶賛されている。そしてそれに続けて「刀持てる男の俗態、水荷へる丁稚の卑態を雲外に遺《わす》れ去りたり」とふれていることでもあり、ふたたびはじめの「卑態・俗態」の句の問題にかえろう。

露伴はそういうけれど、燦然と輝く草庵以下の四句があるから刀持や丁稚の句のまずさが帳消しになるのではなく、むしろ刀持や丁稚の句があるから草庵以下の四句がいっそう輝きをはなつのである。しかも「足袋ふみよごす」以下の三句は、すでにみてきたとおり、草庵以下の四句で埋め合わすことのできない独自の世界を表現していた。直接的で明快な身体の底からの躍動と発散は何ものにも替えがたい。そしてこの発散があるからこそ、つづけさまに静の句を詠むことができるのであり、その静の句によって、じっと息を潜めてすべての視線を集めるような登場の場を、草庵以下の四句のために用意しているともいえる。さらに草庵以下の高揚は、まえの高揚が、肉体的で卑近で日常的なものであるからこそ、同じ高揚でもそれが、精神的で高尚で形而上的なものであることを対照的に際立たすことになっている。繰り返しになるが「足袋ふみよごす」以下の三句は、「着眼点の低」い、単純明快な一目瞭然の日常的な句であることが、求めて詠まれているのである。そしてこれまでの一連の問題は、連句について、また近代の批評について再考を促さずにはおかないだろう。

一句をとり出してみるときは通俗としかいえない句でも、歌仙三十六句の関係のなかにおかれたとき、それは独自の個性を発揮する。これについてはひきつづき考えていきたいと思うが、一面として、個の問題を再考するてがかりになるであろう。芭蕉の俳諧にかぎらず、元禄の創作の場は、作者であると同時に読者であるような、個人であると同時に集団であるような在り方に基づいている。それを未分化な状態と評するほど、私たちは今では近代に確信をもてないはずだ。また、この文章では試みる余裕がなかったけれど「市中の巻」をよみ通していくと、五感のすべてを目覚めさせられ、万物に立ち会うことになる。「置き忘れられた空間」さえ忘れ去られることがなかった。これから顧みて、私たち近代の、対象に対する評価の仕方が、一面的で貧しいもののような気がしてくる。たとえば思いつくままにあげれば、深・重・高・雅・速・強・複雑などの語は肯定的に使われ、浅・軽・低・俗・遅・弱・単純などの語は否定的に使われ、しらずしらず、こういった二項対立の形容詞を駆使しながらその囲いの中で批評を行ってきたのではないか。さらにまた、これまで連句というものを二句一章の言い放ちによる相対化作用としてとらえてもきたが、その運動は基本であるとしても、一方では、ここで試みたように全体への志向もはたらいている。相反する、同時に成り立つことの困難な両極を志向しつづけるという緊張を手放さなかったからこそ、芭蕉の連句は今もって私たちを刺激してやまないのであろう。

連句の醍醐味は、思いがけない自身の可能性を他者によって発見されることにある。ときにはからかい半分であるとしても（当然それは相互関係をなす）。良い句を詠むことが喜びなのではなく、変わり得ることが、他者との関係のなかで変わり得ることが胸をつく喜びなのである。それは精神の領域にかかわる。だからこそ芭蕉と一座して歌仙を巻いた経験は、一度っきりにもかかわらず人のこころに根をおろし、その結びつきを揺るぎないものにした。私たちにとってそのような場はどこかに存在するのだろうか。

「貧福論」の考察——経済社会と徳

「貧福論《ひんふくろん》」は『雨月物語』に収められている小篇のストーリーである。九篇の話からなる『雨月物語』は、一七七六年に大坂で刊行された。ただし序は一七六八年に書かれているため「貧福論」の成立年代を確定することは難しいが、画期的な西鶴の『好色一代男』(一六八二)が刊行されてから、ほぼ九十年後と見定めておこう。十七世紀を代表する散文家が西鶴であるなら、『雨月物語』の作者上田秋成は十八世紀のそれの代表者である。十八世紀の日本で何が起こっているのか。「貧福論」を起点にして、この作品で提示された問題を顕在化させ、歴史的にさかのぼって検討していきたい。

日本の近世は、社会制度は封建制の時代ではあるが、経済体制は、幕府の貨幣鋳造にもとづく貨幣経済の時代に入っている。いわゆるヨーロッパの時代区分による中世と近代が同時共存しているような特異な時代でもある。物と人間との関係が根本的に変わるという状況を引き起こした貨幣経済、その中心的な担い手である商人、精神の拠り所である徳や道徳の崩壊と新たな樹立、これら三者の視点から相互作用を探究していくことが現在の私の問題意識なのだが、この論稿はその基本であり、初めの一歩にあたる。

＊

「貧福論」とは、一夜枕辺に現れた黄金の精霊が、武士《もののふ》を相手に〈貧〉と〈福〉についての対話を交わす話であり、ごく簡明な物語といえる。登場人物は二人、時間は一夜、入り組んだ筋書きもなく、彼らの対話を叙述したにすぎないこの小品は、しかし、その話を書く作者の意図はどこにあり何が表現されたのかを問う段になると、一挙に混沌とした複雑さを帯びることになる。なぜなら、文脈を押さえることが難しく、前の文章につづいて次の文章がどのような意図をもって引き出されているのか、その関係が見定めがたいからでもある。

ここではまず、作品の読みをとおして「貧福論」の文脈を見出だしていくことを意図する。「貧福論」は論証を骨格とする物語でもあり、文脈をおさえ過程を読むことが何よりも重要だと考えるからである。その分析をとおして秋成の問題意識を探っていきたい。ついで、提示された問題を普遍的な場に開いていくことができればと思う。それでは「貧福論」の読みから始めよう。

I

陸奥《むつ》の国蒲生《かまう》氏郷《うぢさと》の家に。岡左内という武士《ものゝふ》あり。禄《ろく》おもく。誉《ほまれ》たかく。丈夫《ますらを》の名を関の東に震《ふる》ふ。此士《し》いと偏固《かたわ》なる事あり。富貴をねがふ心常の武篇《ぶへん》にひとしからず。倹約《けんやく》を宗《むね》として家の掟《おきて》をせしほどに。年を畳《つみ》て富昌《さか》へけり。かつ軍《いくさ》を調練《たなら》す間《いとま》には。茶味《さみ》翫香《くはんかう》を娯《たの》しまず。庁上《ひとま》なる所に許多《あまた》の金《こがね》を布班《しきなら》べて。心を和《なぐ》さむる事。世の人の月花にあそぶに勝《まさ》れり。人みな左内が行跡《ふるまひ》をあやしみて。吝嗇《りんしょく》野情《やじやう》の人なりとて。爪《つま》はぢきをして悪《にく》みけり。

1　「陸奥の国の蒲生氏郷の家中に、岡左内という武士《もののふ》がいた。禄も重く、誉れも高く、丈夫《ますらお》の名を関東にふるった。このように勇猛で誉れ高い武士であったが、ひとつの片寄った癖があった。富貴を願う心が強かったのである。倹約を家の掟とし、富み栄えた。武士というものは、日頃は戦《いくさ》のための鍛練につとめるひまに、茶の湯や香を楽しんだものだが、左内は、一室にたくさんの黄金を敷き並べて心を和《なぐさ》めていた。月花の風流に遊ぶよりもそれはレクリエーション効果が高かった。」

何時・何処で・誰が・どうしたという物語の常道をふまえて「貧福論」は始まる。散文の生成という点からみるならば、安定感をもった導入の仕方だといえる。まず、蒲生氏郷の家臣で岡左内という実在の人物を登場させて時代と場所を明らかにした。時は十六世紀の末、所は陸奥の国（東北地方）。畳に黄金を敷き並べて眺め楽しんでいる人物が登場する。

武士でありながら大判小判を敷並べた中に枕して慰《なぐさ》みにしていたという岡左内は、当時の人の関心をおおいに引いた人物であった。『常山紀談』（一七三九）や『翁草』（一七七二）にその記事がみられ、『続近世畸人伝』（一七九八）にも逸話がうけつがれている。

さて、武士でありながら金《こがね》を愛する人物に対する世間の反応はどうか。予想のとおり、「人みな左内が行跡《ふるまい》をあやしみて、武士にあるまじき吝嗇野情《りんしょくやじょう》（けちでいやしい根性）の者であると、爪はじきして憎んだ」とある。これが当時一般に通用していたものの見方であろう。

> 家に久しき男《をのこ》に黄金《わうごん》一枚《まい》かくし持たるものあるを聞つけて。ちかく召《めし》ていふ。崑山《こんざん》の璧《たま》もみだれたる世には瓦礫《ぐはれき》にひとし。かゝる世にうまれて弓矢とらん軀《み》には。棠谿墨陽《とうけいぼくやう》の釼《つるき》。さてはありたきもの財宝《たから》なり。されど良剣《よきつるぎ》なりとて千人の敵《あた》には逆《むか》ふべからず。金の徳は天《あめ》が下の人をも従《したが》へつべし。武士たるもの漫《みだり》にあつかふべからず。かならず貯《たくは》へ蔵《をさ》むべきなり。你賤《なんぢいや》しき身の分限《ぶげん》に過たる財《たから》を得たるは嗚呼《をこ》の事《わざ》なり。

賞《しやう》なくばあらじとて。十両の金を給ひ。刀《かたな》をも赦《ゆる》して召《めし》つかひけり。人これを伝へ聞て。左内が金をあつむるは長啄《ちやうたく》にして飽《あか》ざる類《たぐひ》にはあらず。只当世の一奇士《きし》なりとぞいひはやしける。

2　「あるとき左内は、黄金一枚を隠しもっていた下人を召して語る。崑山の璧《たま》といわれる宝も乱世には瓦礫にひとしい。侍として乱世に生まれた以上は、まず何よりも、名剣として名高い棠谿墨陽《とうけいぼくよう》の剣を手にいれたいものだ。その上に財宝があればなおいいだろう。これは侍の当然の心構えで、異論はない。が、ここで私は思うのだが、どんなに名剣であっても、千人の敵を迎え撃つことはできない。ところが、「金《こがね》の徳」をもってすれば、千人どころか、天下の人をも従えられよう。それゆえ、武士こそ金をかろがろしく扱ってはならない道理である、と。」

左内は下人を相手にいったい何の話を始めようとしているのか。いきなり語りだされた「崑山の璧《たま》」とは何か。それについては以下のように読める。ここでは、人間の欲望についての話が展開されようとしていると。下人が隠しもっていた黄金をきっかけにして、人がこの世にあって一番欲しいものは何か、それは〈宝〉であろう、と話は始まった。「崑山の璧」（中国の神話・伝説にでてくる崑崙《こんろん》山からでる名玉）は、富の象徴・幸福の象徴である。しかし、それも戦乱の世においては砕けた瓦や石ころと同じで何の価値もなくなる、と左内はいう。欲望の対象であり、絶対的価値にみえた〈宝〉は、乱世においては相対的なものにすぎないことが示される。では、戦《いくさ》で価値の崩壊が起こるなら、その主役である武士の世界においてはどうなのか。

武士とは端的にいってしまえば人殺しを職業とする集団である。音楽家が楽器に執着するように、武士にとっては剣こそが欲望の対象であった。それゆえ、名剣として名高い「棠谿墨陽の剣」（中国古代、棠谿・墨陽の地から産出された名剣）を手にいれたいと望むのである。その上に宝があればなおいいだろう。片手に「棠谿墨陽の剣」、片手に「崑山の璧」、これ以上なにを望むことがあろう。

だが、にもかかわらず左内は、「されど」と舵を切っていく。剣を手に入れるのは何のためなのか。ただ目前の敵を斬り殺すためなのか。単純に戦闘に目をうばわれるのではなく、本来の目的の方から考え直してみようというのである。つまり、武士の究極の欲望は何かといえば、それは〈天下を取る〉ことにあるはずだ。この〈天下を取る〉という到達目標から左内は演繹していく。

「天下の人を従わせる」ためのもっとも有効な手段は、まずは戦に勝って領土を支配することである。そのため武器（剣）は重要な道具となる。しかし、どんな名剣でも、千人の敵が集団で襲ってきたらそれを迎え撃つことはできない。ところが黄金ならば、千人どころか天下万民を従わせることもできる。ならば、武器の代わりに金《こがね》を手にすることに何の躊躇があろう。武士が金に執着するなど卑しいことだという既存の価値観に縛られず、新しく時代に抬頭してきた「金」の威力を重んずるべきだ、と左内は筋道を立てて、武士である身で黄金を求める重要性を説いた。

早くも、この物語が論証を骨格とする物語であることを垣間見せている。いともあざやかに、文字の上で、剣から金へと転換を図ったが、しかし、ここには武士という存在そのものを脅かしかねない危険性も秘められている。武器を持たない武士とは、どのような存在として在ることになるのか。土地の所有による支配から、金による支配への転換。とはいえ、この支配は同等の支配を意味しているのか。金によって何が支配されるのか……。封建制と貨幣経済の共存する日本の近世がかかえる特有の問題が姿をみせはじめる。

叙述の面からいえば、ここで興味深いのは、「金の徳《こがね》」といういい方をしている点である。武器で天下を取るのではなく、金の徳でおのずと人が集い従ってくるというように、「徳」という言葉と対《つい》にすることによって、「金」には平和的・道徳的イメージが仕掛けられている。読者の意識下に肯定的イメージをすべりこませようという意図である。

こうして左内は、黄金を隠しもっていた下人をなかなか烏滸《おこ》な（道化た行いで笑わせる）やつではないかと恩賞十両を与え帯刀も許した。これを伝え聞いた世間の評判はどうか。当然、左内の評判は変わる。ただし少しだけ。「当代の奇人なのだと世間の人はいいはやした」と。ここでの世間というものの描き方も皮肉である。畳に黄金を敷き並べて楽しみとする左内を吝嗇野情の人として憎み、家来に十両与えた左内を長啄《ちょうたく》（猜疑心が強く貪欲）の人ではなくただの奇人だったのだと受け止める。

> 其夜佐内が枕上《まくらがみ》に人の来たる音しけるに。目さめて見れば。燈台《とうだい》の下《もと》に。ちいさげなる翁の笑《ゑみ》をふくみて座《を》れり。左内枕をあげて。こゝに来るは誰《たそ》。我に粮《かて》からんとならば力量《りきりやう》の男どもこそ参りつらめ。伱がやうの毳《ほげ》たる形《さま》してねふりを魘《をそ》ひつるは。狐狸《きつねたぬき》などのたはむるゝにや。何のおぼえたる術《わざ》かある。秋の夜の目さましに。そと見せよとて。すこしも騒ぎたる容色《いろめ》なし。翁いふ。かく参りたるは魑魅《ちみ》にあらず人にあらず。君がかしづき給ふ黄金《わうごん》の精霊《せいれゐ》なり。年来篤《としごろあつ》くもてなし給ふうれしさに。夜話《よがたり》せんとて推《おし》てまいりたるなり。君が今日家の子を賞《しやう》じ給ふに感《めで》て。翁が思ふこゝろばへをもかたり和《なぐ》さまんとて。仮《かり》に化《かたち》を見《あら》はし侍るが。十にひとつも益《やう》なき閑談《むだこと》ながら。いはざれは腹みつれば。わざとにまうでゝ眠《ねふり》をさまたげ侍る。

3　「その夜、目覚めてみると、燈台の明かりのもとに小さい翁が座っていた。左内は頭

をもたげて、誰だ、私から食料を借り受けようと押し入ったのなら、大男がやってきてもよさそうなものだが、お前のような耄碌《もうろく》爺さんがくるとは、さては狐狸の類いか、ならば術《わざ》の一つも秋の夜の目覚ましに少し見せてくれと、騒ぎ立てる様子もない。翁はいう。私は魑魅《ちみ》(物の怪や化物)でもなく人でもない、黄金の「精霊」です。年ごろ篤くもてなしてくれる嬉しさに、また貴方が今日、家の子を賞した仕方に感心して、思う「こころばえ」をも今宵は大いに語り慰みたいと、仮に、化《かたち》を現わしました。無駄なお喋りにすぎないけれど、いわざれば腹みつるということもありますから、こうしてあなたの眠りをさまたげます。」

「人」でないものを何と規定するか。それをここでは「魑魅」という。この二項対立に、第三の「精霊」をおくという関係になっている。左内の枕元にあらわれた翁は、魑魅でもなく人でもなく黄金の精霊なのだと、名乗りをあげた。「霊」であるから形はない。そこで、仮に形を借りて姿を現したといっている。

秋の夜長の一夜を、心の通いあう者同士、大いに語り慰もうという次第である。読者は心をワクワクさせていただきたい。

Ⅱ

さても富《とみ》て驕《おご》らぬは大聖《おほきひじり》の道なり。さるを世の悪《さがなき》ことばに。富《とめ》るものはかならず慳《かだま》し。富るものはおほく愚《おろか》なりといふは。晋《しん》の石崇《せきそう》唐《とう》の王元宝《わうげんほう》がごとき。豺狼蛇蝎《さいらうじやかつ》の徒《ともがら》のみをいへるなりけり。

4 「そもそも、富《とみ》て驕《おご》らぬは、大き聖の道である。しかるに、世間では口さがなく、「富めるものはかならず慳《かだま》し（心がねじけている）、富めるものはおおく愚かなり」という。だがそれらはわずかに、『五雑俎』に記されている、晋の石崇《せきそう》、唐の王元宝《おうげんほう》など「豺狼蛇蝎《さいろうじやかつ》」（貪欲残忍）の輩にあてはまるにすぎません。」

黄金の精霊は、初めに、もっとも重要な標語を述べる。「富みて驕らぬは大き聖の道なり」(X)と。〈聖〉という儒家の理想とする人物が行うべき〈道〉とはなにか。それは、「富みて驕らぬ」ことだ、という。卑俗なものであった〈富〉という概念は、装いを改め、〈聖〉〈道〉と範疇を同じくする仲間のなかに括られた。ただ、ここには少し仕掛けがほどこされている。

精霊のあげた標語は『論語』から抜きだされたものなのでその箇所をとり上げてみよう。『論語』において、子貢はたずねる、「富みて驕らぬ」という在り方はいかがですか。孔子は答える、「可なり(良いことだ)」と。しかしこれには続きがあり、孔子はさらに、いまだ「貧しくして楽しむ」と「富みて礼を好む」者に及ぶものはない、といっている。そういうわけで、「富みて驕らぬ」には、その上に位するもの「貧しくして楽しむ」と「富みて礼を好む」があった。したがって「富みて驕らぬ」を「大き聖の道」というには、いささか脚色がほどこされていたことになる。

ともあれ、「驕らぬ」ことは、昔から人の美徳であり、道徳であった。だが、驕らぬだけでなく、「富みてなお驕らぬ」という在り方、これこそが大き聖の道だ、と黄金の精霊は第一に推奨する。そこに人間の倫理の次段階——富をもはや排除できない状況をみることができるだろうか。こうして〈富〉は〈聖〉〈道〉という最高の権威と結びつけられた。〈富〉を

〈悪〉から切り離そうとする観点がここには埋めこまれている。

しかし、そうであるのに、つづいて、自身の主張に反するともいえる富みて驕った豺狼蛇《さいろうじゃ》蝎《かつ》な人物、石崇《せきそう》・王元宝《おうげんほう》が取り上げられる。黄金の精霊の意識の流れはどのように形成されているのか。

ここで、黄金の精霊のスタンスを確認しておくのもよいかもしれない。精霊は、当然のことに、富＝貨幣を肯定する立場にたつ。では、それを主張するときに何をもって戦うかというと、相手も自分も手にするものは〈言葉〉である。言葉のなかでも書物に書かれてある言葉という舞台で、〈貧福〉をめぐる試合を始めようとしている。しかも、その言葉の中心には、当時の価値基準を形成する拠り所でもあった中国の典籍が位置している。

『五雑俎』（一六一九年、明の謝肇淛《しゃちょうせい》によって成る。一六六一年日本で初めて刊行。一七八九年和刻本刊行）に、「富メル者ハ多ク慳ナリ、富メル者ハ多ク愚ナリ」とある。また「石崇、王元宝ノ如キハスナハチ豺狼蛇蝎ナリ」と記されている。中国から渡来した書物に明記されていることの否定の言質に対してどう反論すればよいか。〈富〉を擁護する立場の黄金の精霊にとって「豺狼蛇蝎」――ヤマイヌ・オオカミ・ヘビ・サソリのように貪欲残忍なものという強烈な言葉にどう立ち向かえばよいか、最大の難関ともなりそうだ。そのための方法はというと、「石崇・王元宝」の輩は例外として退ける、というやり方であった。弁解の余地なく書き現されている否定的な言説を、はじめに例外として退ける。こうすることで難題を排除して、精霊は自説を述べはじめる。

> 往古《いにしへ》に富《とめ》る人は。天の時をはかり。地の利を察《あき》らめて。おのづからなる富貴《ふうき》を得《う》るなり。呂望斉《りよぼうせい》に封《はう》ぜられて民に産業《なりはひ》を教《をし》ふれば。海方《うなべ》の人利に走りてこゝに来朝《きむか》ふ。管仲　九《くはんちうこゝの》たび諸侯《しよこう》をあはせて。身は陪臣《やつこ》ながら富貴は列国《れつこく》の君に勝《まさ》れり。范蠡《はんれい》。子貢《しこう》。白圭《はつけい》が徒《ともがら》。財《たから》を鬻《ひさ》ぎ利を逐《おふ》て。巨万《こゝたく》の金《こがね》を畳《つみ》なす。これらの人をつらねて貨殖伝《くわしよくてん》を書《しる》し侍るを。其いふ所陋《いやし》とて。のちの博士《はかせ》筆を競《きそ》ふて誇《そし》るは。ふかく頴《さと》らざる人の語《ことば》なり。

「いにしえに富める人は、天の時、地の利を見きわめて、おのずから富貴を手に入れた。強欲で無慈悲なことをしたからではない。呂望《りよぼう》は斉《せい》に封ぜられ、民に産業《なりわい》を教えたので、海辺の人々は、その地の利益に引きつけられて斉の国にやってきた。また管仲は諸侯を連合させ、その身は陪臣でありながら、その富は列国の君主にまさった。范蠡《はんれい》・子貢《しこう》・白圭《はつけい》などの人物は、いずれも物を売買し利をもとめて、巨万の富を築いた。これら富を築いた者については、はやくも、『史記』の「貨殖列伝」に記されている。ところが、後世の博士たちは、「貨殖列伝」の所説を品性の劣った卑しいものと非難する。これは全く一面的な考えです。」

ここでは司馬遷の『史記』（B.C. 九一年ころ成立）に載る「貨殖列伝」を援用して話が展開する。すでに紀元前、貨殖で富を築いた者の列伝が書かれていることに、私たちは改めて驚嘆させられる。

呂望・管仲・范蠡・子貢・白圭と、巨万の富を築いて歴史に名を残した五人の人物が登場する。土地に適した産業を興したり、利殖の技に長けていたり、正当な手段で財を成したものたちである。しかも富めるだけでなく、管仲は名宰相であるし、子貢は孔子の弟子でもある。ところが、司馬遷が富を肯定する「貨殖列伝」を著したことに対して、後世の学者からかずかずの非難がよせられることになった。たとえば『漢書』（八二年ころ成立）の作者である班固は次のようにいう。「彼が是とし非とするところも、すこぶる聖人の意にもとっており、（略）貨殖のことを述べては、権勢と利益を尊重して貧賤を羞じる、これはその蒙昧な点である」（本田済編訳中国古典文学大系『漢書』司馬遷伝第三十二より）。だが、それらの非難は「ふかく頴《さと》らざる人の言葉なり」――真の英知ではない、といって精霊は反論する。卑しいといって金銭を無視してすませられるのならこれほど楽なことはない、現実から目を背けていればいいのだからという思いが響いてくるようだ。

> 恒《つね》の産《なりはひ》なきは恒の心なし。百姓《おたから》は勤《つとめ》て穀《たなつもの》を出だし。工匠《たくみら》等修《つとめ》てこれを助け。商賈《あきびと》務《つと》めて此《これ》を通はし。おのれ〳〵が産《なり》を治《をさ》め家を富《とま》して。祖《みおや》を祭《まつ》り子孫《のち》を謀《はか》る外。人たるもの何をか為《なさ》ん。

6i　「恒《つね》の産《なりわい》なきは恒の心なし」と『孟子』にいうではありませんか。百姓はつとめて穀物を生産し、職人はつとめて生産のための道具を作り、商人はつとめて生産物を流通させ、三者の共同の機構の中でそれぞれが家業を治め、家を富ませていくのです。そのうえで、先祖を祭り子孫のために心を砕く、これより他に人間として何をすることがありましょうか。」

第二の標語、「恒の産なきは恒の心なし」（Y）が『孟子』から取りだされ、かかげられた。「日々自分の職能に精出し、生産を行う者が、バランスのとれた安定した心を持つことができる」というのである。この主張に反論するのはなかなか難しいのではなかろうか。懸命に汗を流して働いたあとの充実感。早朝に起きて日の出を見たときの爽快感。私たちはこの類いに無条件に肯定的反応をおこすよう遺伝子が組み込まれているかのようだ。この感情の根は深い。労働の満足感が、「恒の心」——自己充足につながるのだという。いかにも道理至極で、反論しがたい主張である。しかし、少し遠景に退いてみると、いわば、正反対に位置するるともいえそうな文学によって労働が奨励されるという構造がみえてくる。自身を浮浪子《のらもの》と称した秋成にとって、職業や労働がどのように位置付けられていたか、興味深い点でもある。

百姓・職人・商人と、それぞれが家職に精出し、「恒の産」に励む姿が書かれたが、ここにも少し作為がほどこされている。百姓・職人はものを生産する人間だが、商人はものを流通させるのであって何も作りだしはしない。商人とは仲介するものであり、利鞘を稼ぐものであり、貨幣経済とともに生きる、異なる質の労働者なのだ。にもかかわらず、三者の共同社会を描き出すことで、商人は労働の美しいイメージのなかに組みこまれることになった。

おのおのが日々家職に励み、先祖をまつり子孫のために生きる、これこそが、豊かで美しく正しい人間の姿です、こう黄金の精霊は主張し、商人を共同社会の一員として位置付けし直した。またそれのみではなく、ここにおいて人間のあるべき姿が描き出されたともいえる。「貧福論」とは、金銭や経済活動を肯定しようと意図するだけではなく、倫理や道徳の問題にも乗り入れようとしている作品だといえるだろう。

諺《ことわざ》にもいへり。千金の子は市に死せず。富貴《ふうき》の人は王者《わうしや》とたのしみを同じうすとなん。

6ii 「諺にも、「千金の子は市に死せず」、「富貴の人は王者とたのしみを同じうす」とあります。」

「諺にもいうではありませんか」と、やや具体的な話に舵は切られていく。「千金の子は市に死せず」「富貴の人は王者とたのしみを同じうす」と、二つの言葉が取り上げられた。ともに「貨殖列伝」からの引用。「千金の財をもつ富者の子は、罪を犯しても、市場で処刑されることはない。」(野口定男訳中国古典文学大系『史記』より)というのである。「市」といっているのは、当時処刑は市場で見物人に取り巻かれて行われたからであろう。

「千金の子は市に死せず」とは役人に賄賂を使って罪を免れるという意味ではない。〈罪を金銭で贖《あがな》う〉ということである。罪そのものを金で買う、それが贖う行為になり得たのである。それについてはあらためて考察を行いたいが、たとえば、エミール・バンヴェニスト『インド＝ヨーロッパ諸制度語彙集』「購入と買戻し」の章に興味深い指摘が窺える。一部を要約してみよう。

ホメーロスの《買う》の用法を分析すると、すべて人に適用されている。買うは、商品・品物・日用品ではなく、人間の売買を意味していた。奴隷あるいは奴隷になるべく運命付けられた者の購入に関連していた。したがって、買うの語彙が、救済、買戻し、解放などの概念を表わし、キリスト教のテクストにおける《贖い》の概念をも示すことになる。

もちろん『史記』の「千金の子は市に死せず」については中国の律令法の検討を要する。ただ、私たちは、貨幣経済の基本にあるのは品物の売買行為だと受け止めがちであるのだが、その点にも留保の必要がありそうだ。

富貴であることの最大の利点は、命さえ取り戻すことができることにある、なんと素晴らしいではないか、と精霊はいう。つづいて今一つの価値として、「富貴の人は王者と楽しみを同じくできる」という。王者は権力によって楽しみをほしいままにする。それが王者の特権であろう。だがそれさえも千金があればできるのだ、なんと素晴らしいではないか、と精霊はいう。

〈富者〉であれば〈たのしみ〉という快楽において〈王者〉と同等にならぶことさえ可能だというのである。富によって不可能を可能とし、信じがたいほどの快楽が手に入る。ここにも、〈たのしみ〉という言葉に託して、人間の欲望の問題、幸福観を問いかける視点がうかびあがる。精神史の観点からみれば、人間にとっての〈たのしみ〉という側面が強く意識されるにいたったのも近世の特徴であろう。だがそれとともに裏面には、かなわぬ夢でしかない憧れを象徴する〈王者〉に手がとどくというように、王者を引きずり落とす縦の秩序への破壊性もひそんでいる。戦国の世に顕になる下剋上の風潮は貨幣の問題と無縁ではないはずだ。しかしさらに一歩おしすすめて考えれば、現実の成就は夢の消失をともなっており、想像の領域において新たな、しかも危機的な状況が生じているともいえるのではないか。

まことに淵《ふち》深ければ魚よくあそび。山長《なが》ければ獣《けもの》よくそだつは天《あめ》の随《まにく》なることわりなり。

6 iii 「淵が深ければ魚はよくあそび、山が深ければ獣はよく育つ、それは天地自然の道理です。」

前後の脈絡が不分明なままに魚や獣の話がさしはさまれる。「たのしみ」から「あそぶ」、「あそぶ」から「魚」が引き出されてくるという言葉の連想関係はあるとしても、その「魚や獣」と、これまでの話――「富」と「人間」と、どのように関係づけられるのか。それは以下のようによめるだろう。魚が深い淵で自在に泳ぎ、獣が山奥で健やかに育つように、富があれば人は深々と呼吸し人生を楽しむことができる、というのである。「魚に深い淵」、「獣に深い山」が理想であると同様に、「人に富」が望ましい状態であることは自然のことわりなのだ、という。そういう次第で、「人と富」とは不可分のもの、富あってこそ人間の本来性をとり戻せるのだという主張になっている。

6のⅰⅱⅲ、ともに人の幸福感に焦点が当てられている。心地よさを想像のなかで味わうことが求められている。この幸福感によって、富は素晴らしいものである、と説得しようというのである。富を肯定する、それは現代の私たちには自明のことかもしれない、しかし、このような幸福感をもって金銭を受け入れたことが果たしてあっただろうか。ここで採られている方法は〈感覚の論理〉とでもいえるもので、道理を明らかにして行くときの一つの方法として意識的に選択されているのである。なぜなら、人は、幸福感にこそ、なびくものなのではないだろうか。

が、ともあれ、幸福感とともに、人のあるべき姿・倫理観をつかさどる世界の一部として、商業活動や富の所有が差し出されている点にも注目しておこう。

> 只貧《まづ》しうしてたのしむてふことばありて。字を学《まな》び韻《いん》を探《さぐ》る人の惑《まどひ》をとる端《はし》となりて。弓矢とるますら雄《を》も富貴は国の基《もとゐ》なるをわすれ。あやしき計策《たばかり》をのみ調練《たねらひ》て。ものを戕《やぶ》り人を傷《そこな》ひ。おのが徳をうしなひて子孫を絶《たつ》は。財《たから》を薄《かろ》んじて名をおもしとする惑《まど》ひなり。

7ⅰ「ただここで問題なのは、『論語』に「貧しうして楽しむ」という言葉があることです。それが、学者や文人を惑わせ、的はずれな考えを広める元になりました。ひいては武士までも富貴は国の基本であることを忘れ、軍略に熱中し、物を破壊し、人を殺傷することを自分たちのつとめと思い込んだ。このように徳を失い子孫を断つ行為は、みな宝を軽んじ、名を重しとする考え方に惑わされた結果です。」

先にふれたが（4の箇所）、孔子と子貢との問答で語られた、人の理想の姿の一つに、「貧しうして楽しむ」という在り方があった。〈貧〉を高く評価するこの言葉に何とか反論を加えねばならない。その場合『論語』批判という方向をとろうというのではない。間に「字を学び韻を探る人（学者や文人）」をはさみ、そこに問題を探ろうとする形になっている。そして彼らの影響が武士にもおよび、心得違いの状態にあるのだという。ここで描きだされた武士——人を殺傷し、物を破壊し、子孫を絶やす姿は、前段に描き出された理想的な人間の姿——日々自分の職能に精出し、生産に勤め、安定した心で、先祖を祭り子孫のために心をつくす、と重ねあわせられることによって、より一層その無残さをあらわにしている。それはみな宝を軽んじ名を重しとする考え方に惑わされた結果だという。

顧《おもふ》に名とたからともとむるに心ふたつある事なし。文字てふものに繋《つな》がれて。金の徳を薄《かろ》んじては。みづから清潔《せいけつ》と唱《とな》へ。鋤《すき》を揮《ふるふ》て棄《すて》たる人を賢《かしこ》しといふ。さる人はかしこくとも。さる事《わざ》は賢《かしこ》からじ

7 ii 「顧みて思うに、名を求める心、宝を求める心と、心を二つに区分けすることなどできるはずもありません。文字というものに繋がれて、金を軽んずることを清潔な態度とみなし、自ら鋤をふるう世捨て人を賢人ととなえるに至った。たとえ彼らは賢人と称されようと、共同性を顧みない生産を軽んじた行為を賢いとはいえません。」

現実に横行している「財《たから》を軽んじて名を重しとする」生き方が諸悪の根源ということで、武士の在り方を指弾していく。名を求める善心と、宝を求める悪心というように、心が二つあるはずもない、とやや詭弁論的な反論をくわえた。名前をとるか宝をとるかというような、二者択一の考え方が人間を不自由にし、間違いのもとになるのだと、読むこともできそうだ。つづいて、それらの事態が起こるのは、文字という物に繋がれた——言葉に思考が絡めとられた結果だという。具体的にはここでは「貧しうして楽しむ」を指すわけだが、『論語』の権威に保証されることで、その言葉に人の行為が規定されてしまう、これはあべこべではないか、といいたげでもある。

ついで、「貧しうして楽しむ」代表者ともいえる〈賢人〉についてふれる。当時浸透していた〈賢人〉を高く評価するものの見方からすれば、彼らに言及せずにやり過ごすことはできない。

例えば『論語』には、「賢者は世を避《さ》く」というような孔子の言葉もみられ、濁世にかかわらない生き方を良しとした。また、賢人といえば伯夷《はくい》・叔斉《しゅくせい》がその代表であろう。子貢が「伯夷・叔斉とはどういう人ですか」とたずねると、孔子は「古の賢人なり」と答えている。節をとおして職を辞し、首陽山に隠れ蕨で命をつなぎ、ついには餓死した人物である。こう書いてくると、彼らの生き方は、近世においては奇人と受け止められかねないとの思いも生じるが、ともあれ、観念として広く浸透している伯夷・叔斉の清廉潔白さへの称賛に疑問を投げかけることは容易ではない。さすがに精霊の言葉も歯切れがわるく、「さる人はかしこくとも、さる事《わざ》はかしこからず」と、いささかチグハグに留保してやり過ごしている。7ii で表したように、それをここまでの文脈を考慮して、「たとえ彼らは賢人と称されようと、共同性を顧みない生産を軽んじた行為を賢いとはいえません」と訳してみた。儒教で奨励されている清廉潔白さ、それは何人も認めるところだが、現実に即応していない。しかし価値観としての拘束力をもつため、現状ではそれによるさまざまなひずみが生じている。

賢人には世を逃れるというイメージがついてまわっている。画題の代表、〈竹林の七賢〉

などもしかり。「俗世にかかわらず」という在り方が高く評価される限り、俗世にまみれている「金」は卑しめられる。賢人は精霊にとって手強い相手である。秋成が「俗世にかかわらず」の態度をどうとらえていたか、そのことを考える上で興味深い材料があるので少しわき道にそれてみよう。

寔《まこと》やかの翁（芭蕉）といふ者、湖上の茅檐《ぼうえん》（茅《かや》の軒）、深川の蕉窓、所さだめず住《すみ》なして、西行宗祇の昔をとなへ、檜の木笠竹の杖に世をうかれあるきし人也とや、いとも心得ね、彼の古しへの人々（西行）は、保元寿永のみだれ打ちつづきて、宝祚《ほうそ》（天子の位）も今やいづ方に奪ひもて行らんと思へば、そこと定めて住つかぬもことわり感ぜらるる也、今ひとり（宗祇）も嘉吉応仁の世に生れあひて、月日も地におち、山川も劫灰《ごうかい》とや尽ずなんとおもひまどはんには、何このやどりなるべき、さらに時雨のと観念すべき時世なりけり、八州（日本国）の外行浪も風吹たたず、四つの民草おのれおのれが業をおさめて、何くか定めて住みつくべきを、僧俗いづれともなき人の、かく事触て狂ひあるくなん、誠に尭年鼓腹（太平）のあまりといへ共、ゆめゆめ学ぶまじき人の有様也とぞおもふ（「去年の枝折」）

秋成の歴史をみる目はなかなかに鋭い。芭蕉は、西行・宗祇の昔をとなえて、檜の笠・竹の杖で世を浮かれあるいているが、西行の生きた時代は保元から寿永にかけて戦乱が打ちつづき、宗祇の時代も嘉吉の乱、応仁の乱の乱世である。都が灰燼に帰してとどまることはできない。「世にふるもさらに時雨のやどり哉」と観念するほかない時世だったのだ、という。「世にふるも」の宗祇の句は、「世にふるは苦しきものを槙の屋にやすくも過ぐる初時雨かな」（二条院讃岐／新古今集）を踏まえている。〈生きていくのは本当につらい。同じふる（経る／降る）でも、さっと通り過ぎていく初時雨は気楽でいいな〉。しかし、この和歌においてはまだ、槙の屋から通り過ぎる時雨をながめることができた。対して宗祇は「さらに時雨のやどり哉」と、生きる苦しさの上にさらに定まった場所とてなく時雨の下を宿りとするほかない。ところが芭蕉は、〈手づから雨のわび笠をはりて〉と前書きして、「世にふるもさらに宗祇のやどり哉」と宗祇にことよせて、旅に出る（「笠の記」）。これが太平の余剰でなくて何であろうと、秋成はいうのである。芭蕉にはまた次の言葉もある。「桂杖《しゆぢやう》一鉢《いつぱつ》に命を結ぶ。なし得たり、風情ついに菰をかぶらんとは」（「栖去の弁」）。ついに乞食のようになれた、というのである。

平和のありがたさが身に沁みて、皆が家業に励み、住みつく世の中になつたというのに、一人僧俗いずれでもない姿で、わびてとか、宗祇のように時雨の旅を生きるとか、乞食の境地に立てたとか、その作為された生き方は、太平の世の余剰が生み出したとはいえ、時代錯誤もはなはだしい。「ゆめゆめ学ぶまじき人の有様也とぞおもふ」と秋成は芭蕉を切り捨てる。〈貧〉を積極的にとらえなおそうとする芭蕉、山野に自適する〈賢人〉に通じるようにもみえる芭蕉は、現実に立脚して貧福の問題を問いつめていこうとする秋成にとって受け入れがたい存在であった。

> 金《こがね》は七《なゝ》のたからの最《つかさ》なり。

8 「金《こがね》は七宝の最上位のものです。」

ついで、物質としての金に焦点が当てられ、金の魅力が説かれていく。「金は、仏法でいう七宝――金・銀・瑠璃・玻璃・硨磲《しやこ》・瑪瑙《めのう》・珊瑚の、第一に位する宝の王者である」という。このように、金が、流通貨幣であると同時に、宝としての黄金でもあるという関係を利用して、金が一番に位する、最高のものであることを主張する。

> 土に瘞《うも》れては霊泉《れゐせん》を湛《たゝ》へ。不浄《ふじやう》を除《のぞ》き。妙《たへ》なる音《こゑ》を蔵《かく》せり。かく清《いさぎ》よきものゝ。いかなれば愚昧貪酷《ぐまいどんかう》の人

にのみ集《つど》ふべきやうなし。今夜《こよひ》此憤《いきどほ》りを吐《はき》て年来《としごろ》のこゝろやりをなし侍る事の喜《うれ》しさよといふ。

9　「金は土中にひっそりと埋もれ、霊なる泉をたたえ、不浄を除き、妙なる音を秘している。これほど、清らかですがすがしいものが、どうして世間でいうような、愚昧貪酷《ぐまいどんこう》（愚かで貪欲で残酷）の者のところにだけ集まるでしょうか、そんなことがあろうはずはない。」

光のとどかない闇の中にひっそりと埋《うず》もれている砂金。霊なる泉のふところでやすらぎ、かすかでうつくしい音をひびかせる。それを「清《いさぎ》よきもの」と形容した。「清」の字に「いさぎよし」の仮名をふって表している。「イサギヨイ」は『日葡辞書』に「清くて、純な（もの）」とある。清らかで凜々しく美しく繊細なもの。静謐な金。私はここの描写が好きだ。霊泉の中にひそやかに息づいている気高く凜々しい黄金のイメージには説得されたいと思う。人の欲望を駆り立てて魅入る、光り輝く金ではない金を秋成は書いている。

十六世紀半ばから十七世紀、日本の鉱山業は飛躍的な発展をとげた。それにともない鉱山書の出版も数多く行われ、佐藤信淵《のぶひろ》（一七六九－一八五〇）の『山相秘録』には、探鉱法の一つ「望気の法」——「山に含有する諸金より蒸発する精気を望み見る」技術——について記されている（杉本勲『近世日本の学術』）。蒸気を見て金鉱を探し当てるのであろう。また古典大系の頭注には「円機活法の金の条「地ニウッテ清音有リ」」ともある。秋成は科学に裏打ちされた詩の言葉とでもいえそうな表現で、鉱物の金を表わしている。

こうして精霊は、「今宵は日頃の鬱憤を語り晴れ晴れとしました」と心の内を述べられた嬉しさを言い、次の物語の展開を岡左内に譲る。

Ⅲ

> 左内興《けう》じて席《むしろ》をすゝみ。さてしもかたらせ給ふに。富貴の道のたかき事。己《おの》がつねにおもふ所露たがはずぞ侍る。こゝに愚《おろか》なる問《とひ》事の侍るが。ねがふは祥《つばら》にしめさせ給へ。今ことわらせ給ふは。専《もはら》金の徳を薄《かろ》しめ。富貴の大業《たいきやう》なる事をしらざるを罪《つみ》とし給ふなるが。かの紙魚《しぎよ》かいふ所もゆゑなきにあらず。今の世に富るものは。十が八ツまではおほかた貪酷残忍《どんかうざんにん》の人多し。

10　「左内は興じて膝をのりだしてかたる。「富貴の道」が高尚であるということ、私の日頃の考えとすこしも違いません。意気投合したつづきに、平素気にかかっている愚かな問《とい》事《ごと》があるのですが、どうかご教示ください。これまでのところあなたは、金の徳や、富貴の重要性をもって道理を説かれました。しかし、かの学者たちの難ずる点も聞くべきところがないわけではありません。今の世に富める者は、十人中八人までが貪酷残忍な輩なのです。」

「貧福論」は、黄金の精霊と岡左内の対話劇だが、互いに相手を説得しようというのではない。心の通い合うもの同士が日頃の思いを意気投合して語る幸福感が全編に流れている。精霊に共感し、それを確認した上で、現実社会にさらに踏み込んでこの問題を考えていこうとするのが、岡左内の役割である。

貨幣経済社会は人間に自由と豊かさと楽しみをもたらした。その肯定面は今一度確認する必要があるだろう。家職に精出し共同体の一員として生きることが、同時に独立した人間のいとなみをも可能としたのである。それなのに一方では貧富をめぐる矛盾が剝《む》きだしとなり、人は貨幣のために破滅していく。このことをどう考えればよいのか。

おのれは俸禄《はうろく》に飽《あき》たりながら。兄弟《はらから》一属《やから》をはじめ。祖《みおや》より久しくつかふるもの、貧《まづ》しきをすくふ事《わざ》をもせず。となりに栖《すみ》つる人のいきほひをうしなひ。他《ひと》の援《たす》けさへなく世にくだりしもの、田畑をも。価《あたひ》を賤《やす》くしてあながちに己《おの》がものとし。今おのれは村長《むらをさ》とうやまはれても。むかしかりたる人のものをかへさず。

礼ある人の席《むしろ》を譲《ゆづ》れば。其人を奴《やつこ》のごとく見おとし。たま〳〵旧《ふる》き友の寒暑《かんしよ》を訪《とむ》らひ来れば。物からんためかと疑《うたが》ひて。宿にあらぬよしを応《こた》へさせつる類《たぐひ》あまた見来りぬ。

11「十分な財力がありながら、兄弟一族をはじめ、先祖代々仕えている者たちの貧しさを救おうとはしない。零落して行く隣人の田畑を安く買い叩き、むやみやたらと手に入れていく。今は村長《むらおさ》とうやまわれる身になっても、むかし借りた物を返さない。礼儀を知った人が席を譲れば、かえってそれを劣った者と見下す。たまたま旧友が訪ねて来れば、物を借りるためかと疑って居留守をつかわせるといった類いを、多く見聞きしてきました。」

はじめに、日頃見聞している〝富んでいて貪酷残忍〟な例について述べる。「兄弟一族をはじめ、先祖代々仕えている者たちの貧しさを救おうとしない」という指摘は、欲が深いために兄弟たちの窮状を救わないということよりもむしろ、封建制の崩壊を意味していると読めるだろう。棟梁たるもの一族郎党の面倒をみる責任を負っていたはずなのに、その責任を果たさない者が現れてきた。関係というものが崩れてきているということである。自分個人の利益にのみ目を奪われるようになったということは、個人意識の芽生えがエゴイズムというかたちで現れている状態といえるだろうか。おそらくこの時代、個人意識の発生と内面の変質の問題が鋭くあらわれてきているはずだ。

「隣人の田畑を安く買い叩き」については、古典集成の頭注に次のようにある。「幕府の土地政策として「質地制限令」が享保六年（一七二一）に制定されたが、享保八年に破棄され、田畑の質流れ譲渡をみとめ、土地の永代売買禁止を事実上解除し、以後、多くの農民が土地を手放していく」。あるいはまた、幕府は一七四四年（延享元）に田畑永代売買の禁止を緩和している。この措置は、農地の流動性を高めて耕地集約を図り、生産力を増強させるための吉宗の経済政策であったとの指摘もある。（鈴木浩三『江戸の経済システム』）

> 又君に忠なるかぎりをつくし。父母《ふほ》に孝廉《かうれん》の聞えあり。貴《たふと》きをたふとみ。賤しきを扶《たす》くる意《こゝろ》ありながら。三冬のさむきにも一裘《きう》に起臥《おきふし》。三伏《ぷく》のあつきにも一葛《かつ》を濯《すゝ》ぐいとまなく。年ゆたかなれども朝《あした》に晡《くれ》に一椀《わん》の粥《かゆ》にはらをみたしめ。さる人はもとより朋友《ともがき》の訪《とむ》らふ事もなく。かへりて兄弟一属《はらからやから》にも通《みち》を塞《きら》れ。まじはりを絶《たゝ》れて。其怨《うらみ》をうつたふる方さへなく。汲《きう》〻として一生を終《おふ》るもあり。

12 「他方、主君に忠義の限りをつくし、親に孝行の評判をとり、貴きを尊び、賤しきを助ける心ありながら、冬の寒い時にも一枚の綿入れに起き伏しし、極暑の時にも一枚の帷《かた》子《びら》をすすぐいとまもなく、豊作の年でも朝夕一椀の粥を口にできるだけ。そんな人はもとより友人の訪れもなく、兄弟一族からも交際を絶たれ、そのやりきれない思いを訴える相手さえなく、汲々として一生を終える者もいる。」

次いで、〝立派な人間であって貧しい〟例についてかたる。主君には忠、親には孝と儒教道徳の教えを守って生きる理想的な人物であるのに、きわめて貧しい。しかし貧しいということなら、貧しさは昔から変わらずあったろうし、飢えの苦しみもそうだろう。だが、ここで書かれている貧しさは、生活のレベルにとどまっていない。貧しさが人間の価値を計る物差しとなるに至っている。貧しい人間は軽蔑の対象となるのだ。貧しいと友達も寄ってこなくなり、兄弟や親戚からも出入りするなと疎んじられる。飢えの苦しみにとどまらず、人としての誇りさえ踏みにじられるという精神の苦しみが重ねられる。人間関係が損得の利害で判断される時代となった。このように、今まさに起こっている人間の不幸のあり方を的確に抽出しているが、その不幸の落としどころにもみるべき点がある。何がもっとも不幸なのか。もちろん、正しい生き方をしながら日々飢えと軽蔑に磨り減っていくほどの苦しみはない。だが、苦しくともその思いを嘆くことさえできるならまだかろうじて生きていかれる。怒りや悲しみを、運命の理不尽さを、誰にもうったえることができずに一生を終わる、それこそが不幸なのだ、とこのように人間の不幸をとらえる視線がうかがえる。

さらばその人は作業《なりはひ》にうときゆゑかと見れば。夙《つと》に起《おき》おそくふして性力《ちから》を凝《こら》し。西にひがしに走りまどふ蹺蹊《ありさま》さらに閑《いとま》なく。その人愚《おろか》にもあらで才をもちうるに的《あた》るはまれなり。

13「ならば、その人が稼業にうといゆえに貧窮におちいるかというとそうではなく、早朝に起き、夜遅く寝て、精一杯働き、東奔西走するありさまは、少しの無駄もない。その人は愚かなわけでもない。才知をはたらかせてもみるのだが、なかなか思惑通りにいかない。」

つづいて貧しさの原因はどこにあるかを探ろうとする。なぜなら本人に原因があればその理不尽さも受け入れざるを得ないだろうから。まず「生業にうときゆえか」——仕事に熱意がなく無関心のせいか、と問う。労働に向かないタイプというならばこれはもう仕方がない。次に、「愚かな」ためか、と問う。愚か者であれば救済の余地はない。最後に「才」をはたらかせないためか、と問う。「才」とは「才覚」のことで近世人にとって高く評価される能力である。つまり目端が利いて工夫や算段をする能力がないというなら、この新しい時代に人に遅れをとったとしても仕方がない。以上のように、一つ一つ原因を探っていくがどれ一つとして当てはまらない。つまり本人の責任ゆえにこうなったといえるような点は何一つ見出せないのである。

これらは顔子《がんし》が一瓢《へう》の味はひをもしらず。

14 「これらの人は、顔回のように一瓢の味わいもしらない。」

唐突に、孔子の弟子の顔回の逸話「顔子が一瓢の味わい」がはさまれる。どのような文脈を形成しているのか、まず、「顔子が一瓢の味わい」のエピソードをみてみよう。『論語』において、孔子はいう。「賢なるかな回や。一箪の食《し》、一瓢の飲、陋巷《ろうこう》に在り。人は其の憂いに堪えず。回や其の楽しみを改めず。賢なるかな回や。」（えらいものだね、回は。竹のわりご一杯のめしと、ひさごのお椀一杯の飲みもので、せまい路地のくらしだ。他人ならそのつらさにたえられないだろうが、回は［そうした貧窮の中でも］自分の楽しみを改めようとはしない。えらいものだね、回は。）（金谷治訳注『論語』岩波文庫）

「賢なるかな回や」といわれるように、顔回は〈賢〉を代表する人物、まさに「貧しうして楽しむ」人物である。貧の極致が楽しみと結びついている。ただしこの〈楽しみ〉は、学を好み道を求める楽しみではある。その楽しみに心がみたされているので貧をつらいと思うことはない。それならば貧に押しつぶされずに貧をやりすごすこともできるというわけだ。このエピソードは、広く浸透しており数々の作品で取り上げられている。

なぜこれほど流布しているのか、どのように浸透しているのか、検討の余地はあるが、一つには、近世になって〈貧〉の問題がせり出してくるからでもあるだろう。すでにふれたように、〈貧しい〉ということが餓死による肉体の死だけではなく、精神の死をも表すようになった。富んでいるか貧しいかによって、人間としての価値がはかられる。かつて御伽草子などにみられた愚か者や欲深な者ではなく、貧しい者が軽蔑の対象となるのである。その一方で、貧をたのしむことを道徳的価値として強く押し出してくる朱子学の動向も見逃すことはできない。これは一対の現象であるだろう。

さて、ここで初めの問にもどろう。佐内が精霊に問いかけている一連のエピソードはどのような文脈を形成しているか。これまでの流れは、貪欲残忍な人間が豊かで幸福であり、対して倫理的に正しい行いの人間が貧しく、幸せとは無縁である、このような矛盾がなぜ生じるのかという疑問のもとにその原因を探ってきた。しかし何一つ見当たらない。そこで最後のよりどころとして、本人がそれを苦にしていないなら、現実に存在する理不尽さへの憤りも収めることができるという救済の観点を取り上げた。この視点から、「顔子が一瓢」が引き出されている。「かく惨《いた》ましい一生も、「顔子が一瓢」に例えられるような貧を楽しむという境地を、本人が味わったというなら、少しは救いも見出だせますが、そんな楽しみも知らないのです」と左内はいう。結局、人として正しい生き方をしている者がなぜ〈貧〉に陥る＝幸福になれないのかという疑問に対して、現実生活の道理の範疇で原因を見つけ出すことはできなかった。しかしそれでもなお、なぜなのかという疑問はしずまらない。そこでいよいよ、宗教や思想の領域にふみ込んでいく。

かく果《はつ》るを仏家《ぶつか》には前業《せんごう》をもて説《とき》しめし。儒門《じゅもん》には天命《てんめい》と教《をし》ふ。

15 i 「このように無益に一生を朽ち果てることを、仏家では、前世での悪行の結果なのだと説きしめし、儒門では、天によって定められた運命だと教えています。」

現実生活の矛盾を仏教や儒教の思想によって解決できないものかと、思想の領域で考えてみようとする。ただ、ここで注意しておかなくてはならないのは、仏教や儒教を直接論ずるのではなく、仏家や儒門——仏教を奉ずるものや儒教に携わるものの教えとして取り上げている点である。さて、それではどうか。仏家では、現在の不幸は、前世で行った悪行の報いだと説き、儒門では、現在の不幸は、天によって定められた逃れられない運命なのだと教える。では、どちらの思想が疑問への回答を与えられるだろうか。

> もし未来あるときは現世《げんぜ》の陰徳善功《ゐんとくぜんこう》も来世《らいせ》のたのみありとして。人しばらくこゝにいきどほりを休《やす》めん。されば富貴のみちは仏家にのみその理《ことはり》をつくして。儒門の教《をし》へは荒唐《くはうとう》なりとやせん。

15 ii「もし人間に来世があるものならば、現世で積む徳や善行も、来世のためになると頼みにして、しばらくは、不遇な生涯に対する憤りをしずめることもできるでしょう。となれば、富貴の道については、仏家の方だけが理《ことわり》を説明でき、儒門の教えはいいかげんな出まかせだとするのでしょうか。」

仏教の〈因果応報思想〉に対して、儒教の〈天命思想〉という所にまで降り立つことになった。仏教は人間の生を、前世・現世・来世の三世にわたるととらえ、死に変わり生まれ変わる輪廻の思想である。現実の出来事は、前世と来世という経験を超越した世界の中に組み込まれている。一方、儒教が相手にするのは現在であり、死後の世界を語らない。天命とは天の命令。天によって定められた運命のことで、人間は天がくだす判断に支配され人力を越えた世にいると考える。

叙述の面からとらえておきたいのは、「富貴の道」といういい方をした点である。「道」といったために理《ことわり》を論ずる方向に話が展開していくことになる。ここまでは、なぜ現実がこれほど理不尽なのかという問いかけで進行してきたが、「道」という言葉に誘導され、「富貴の道」への「理」の探求に入っていく、という展開になっている。ではどうなるか。

仏家は以下のようにいう。現在の不幸は前世に悪い行いをしたためである、また、現在の正しい行いは来世のためになる、だから現在報われなくとも来世のために善行をすべきだと。このように仏家は、原因と結果を結びつけることわりを説いた。そして、人はことわりを知ったときにはじめて納得することができるものではなかろうか。だから、現在の不幸は運命なのだという儒門の教えよりも、一往のことわりを示すことのできた仏家の教えの方が勝れているのではないか、と左内は精霊に問いかける。

霊《かみ》も仏の教にこそ憑《よら》せ給ふらめ。否《いな》ならば祥《つばら》にのべさせ給へ。

15 iii 「霊《かみ》であるあなたも、仏の教えに共鳴されているようですね。否《いな》ということなら、

道理を詳しく説き聞かせてください。」

左内は黄金の精霊を「霊《かみ》」と呼んだ。「かみ」ならば神仏混交で仏に近いということか、または儒・仏・神を意識のなかに予想させておこうということか。ともあれ、仏家の説の方に少なくとも筋道らしきものが認められたので、たぶん精霊も理《ことわ》りを示せる仏の教えを評価しているのでしょう、と水を向け、もしそうでないなら、自説を詳しく語ってほしいと頼む。こうして左内は精霊の教えを乞うて、語り手の役目を譲る。

Ⅳ

> 翁いふ。君が問給ふは往古《いにしへ》より論《ろん》じ尽さゞることわりなり。

16「翁はいう。あなたが疑問としておられることは、昔からいろいろと論じられながら、いまだに結論の出ていない理《ことわり》なのです。」

ここに、左門の日頃の疑問という形を借りて「貧福論」のテーマが示されている。貪欲残忍の人間が金持ちで幸福に暮らし、人として正しい生き方をしている人間が生涯貧困から抜け出せずに終わる、これはなぜなのかという問題設定である。しかもこの疑問は昔からいろいろと論じられてきたと精霊はいう。ちなみに「貧福論」の注釈書には、いずれも、古より論じられてきたというその用例が全く付されていない。これは「貧福論」による秋成の問題提起を受け止められなかったためでもあるのではないか。ともあれ精霊は、昔から論じられてきているにもかかわらず結論の出ていない「ことわり」なのだと言及している。

精霊と左門のおしゃべりは、ただ現状を描出するために行われているのではなく、「ことわり」を見出だすための対話である。なぜなら、先にふれたように、「ことわり」を見出だしたときにはじめてその理不尽な事柄は理解可能な出来事に変わるからである。それは自身の歴史上の位置を確認したいという秋成の強い希求から当然のことに引き出されてくる衝動でもあった。（秋成の歴史意識については、拙稿「美しい死からの反転——「浅茅が宿」の三つの物語」（『江戸文化の変容——十八世紀日本の経験』所収・本書収録）、拙稿「「天津をとめ」における都と遷都——注釈的物語論」（『物語』Vol. 2）を参照していただきたい）。今このときに何が起こっているのか。

左門が問う事柄は、いにしえから人々を悩ませてきた難問であることを断ったうえで、精霊は儒仏の優劣を問う左門の問いかけに答えていく。

> かの仏の御法《みのり》を聞けば。富と貧しきは前世《さきのよ》の脩否《よきあしき》によるとや。此《こ》はあらましなる教へぞかし。前世にありしときおのれをよく脩《をさ》め。慈悲《じひ》の心専《もは》らに。他人《ことひと》にもなさけふかく接《まじ》はりし人の。その善報《ぜんはう》によりて。今此生《しやう》に富貴の家にうまれきたり。おのがたからをたのみて他人《ことひと》にいきほひをふるひ。あらぬ狂言《まがこと》をいいのゝじり。あさましき夷《ゑびす》こゝろをも見するは。前世《さきのよ》の善心かくまでなりくだる事はいかなるむくひのなせるにや。仏菩薩《ふつぼさつ》は名聞利要《みやうもんりよう》を嫌《いみ》給ふとこそ聞つる物を。など貧福《ひんふく》の事に係《かゝ》づらひ給ふべき。さるを富貴は前世《さきのよ》のおこなひの善《よか》りし所。貧賤《ひんせん》は悪《あし》かりしむくひとのみ説《とき》なすは。尼媽《あまかゝ》を蕩《とら》かすなま仏法ぞかし。

17　「仏法によれば、「富」と「貧」とは前世の行いの善し悪しによるということですが、これはいかにも大雑把な教えです。前世で慈悲の心深く他人にも情けふかく接した人が、その善行の報いで、今生は富貴の家に生まれた。ところが富貴な者は、現世でその財力にものいわせて、他人に横柄な態度をとり、とんでもない無理をいいののしり、あさましくも野蛮な心を見せる。ではいったい、前世にもっていた善心が現世でこうまで堕落してしまうのは、どんな報いによるものだと説くのでしょうか。仏や菩薩は名誉や利欲というものを忌み嫌うと聞いております。仏や菩薩が貧福のことにかかわりあうはずがない。それを、富貴は前世の行いが善かったため、貧賤は悪かった報いと決め付けるのは、愚かしい女どもをたぶらかす、まやかしの仏法だからです。」

精霊は仏家の教えをかなり徹底的に退けている。仏家の方にことわりがありそうだという左門の申し出を打ち砕く。そのことわりのありそうにみえるところが曲者なのだと、仏家のこじつけを暴いてみせる。仏や菩薩は貧福のことにかかわらない。損とか得とか、人が利害によって動くことがあからさまになったこの時代に、報いなどを持ちだして利にさとい心を仏家が利用したにすぎないと批判的に語る。一見筋道が通っているようにみえる因果応報説には、そのみせかけのことわりゆえにたぶらかされる。有望そうに見えた仏家の説は、ここにおいて退けられた。

> 貧福をいはず。ひたすら善を積《つま》ん人は。その身に来らずとも。子孫《しそん》はかならず幸福《さいはひ》を得《う》べし。宗廟《そうべう》これを饗《うけ》て子孫これを保《たも》つとは。此ことわりの細妙《くはしき》なり。

18 「貧福などという見返りをあてにせず、ひたすら善を積む人は、たとえ今自分に幸いがなくとも、かならず子孫は幸福を得るでしょう。『中庸』に「宗廟《そうびょう》これを饗《うけ》て子孫これを保つ」とあるのは、この道理をよく言い得たものです。」

仏家の説を退けたあとに精霊はいう。ひたすら善をつめば、子孫はかならず幸福を得られると。だがこの主張は、今退けたばかりの、善いことをすればよい報いがあるという「なま仏法」の繰り返しのように聞えはしないだろうか。その違いはどこにあるのか、といえば、善行の報いが自分に返ってくるか子孫に返ってくるかの違いである。一見それほど相違はないようにみえるが、この差は大きい。まず一は、前世とか来世という荒唐無稽なよりどころを退けていること。子孫のためとは、あくまでも現実に基づいた未来についていうのである。おそらくかつては強烈に存在したであろう、先祖から子孫に連なる歴史の中の一員という感覚は、十八世紀の半ば急速に失われつつあった。

ひたすら善を積むというその主張の論拠として、『中庸』から「宋廟これを饗て子孫これを保つ」（Z）を挙げている。『中庸』のこの部分を、ここには引用されていない前の文章も含めて、その解釈を『雨月物語評釈』（鵜月洋・中村博保）から引いておく。「舜（中国古代の五帝の一人）は大孝の人であるが、その徳は（道徳的には）聖人であり、その身分は（政治的には）天子であり、その富は（経済的には）国内のすべてを所有していた。かくしてその祖先は天子の礼をもって祀られ、その子孫はこの位を保った。だから大徳のものは、その道徳的向上に応じて、必ずその地位と財産と名誉と長寿を得るものである」。徳のあるものの先祖は祀られ子孫は「地位と財産と名誉と長寿」を得られるという。だからいまのわが身が不遇であってもひたすら善を積みなさいということになる。

ここにきて、「貧福論」において重要な主張をこめた三つの標語が出揃ったことになる。「富《とみ》て驕《おご》らぬは大聖《おほきひじり》の道なり」（Ｘ）「恒《つね》の産《なりはひ》なきは恒の心なし」（Ｙ）「宗廟これを饗て子孫これを保つ」（Ｚ）の三つだが、それぞれ儒教の「四書」のうちの三書『論語』『孟子』『中庸』から引かれている。

おのれ善をなして。おのれその報《むく》ひの来るを待は直《なほ》きこゝろにもあらずかし。

19　「善行をなして、自分にその報いが返って来るのを期待するのは、とうてい「直きこころ」とはいえません。」

ひたすら善を行うことが良いのであって、その見返りを期待するなどというのは、古代人をしのばせる「直きこころ」にてらしてみても感心できない、と精霊はいう。黄金の精霊はここまで、儒書からのＸＹＺの文言に基づいて論を展開してきたが、最後に日本の価値観ともいえる「直きこころ」を引き合いに出す。「直きこころ」を他の言葉におきかえることは難しいのだが、「まっすぐな心」とでもいえばいいだろうか。とりあえず「直」の用例をあげておこう。「その枉《まが》れるを矯《なほ》さむとして生める神を、号《なづ》けて神直日神《かむなほびのかみ》とまうす」（日本書紀）、「明き浄き直き誠の心を以ちて」（続日本紀）。

ことわりを追求する方法の一つとして最後には感性にうったえる方法をとったといえるだろうか。古代から受け継いでいる日本人の「直きこころ」に思いを馳せれば、見返りを期待する心がいかに濁った心であるか、おのずから分かるでしょうと。

とはいえ、十七世紀末にはすでに、都市では、短期の雇用契約による労働者がかなりの割合を占めていた。自分の労働力を金銭に換算して売っていたわけであるから、時代の趨勢が見返りを求める方向にむかうのは当然のことでもある。精霊の主張に説得力をもたせることは容易ではなさそうだ。

> 又悪業慳貪《あくごうけんどん》の人の富昌《さか》ふるのみかは。寿《いのち》めでたくその終《をはり》をよくするは。我に異《こと》なることわりあり。霎時《しばらく》聞せたまへ

20 「悪業慳貪《あくごうけんどん》（行いが悪く、自分の物を惜しみ、人の物を貪る）の人が富み栄えるだけでも納

得できないのに、そのうえに長寿を得て、死ぬまで安楽に暮すということがある。この理不尽なありさまをどう説明するかについては、私に異なる理《ことわり》があるのです。しばらくお聞きください。」

左門の問いかけ——仏家と儒門のどちらを支持するか——に対する精霊の答えはここで一段落し、新たな観点から自説を述べ始める。

「長寿」ということは、富み栄えることと同様に人のもっとも欲するところであった。金持ちで賑わしく栄え、長命で死ぬまでその繁栄をまっとうできる、これこそが人としての最高の幸せである。そのような至上の幸福が悪業慳貪な人の身に、もたらせられることさえあるのだ。なぜなのか。

> 我今仮《かり》に化《かたち》をあらはして語《かた》るといへども。神にあらず仏にあらず。もと非情《ひじやう》の物なれば人と異《こと》なる慮《こゝろ》あり。

21 「私はかりそめに今、小さな翁の形を借りて姿を現しましたが、神でも仏でもありません。本来「非情の物」ですから、人とは異なる「慮」を持っています。」

ここで物語は次段階へと展開する。金の精霊は自らを「非情の物」と定義した。「非情」とは感受性をもたないもの。草木や鉱物などをいう。対語は有情。有情とは生あるもの。生命と感受性をもつもの。となれば非情は、心が無いといってもよさそうだが、そうではなく「人と異なる慮《こころ》あり」という。

精霊が自分は「非情の物」だと名乗りを上げることについては、能の面影をよみとってもいいだろう。その一例として『西行桜』からの一場面をあげておこう。

憂き世をいとう山住みの身なのに、春になると桜を慕って貴賤の人が集まってくる。それが少しうっとうしくて、西行は詠む。「花みんと群れつつ人の来るのみぞあたら桜の咎《とが》にはありける」。すると白髪の老人（老木の桜の精）があらわれ、世を憂き世と、山を隠れ所の山と見るのは、ただ人の心から生じたままでのことです。花の季節に人でにぎわうその咎を桜に負わせるのはいささか心得違いではないでしょうか。非情無心の草木の桜に罪はない、と老人はいう。それをこの場に当てはめるなら、非情無心の鉱物の金に罪はない、と読みかえることもできそうだ。

なお「非情無心の草木」というような言葉は、能や御伽草子の中によく見られる。これは、非情とか無心という「心の無いもの」への関心、広くいえば「心」への関心が目覚めてきたことに通じるであろう。それは風流なるものの変化、情緒の変質をも意味しているのではないか。「非情のもの」については別に検討したい。

いにしへに富る人は。天《あめ》の時に合《かな》ひ。地《くに》の利をあきらめて。産を治《をさ》めて富貴となる。これ天の随《まにく》なる計策《たばかり》なれば。たからのこゝにあつまるも天のまにくなることわりなり。

22「いにしえに富を得た人は、天の時・地の利を見きわめて生業に従事し、財産を築いた。これは天の成り行きに任せたやり方であって、財《たから》がここに集まるのも、天の命ずるままの理だといえます。」

まず、いにしえに富めるの人の例をあげる。彼らは「天のまにまになる計策《たばかり》」——天の成り行きに任せて富貴になった。この「天」は自然の利というに近い。だからそれは「天のまにまになることわり」である。この「天」は儒教の天に近い。「貨殖列伝」の説くところをくり返す。

又卑吝貪酷《ひりんどんこう》の人は。金銀を見ては父母のごとくしたしみ。食《くら》ふべきをも喫《くら》はず。穿《き》べきをも着《き》ず。得がたきいのちさへ惜《をし》とおもはで。起《おき》ておもひ臥《ふし》てわすれねば。こゝにあつまる事まのあたりなることわりなり。

23「また、卑吝貪酷《ひりんどんこう》（品性卑しくケチ）の人は、金銀をみると父母のように馴れ親しみ、食う物も食らわず、着る物も着ず、二つとない命さえ金のためには惜しいとも思わないで、寝ても覚めても忘れることがない。ですから、ここに金が集まることは、一目瞭然の道理です。」

命をかけて四六時中誠実にひたすら金のためにつくしている。実の親には非道な振る舞いをすることはあっても、金にはひたすらかしずいている。だから金がそこに集まるのは「まのあたりなることわり」——見ている目の前で、当然そうなるべき明らかなことわりだという。前段の「いにしえの天のことわり」に対して、「まのあたりなることわり」——現在の、一目瞭然のことわり、という対比になる。

誠実につくすという、倫理的行為を救い出している。ただその対象が人間ではなく金であるという関係において。さて、これにはどう応えればよいだろうか。どれほど金に誠実であろうともやはり卑吝貪酷《ひりんどんこう》として断罪されるべきか。彼が示した誠実さは考慮される余地はないのか。私たちが当然のことと受け止めてきた善悪の問題は次々と試されていく。金にひたすらかしずくというこの叙述から、『徒然草』二百十七段「或る大福長者の話」を連想された方もおられるのではないか。それについては別に検討したい。

我もと神にあらず仏にあらず。只これ非情《ひじやう》なり。非情のものとして人の善悪を糺《たゞ》し。それにしたがふべきいはれなし。善を撫《なで》悪を罪《つみ》するは。天なり。神なり。仏なり。三ツのものは道なり。我ともがらのおよぶべきにあらず。只かれらがつかへ傅《かしづ》く事のうやくしきにあつまるとしるべし。これ金《かね》に霊《れゐ》あれども人とこゝろの異《こと》なる所なり。

24「私は本来、神でも人でもない。たんに非情の金で、それ以上でも以下でもない。非情のものとして、人の善悪を糺《ただ》し、その道理に従うべき理由はない。善をほめ悪を罰するは、天であり、神であり、仏である。儒仏神は、いずれも「道」というべきもので、私どもの及ぶべきところではない。ただ、人が恭しくかしずいてくれるところに集まると理解しておいてください。ここが、金に霊はあるけれども、人の心とは異なるところなのです。」

ここで論点が一歩大きく進む。「悪業慳貪な人が富み栄えるだけでなく、長寿を得て死ぬまで安楽に暮らす、こんな理不尽なことがなぜ起こるのか」という疑問に、精霊は自分なりの道理をもって答えようとしていた。それにどのような観点がとられたかというと、善悪の問題を切り離すということで答えようとする。その場合、善をほめ罪を罰するのは、天・神・仏であって、我々の及ぶところではないと、一段下に降り立った。大切に守り仕えてくれるところに集まるだけなのだと。〈道〉と同等の働きを期待されても困るというわけである。

以上のように、自己の存在証明のために善悪の問題を切り離すという方向をとったが、しかし、人として正しい生き方への慮りはまだ捨ててはいない。そのために、善悪、倫理、道徳の問題は天や神や仏にあずけて奉ったのである。金のこころは人の心とは異なるのだから、金のことはさておき、あくまでも人の心は儒仏神の〈道〉にのっとるべきなのだとでもいうように。

> また富て善根《ぜんごん》を種《うゝ》るにもゆゑなきに恵《めぐ》みほどこし。その人の不義をも察《あき》らめず借《かし》あたへたらん人は。善根なりとも財《たから》はつひに散《さん》すべし。これらは金の用を知《しり》て。金の徳をしらず。かろくあつかふが故なり。

25i 「富む人が善行を施すというような理想的な行いも、理由なく恵み施したり、相手の吟味もしないで貸し与えたりする人は、たとえ善行であっても、財《たから》はしだいに散じ富は消え失せてしまうでしょう。こういう人は、金の使い方を知って、金の徳を知らず、金を軽々しく扱うからなのです。」

「道」をあくまでも敬ったうえで、これまでのようにただ「道」の価値観だけでは解決しないことを説き、少し反撃を加えていく。博愛主義的にただ恵み施せばいいということではないのだと。良い人であってもそんな人のところに財《たから》がなくなるのは当然のこと。彼らは金を善行のための道具ぐらいにしか思っていない。金を徳という観点から受け入れ大切に扱うように心を入れ替える必要がある、という。

ここで思い起こされるのは、シェークスピアの『アテネのタイモン』である。自分の財産を惜しみなく人に分け与えて破滅したタイモンのような人物を精霊は擁護しない。この問題についても私たちは、かれらをどのように評価するか自分なりに考える必要に迫られる。日本の十八世紀においてはキリスト教の教えという物差しはつかえない。人にとって何が善行であるかが単純明快な事柄ではなくなっている。

又身のおこなひもよろしく。人にも志誠《まごゝろ》ありながら。世に窮《せばめ》られてくるしむ人は。天蒼氏《てんそうし》の賜《たまもの》すくなくう

> まれ出たるなれば。精神《せいしん》を労《らう》しても。いのちのうちに富貴を得る事なし。さればこそいにしへの賢《かしこ》き人は。もとめて益《やう》あればもとめ。益なくばもとめす。己《おの》がこのむまに〱世を山林にのがれて。しづかに一生を終《をは》る。心のうちいかばかり清《すゞ》しからんとはうらやみぬるぞ。

25ii「また、あなたのいわれた、君に忠、親に孝と身の行いもよろしく、人にも真心ありながら、生活に窮して苦しむ人は、天蒼氏《てんそうし》（創造主）の賜《たまもの》少なく生まれついたのだから、あれこれ駆け回って精神を労しても、一生の間富貴を得ることはありません。だからこそ、いにしえの賢人は、求めて益があれば求め益がなければ求めない。自分の気の向くままに俗世を山林にのがれて、静かに一生を終えたのです。心のうちはどれほどすがすがしくさっぱりしているだろうと、羨んでおります。」

人間には生まれながらにもつ運の善し悪しがあるという考え方。人の努力を超えている存在の容認につながるともいえるが、これはすでに西鶴の頃から、商人の間には一般に通用していた考え方である。人の成功の要因はもちろん、職業に日々努力すること、正直で倹約を旨とすることが第一だが、それに加えて、「仕合せ」（めぐりあわせ・運）もあげられている。それが彼らの現実生活の実感であったろうし、貨幣経済の到来によって、自力では太刀打ちしようのない、理解をこえた、それほど激しい成功と没落の間を翻弄されながら生きることになったのだともいえる。

運の善し悪しがあるのだから運が悪いとなったら、あくせくせずに早く見切りをつけなさい、そうすれば無駄な苦しみをしなくてすむ、と精霊はいう。一見見返りを求める考え方に通じそうだが、無駄に精神を労さないという良い面に置き直しているのだととらえておこう。こうして、自分の好むままに生きればよいという。山林にのがれて一生を終わるのもいいではないか。先に、賢人が表象していた観念を退けた精霊ではあったが、少なくとも、左内が語り出した不幸のいたましさを救うために、消極的ではあるが救済として一つの提言はなされている。最終的には生活・財を捨てて好きなように生きる道もあるのだと。

庶民が働かずして生きるという在り方は貨幣経済と表裏のものとして生じてきたのではないだろうか。共同体や階層を脱落しても生きていかれるいうことは、新たに手に入れた自由でさえあったのではないか。だが、それはまた倫理道徳からの軌道を外れていくという側面にも通じている。ぶら者・のら者をゆるす都市の問題が新たに起ってきている。

かくいへど富貴のみちは術《わざ》にして。巧《たくみ》なるものはよく湊《あつ》め。不肖《せう》のものは瓦《かはら》の解《とく》るより易《やす》し。

26ⅰ　「そうはいっても、「富貴のみち」は、儒仏神のめざす「道」とは異なり、「術《わざ》」にあるといえます。術の巧みな者はよく集め、未熟な者は、瓦の崩れるよりも簡単に積み上げた富を散らしていく。」

「善を撫《なで》悪を罪するは、天なり、神なり、仏なり。三ツのものは道なり。我ともがらのおよぶべきにあらず」(24)と、いったんは手放した「道」の問題だったが、「かくいえど」とふたたびそれに回帰する。「富貴」にも「みち」がないわけではなく、かりに「富貴のみち」をとりあげるなら、それは「術《わざ》」の問題なのだという。善か悪かではなく、技術が巧みか未熟かの問題となる。未熟な者はまたたくまに富を散らしていく。それは「瓦の解るより易し」。瓦の崩れていく様子を一度でもみたことがあれば、雪崩を打つようにやすやすと崩れ落ちていく様が実感としてとらえられるだろう。それほど簡単に瞬時に財を失うものなのだという。

且《かつ》我ともがらは。人の生産《なりはひ》につきめぐりて。たのみとする主《ぬし》もさだまらず。こゝにあつまるかとすれば。その主《ぬし》のおこなひによりてたちまちにかしこに走《はし》る。水のひくき方にかたふくがごとし。夜に昼にゆきくと休《やむ》ときなし。

26 ii 「その上、われら金は人に仕えるのではなく、職業について回るのであって、頼みとする主人も定まらない。ここに集まるかとおもえば、その主の行いによっては、たちまちかしこに走る。水が、低い方に流れ傾いていくようなものです。夜に昼に行き来して、休むときがない。」

主人に仕えるというような忠誠心は金には通用しない。人にではなく職業について回るという。だから倫理道徳とはかかわりないのだと。次々と相手を変えてめまぐるしく動き回り、停滞することがない。昼夜の別なく一時も休まずに流動している。貨幣の本来性が流通にあることが的確に指摘されている。早く『史記』の「貨殖列伝」にも「貨物と金銭は流水のようになめらかに流通させるべきであります」と指摘されてもいる。

たゞ閑人《むだびと》の生産《なりはひ》もなくてあらば。泰山《たいさん》もやがて喫《くひ》つくすべし。江海《ごうかい》もつひに飲《のみ》ほすべし。

26 iii 「ただ何もしないで生業もなく暮らしていれば、泰山ほどの財の山も、やがて食いつくしてしまうでしょう。河や海ほどのはかりしれない富も、ついには飲みほしてしまうでしょう。」

無為徒食・徒居《ただい》をきびしく否定する。それがいかに蓄えを食い尽くしていくものか、貨幣による生活を経験することによって初めて身につけた感覚ではないか。貨幣経済にとっての敵は、徒居《ただい》（何もしないでただ居るだけ）である。しかし、徒居をゆるしたのもまた貨幣経済であった。商人が陥っているこの矛盾を、労働という倫理に頼ることによって切り抜けようとする。

26のⅰⅱⅲともに、没落と成功の転変の激しさを語る。金銭が瞬時も休まず流動しているものであることを、二十四時間休みなく駆け回っているものであることを表す。それは庶民の生活にはじめて実感された異物であったろう。

> いくたびもいふ。不徳の人のたからを積《つむ》は。これとあらそふことわり。君子《くんし》は論《ろん》ずる事なかれ。

27ⅰ「繰り返しいいますが、不徳の人がたからを積むのは、術《わざ》ですから、これとあらそうことわりは、君子の論ずるべき事柄ではありません。」

「これ」が何をさすか従来から解釈がゆれているが、前文の「（たからを積む）術《わざ》」ととらえておこう。「君子」には左内をも含めて述べている。不徳の人が宝を積むのはなぜなのか、この矛盾にどのようなことわりが見出せるのか、と左内はこれまで問いかけてきたわけだが、それに対して、宝を積むのは、技が巧みか未熟かの問題で、徳か不徳か、あるいは善か悪か、によらないことだから、それを道の問題として論ずるなど、君子は議論なさらないことですと、精霊は締めくくる。これには『論語』の一節、「君子は道を憂えて、貧を憂えず」を思いうかべてもよいかもしれない。君子は貧の問題にかかわるべきではないと、貧と福をめぐるこの問答に精霊は一応の区切りをつけた。

ときを得たらん人の倹約《けんやく》を守りついえを省《はぶ》きてよく務《つと》めんには。おのづから家富人服《ふく》すべし。

27 ii 「天の時を得た人が、倹約を守り、浪費を省いて、勤勉に働けば、おのずから家は富み、人は従うでしょう。」

最後にまとめとして富貴の条件を四つあげる。運にめぐまれる、倹約する、浪費しない、仕事に精出す。一つの他力と三つの自力からなる、常識的で実践的で当時広く流通していた教えで締めくくる。

我は仏家の前業《ぜんごう》もしらず。儒門の天命にも抱《かゝ》はらず。異《こと》なる境《さかひ》にあそぶなりといふ。

28 「私は、仏家のいう前世の因縁も知らないし、儒門の説く天命にもかかわらない、それとは異なる世界にあそんでいるのです。」

最後に精霊は、仏家の因果応報や、儒門の天命に対して、「あそぶ」という語をさしだした。倫理や道徳とは範疇を異にする価値観を並列した。初めにもふれたように、「貧福論」には、人間の欲望、幸福感、楽しさ、あそびという事柄についての関心が一方ではそそぎこまれている。この点こそが重要であり、倫理と遊びが、貨幣経済のもとでどのように構造化されているかを読み解くことが、近世にかかわるものの課題ではないだろうか。

V

物語は終息に向かう。左内はますます興味をつのらせて、「霊《れい》の議論はこの上なくすぐれている。年来の疑問も今宵解消しました」と晴れ晴れとした面持ちで、いま一度精霊に尋ねる。「現在、豊臣の威風が行き渡り天下を治めているが、戦国の世の名残はいたる所にうかがえる。豊臣の政《まつりごと》も長く続くとは思われないが、誰が天下を統一し、安定をもたらすだろうか。また、誰に与《くみ》したらいいだろうか」と問いかける。このように霊に未来を問い、その予想の通りに事が起こるという展開は、物語の締めくくり方の常套でもある。以下は簡略化して話の要点を述べていこう。

精霊は、天下を取るという問題について、これも「人道」だから自分の知るところではないが、「富貴」の観点から論じてみようという。

戦国の世に、もっとも有望視されていたのは、武田信玄と上杉謙信であった。武田信玄は智謀にたけ名将と評判を取ったが病死し、上杉謙信は勇将の誉れが高かったがライバルの信玄に死なれて、早死にする。そのなかで天下を手中におさめた信長は、器量（才能）は優れていたけれども、智は信玄に及ばず、勇は謙信に劣っていた。にもかかわらず富貴を得てひとたびは天下を我がものとした、と精霊は説く。つまり何を言おうとしているのか。従来の価値観からすれば、侍大将の理想像である、戦の戦略に優れるものか、一騎打ちをも辞さない勇気の持ち主――信玄か謙信かのどちらかが天下を取るはずであった。しかしそうはならなかった。戦の世界にも急激な変動が起っている。信長の富貴についてここでは直接ふれられてはいないが、信玄はそれを「信長は果報いみじき大将なり」と、「果報」という言葉であらわした。果報とは『日葡辞書』によれば、「幸運、すなはち、幸福」。それほどに信長の天下掌握は理解を超えていたということであろう。信長の経済活動に限って見てみても、天下一となるためにはその財力が大きくものをいっていそうだ。一例として、堺の豪商津田宗及の『茶湯日記』には、安土城の座敷で「黄金一万枚ほど見申候」と記されている。（芳賀幸四郎『安土桃山時代の文化』）

＊なぜ織田・豊臣・徳川が戦国の世を制して天下を取るにいたったかについては、彼らが、城下町をつくり、兵農分離をし、専門的軍隊をもって集団戦闘訓練ができたからだという速水融氏の指摘もある。「戦国武将の多くは城下町をつくらなかったといった方がよいと思います。つくったのは織田信長、豊臣秀吉、徳川家康です。今川と織田が闘ってなぜ織田が勝ったかというと、織田が城下町をつくって、専門的軍隊をもって、集団戦闘訓練をやって、少数で烏合の衆の今川を破ることができたということです。（略）つまり兵農分離がやれるという事実があったわけです。」（『歴史のなかの江戸時代』）

＊生野銀山をはじめとしてかずかずの鉱山が豊臣・徳川政権を支えている。経済を制する者が天下を制したのである。

次の天下人の秀吉についても富貴の観点から説いていく。奢りをもって治めた世は、いにしえから長く続いた例はない。人の守るべきは倹約だが、倹約がすぎるとこれもまた卑吝《ひりん》におちる。倹約と卑吝（ケチ）の境をわきまえてつとめることがもっとも大切なところでしょう。そういって、豊臣の政《まつりごと》は長くはないが、まもなく恒久平和がやってくると、「尭蓂日杲《ぎょうめいひにあきらかに》百姓帰家《ひゃくせいいえによる》」の八字の句を諷《うた》う。黄金の茶室など奢りのすぎる秀吉の天下は終わりをつげ、武家諸法度に倹約を掲げた家康が天下を平定し平和の世が訪れるという意であろう。

話の興も尽き、遠くの寺の鐘が五更（午前四時頃）を告げ、「今宵の長談《ながものがたり》まことに君が眠りをさまたぐ」と精霊はかき消えて見えなくなった。左内は「百姓（万民）帰家（家康に帰す）」の意を合点し、疑問を解消し、深い信頼の心が湧きあがる。「まことに瑞草《ずいそう》の瑞あるかな」と、めでたく『雨月物語』最終篇「貧福論」は終幕した。

美しい死からの反転――「浅茅が宿」の三つの物語

一、『雨月物語』への視点

ゆめかうつつか、枠のなかの世界は奈落からせりだすようにあざやかであり、けれど、歩んで手をつきだしてみれば通りぬけられるほど透明な『雨月物語』は、知られるとおり、近世文学においてもっとも身近でしかも高い評価をうけている作品である。そのような『雨月物語』の、いわゆる作品論はどこまで成り立つのだろうかと、近頃やや戸惑いを感じはじめている。奇をてらうようにきこえては困るけれど、一般には秋成晩年の『春雨物語』のように、一見支離滅裂でまとまったイメージを結びにくく、読み通すことの困難な作品にそれはあてはまるといえるだろう。だが『春雨』の場合、その不安定な構図は作者の意図するところと考える。作者の責任のとりかたにおいて、『雨月』は、作品全体を貫くことができずに、結局は手放すようなかたちになっているのではないか。ためにその曖昧性からさまざまな解釈が生じることにもなった。しかし、そうだからといって手放していることを否定的に評価しているのではない。手放さざるを得ないということは、作者の批評意識や表現意図と「物語」の形式とがせめぎあっているということでもあるだろう。むしろ、その場で試みられようとしていることにまず立ち会う必要がある。が、ともかく、この創作上のぶれを棚上げして、『雨月』は傑作だという評価をすすんで受け入れた結果、部分の解釈ばかりが増殖し、八幡の藪知らずという趣を呈しはじめているのもまた事実ではないか。一度はこれまで纏《まと》いつけてきたものを洗い流す必要がありそうだ。

『雨月物語』への高い評価は、作品論の結果からというよりもむしろ、近代の作家たちの評価によるところが大きいのではないか。しかしそれはまたある意味で当然のことでもある。前近代の作品が近代において蘇るというかたちで古典は読み継がれていくのでもあろうから。問題は、近代の作家たちの評価を『雨月』評価の価値基準として、意識するしないにかかわらず、現在もなお優先的に受け入れている点にあるだろう。「戦争中どこへ行くにも持ちあるいてゐた本は、冨山房百科文庫の『上田秋成全集』であつた。座右の書のみならず、歩右の書でもあつた」と始まる三島由紀夫の「雨月物語について」だが、こう書かれては秋成・『雨月』はお墨付きになったも等しい。作家としての責任を途中で放棄しているとか、物語の通俗性の枠内で妥協している面もあるとか、とはいいにくくなる。現に、文学辞典においても、「結論を出さずにある編の多いのも心憎く[1]」と、その途中放棄を評価する様子さえうかがえる。三島由紀夫は秋成をこんなふうに切りとる。

上田秋成は日本のヴィリエ・ド・リラダンと言つてもよい。苛烈な諷刺精神、ほとんど狂熱的な反抗精神、暗黒の理想主義、傲岸な美的秩序。加ふるに絶望的な人間蔑視（中略）。秋成もまた、幾多の貴重な草稿を、狂気のやうになつて古井戸の中へ投げ入れざるを得なかつたのである。二人ともに、己れの生涯を賭けた創造の虚しさを知つてゐた。

さらに『春雨物語』についてはこうもいう。「そこには秋成の、耐へぬいたあとの凝視のやうな空洞が、不気味に、しかし森厳に定着されてゐるのである。こんな絶望の産物を、私は世界の文学にもざらには見ない」というように、『雨月』『春雨』に賞賛の言葉をあびせかけるのだが、「耐へぬいたあとの凝視のやうな空洞が、不気味に、しかし森厳に」という大仰ないいまわしは、わたくしには批評行為を放棄してしまったことばのようにひびく。しかしそうはいっても、三島由紀夫のこの描線はだいたい今日まで秋成理解の基本ラインとして通用しているのではないか。すこし脇にそれるが、秋成が古井戸に草稿を投げ入れたという話は人の耳目を引く挿話であり、「庵中の古井へどんぶりことして、心すゞしく成りたり」の文章はしばしば引用される。これは『胆大小心録』に次のように記されている。「さて又残りてみぐるしきは、いかゞせんと、とし月思ひなやみしに、去秋ふと思ひ立ちて、蔵書の外にも著書あまた有りしとともに、五くゝりばかり、庵中の古井へどんぶりことして、心すゞしく成りたり」。『胆大小心録』は、秋成最晩年の文章をおさめるもので、前後の文脈からさっして、死後に自分の書き散らした冊子の見苦しいものを残しておきたくないという心持ちをかたったものであろう。[2] 秋成は、黄表紙のふきだし絵ではないけれど、すべてをお腹の中に収めて、痕跡を残さずにこの世におさらばしたいと思うようなタイプの人ではなかったか。とまれ、『胆大小心録』の記載からでは、創作の虚しさに狂気のようになって古井戸に草稿を投げ込むという風には想像しにくい。

この『小心録』の記事に直接かかわるものかどうか不明だが、自筆の稿本類に、水をかぶった跡のあるものがかなりあるという。[3] それについても、当時にあっては何よりも火事が恐ろしくしかも頻々と起こるのであって、そのとき彼らは貴重なものをまず井戸に投げ入れて守ってきた。そうした習慣も一方では視野にいれておく必要がありはしないか。が、それはそれとして、とりあえず草稿投げ捨ての脇道からはもどろう。

秋成や『雨月』を熱っぽくかたる作家たちが、三島由紀夫や、保田與重郎や、佐藤春夫や、澁澤龍彦らであることをかえりみるなら、『雨月』から彼らの資質にうけいれやすい面がとりだされていることは想像に難くない。浪漫派の作家たちから高い評価をうけた『雨月』は、文字どおり、「神秘」や「浪漫」や「怪異」や「幻想」などの言葉にいろどられて今日までいたっている。しかし、それは近代による標識であり、一つの側面にすぎないという観点にそろそろ立ちたいと思う。なぜなら、はるかに鋭い歴史意識の持ち主であり、自身の立つ現実と切りむすび思考しつづけたにもかかわらず、その秋成の面目はいまも影のなかにひそむままだと思われるからである。さらにつけ加えるなら、『雨月』の文章の美しさは誰もが触れるところであり、たしかにそれが『雨月』を読む喜びでもあるのだが、ここにも近代の視点の一面が反映しているとおもう。近代の作家たちは、文体を獲得することを一つの目標としていたのではないか。だからその目標にてらして秋成の表現を絶賛する。しかしはっきりいって秋成にかぎらず近世の作家たちは非常に文章が上手い。近世全般にわたって、文章表現の可能性における、高レベルの多様な試みがなされている。和文脈であれ、漢文脈であれ、文体を物語の意図に応じて使い分けたりもする。たとえば、佐藤春夫から「『雨月』中の一等」（「あさましや漫筆」）と評された「菊花の約《ちぎり》」は、文字どおり表現に力が注がれているが、それは一面では、「菊花の約」の意図から生じた物語的危機を、崩壊の境でともかくも文章の力によって支えようとしているからでもある。こんなふうに文体を技法として駆使できる。

文体を越えたさきにも問題がある。だが、誤解しないでいただきたいのだが、近代と近世の作家たちの優劣をいおうとするのではない。いうまでもなく、近代が何を成し遂げたかは、また別のことに属する。ともあれ、保田與重郎は、秋成から近代文学が始まったとして高く評価するのだが、すでにふれたように彼らにおける近代の物差しをあてるままでは、秋成の可能性を見出すよりも、限定化する面の方が大きいこと、にもかかわらず、いまだにそういった近代の折紙付きを手放せないでいる傾向を意識化したいということである。そうして、さらにつけ加えれば、「浪漫」や「幻想」という言葉が、情緒的思考のなかでまとわされた衣を切り裂き、わたくしたちが向き合い関わりあえるものとして、それらの言葉の文学的可能性をとりもどしたいということでもある。

近代の評価や作家の伝記(4)から始めるのではなく、作品に立ちもどりたいとおもう。しかしそれは、作家を作品から排除し、どのような読みも可能だと、アナーキーに読む行為を拡散して行くことではない。つきつめれば「読む」とは、作家の「書く行為」にまで読み貫いて行くことであろう。作家とは、作品から出現させられた作家にほかならない。

もはや秋成の「作品」を論じるにあたっては思想や歴史への視点をぬきにはかたれない。しかしそれは、秋成の史論ともいえる『遠駝延五登《おたえごと》』等に、はじめに拠ることを意味しない。

そのためにもいま、「読む」という行為が方法として意識化されなければならぬのであり、わたくしたちは経験の再構築を迫られているともいえるだろう。さらに、秋成を「読む」ことは根本的には近代を照射することに通じるであろう。近代とは何かを問わねばならぬ時期にさしかかったいま、その意味において、近代から秋成をではなく、秋成から近代を——わたくしたちの歴史の位置を照らしだせたらともおもう。文化の歴史の観点からすれば、明治開幕の折りにあれほどやすやすと前近代を振り捨てられたということは驚異であり、その異常性に一度は目を据える必要がありはしないか。断絶さえも近世の状況と深くかかわっているとはいえないだろうか。

二、秋成のことば

秋成は徳川時代二七〇年のほぼ中ほどに位置する。商人として家業を継ぐことに消極的な青年が、二十代のおわりころ「小説（物語）」を書こうとした。そのとき目前の形式は西鶴の創始したジャンル浮世草子であったので、それをなぞって『諸道聴耳世間猿《しよどうききみみせけんざる》』『世間妾形気《せけんてかけかたぎ》』を書いた。その七年後に——脱稿した日時は不明だが——『雨月物語』を刊行している。知られるとおり、『雨月』はまず、①現代語（日常語）で書かれてはいない。その文章は和文・擬古文・和漢混淆文などと称される。また、②典拠（先行作品）を有する翻案物である。さらに、③この世の者ではない対象を描く。およそ以上の点を特徴とする。作家として、『世間猿』や『妾形気』の現代小説を書くことから、一大転換をとげたことになる。なぜかを問わねばならないだろう。

秋成は言語の世界において道に惑い、とほうにくれる男ではなかったか。わが身から言葉が剝がれおち、一体であるはずの日常語との間に距離を見てしまうという経験の持ち主ではなかったか。つまり、リアリティの源泉を見出せず、生きることが現実となり得なかったのではないか。それは当然、書くことができないという事態を引きおこす。しかし、だから書かざるを得ないということでもある。書くという行為をとおして言葉を獲得し、現実を回復するほかに道はなく、またそれゆえ、伝統を形成し、情《こころ》と言葉とが密に結びつく和歌に接近せざるを得ない。ともかく、言語の世界における迷《まよ》い子という観点から、ふたたび『雨月』の特色について考えてみよう。

『雨月』によって典拠研究の分野はすすみ、『雨月』理解のための成果をあげている。しかしその反面、記述の出生探しが目的と化し、先行作品をもつ表現行為がなにを意味するのか、なぜそのような方法をとらねばならないのか、という根本的な問いかけを脇に追いやってしまっているようにもおもわれる。乱暴ないい方だが、典拠探しをどれほど積みかさねても、その構造を見極めないかぎり、『雨月物語』の作品解明には直接結びつかないのだとおもう。近代の、創作におけるオリジナリティを重視する観点からは、すでにかたられてある話を書き替えた作品をどのように評価すればよいか、『雨月』のような、困惑したかもしれない。物真似として退けられることさえありえたかもしれない。しかしそこでくだされた評価はというと、見るべきは「換骨奪胎の妙にあり」とか、「よく原拠をわがものにしこなした」とか、枝葉の技巧を褒めることでやりすごすことになった。だが、こんなふうな歯切れの悪い褒め言葉でとりつくろうのではなく、すでに書かれてある物語にのっとって物語を書くという行為がなにを意味するか、正面から取り上げてみよう。『雨月』の試みは、秋成にとっては意図的な、問題意識に支えられた欲求だったとおもわれる。具体的に作品とかかわりながらこの点についてかんがえていこうとおもうが、とりあえずここでは「浅茅が宿」をとりあげる。「浅茅が宿」においては、それが成功しているいないは別として、途中で放棄したり回避したりすることなく、作者の意図は構造化されているとかんがえるからである。

三、「浅茅が宿」と典拠

「浅茅が宿」には以下の先行作品との関連が指摘されている。(5)
『剪燈新話《せんとうしんわ》』の「愛卿伝《あいけいでん》」。
『伽婢子《おとぎぼうこ》』の「藤井清六遊女宮城野《みやぎの》を娶《めと》る事」。
『世間妾形気』の「米市は日本一の大湊《みなと》に買積《かいづみ》の思ひ入」。
「二度の勤《つとめ》は定めなき世の蜆川《しじみがは》の淵瀬《ふちせ》」。
『今昔物語集』の「人ノ妻死ニテ後旧夫ニ会ヘル語《こと》」。
『源氏物語』の「蓬生《よもぎふ》の巻」。
謡曲『砧《きぬた》』からは「待つ女」のイメージをひいている。(6)

そのほか、『伊勢物語』『平家物語』『徒然草』『鎌倉大草紙』などもあげられるが、とりあえず幾つかを列挙した。このような典拠との関係付けは「浅茅が宿」にかぎらず、『雨月物語』の他の作品にも共通している。たとえば、第八話「貧福論」では、或るテキストの頭注に次のように記されている。

「貧福論」は、すでに『世間妾形気』にも見られた左内の話を発展させ、元文四年序の『常山紀談』に載っている話などが、何らかのルートをへて秋成に参照され、さらに『史記』の「貨殖列伝」や、魯褒《ろほう》の「銭神論」などが引用されて成立している。

注釈的解説ということはあるとしても、このようなとらえ方はまた、これまでの『雨月』理解に共通する立場でもあるだろう。しかも『雨月』におけるこの関係は、「宇万伎門や庭鐘塾での教養はこの作品には幸して、おびただしい古典から、一文一語を得るごとに使用されれ」たと、喜ばしい勉強の成果として評価されていたりもする(7)。

『雨月物語』研究にしばしばうかがえる、疲れを知らぬ追跡調査への情熱に、根本的に欠けているのは、「書く」という行為への視線ではないだろうか。異なる多くの作品からあれもこれもそれも取り入れたという。当然この理解は、その結果どのようにして作品が成り立つのか、むしろそのような在り方は作品に解体をもたらすのではないか、という疑問と背中合わせにあらねばならないはずだ。表現や作家への視点からかえりみるなら、その放埒性に驚かされる。しかし、転ずればこうもいえるだろう。固有の形式のもとに成立する作品が、これほど多数の先行作品を組み込んでいるということは、構造的にそれが可能であるようにつくられているからではないのかと。ならばその構造を見極めることは、近代的な「創作」という概念を、「作家主体」という概念を問い直す道に通じるであろうし、また、「関係」というものの新たな有りようを探る道にもつながるであろうと。

そこでいま、従来のあれもこれもという混乱からぬけだすために、まず「浅茅が宿」と先行作品との距離を見定めることから始めよう。「愛卿伝」をはじめ先行作品の多くは遊女を主人公としている。同じく「浅茅が宿」の「宮木」という名もたしかに遊女を連想させはするが、しかしここでの宮木は遊女ではない。また宮木は「待つ女」として書かれているというが、話のうえで夫の帰りを待っていたとしても、はたしてそれは「待つ女」として抽象化されるように書かれているだろうか。さらに『今昔物語集』の死んだ妻と交わる話も、プロットの上ではよく似ているが、『今昔』の話の本質ともいえる怪奇性を「浅茅が宿」では脱色している。(8) そのうえ「浅茅が宿」のクライマックスでもある箇所——長いこと離れていた故郷にもどってきて妻と再会するが、彼女は黄泉から現れたものであった——では『源氏物語』「逢生の巻」からの影響が著しい。だが、それは表現上の語句の使い方であって、物語上のかかわりはうすい。

「浅茅が宿」は謎にみちているといえる。しかも、こう読めそうでいてそうではないという、大変に曖昧模糊とした感覚を生み出してしまうようなつくられ方をしている。なかでも興味深いのは、死者との一夜の契りという、物語にとって核ともいえる怪奇性を弱めている点である。この在り方は、ではなぜこの話を取り上げたのか、ぬけ殻にしてしまったような話によって何を語ろうとしているのか、という根本的な疑問を招きよせる。ともかく、話の骨格を見定めよう。

大地主の旧家の跡をついだ勝四郎は、農作《なりわい》に気がのらず、しだいに貧しくなっていった。そんな彼を疎んじる親類を見返そうと、友とかたらい、商人となって京に上り絹を売りさばくことを計画する。残る田畑を売り払い出立の日を待つ勝四郎に、妻の宮木は言葉をつくして諌めるが、計画に熱中する勝四郎は気にもとめず、この秋には必ず帰るという言葉を残して故郷を後にする……。結果は知られているとおり、秋には帰ってこない。七年後に故郷の土を踏む勝四郎は、おもいがけず昔のままに待っている宮木と再会し、夢うつつに一夜を共にするが、目覚めれば、荒れ果てた浅茅が宿にひとり伏していた。

一夜を共にした宮木は死者の霊であったことに気づき、恐ろしいなかにも懐かしく、見渡すと、辞世の歌が書きつけてある。この時しんじつ妻の死を悟り、勝四郎は倒れ伏して泣き叫ぶ。本来の物語ならば、ここでこの話は終了する。結末を迎え物語の運動は静止するはずだ。にもかかわらず、「浅茅が宿」はさらにかたりつづけようとしている。つづく場面では、土地の古老ともいえる漆間《うるま》の翁が登場し、「真間《まま》の手児女《てこな》」についてかたる。物語は、宮木と勝四郎の話に、真間の手児女の話が連結してしまうという奇妙なかたちをとりはじめる。従来の作品解釈では扱いに困ってきた部分でもあり、「不統一」「あらずもがなの一節」というように否定的に評価される傾向がつよかった。

翁は母の想い出とともに手児女の話をかたり、「此の亡人《なき》（宮木）の心は、昔の手児女がをさなき心に幾らをかまさりて悲しかりけん」と結論づける。つまり、真間の手児女は宮木と比較照応されるために登場したもののようだ。それにより宮木の悲劇性はいっそう称揚されるが、それにしても、両者の比較を可能にする共通項は、いったいどの点に求められる。のだろうか。手児女は乙女であり、求愛する多くの人の心に報いるかのように身を投げる。宮木は夫の帰りを待ちながらついには死んで行く。話の照応性はほとんどみいだせない。共通項は「女性の死」というぐらいで、あまりにも漠然としている。宮木を称賛するための話として、なぜ真間の手児女が引かれているのか。宮木の哀れさを際立たせられるなら、他の話でもかまわぬということだろうか。

いや、そうではないだろう。秋成が真間の手児女に見ているのは、伝承の問題であったとおもう。その点において、ストーリーのうえで、最後にぽつりと思い出したようにかたられているにすぎないにしても、真間の手児女の比重はたいそう大きいと考える。創作の根底にあったといってもよい。(9) 古来人は、手児女の話を美しいものがたりとしてかたり伝えてきた。

若く美しい娘がみずから命を散らす、その行為に感動し、歌を詠み、かたり継ぐ。ここには、悲劇の問題や、美談の問題へと発展する方向性が内包されているが、それについては別の機会にゆずり、いまは伝承の問題を中心に追っていこう。

この真間の手児女にたいそう近い話として、菟原処女《うないおとめ》の話がある。むしろそちらの方が流布しているだろうか。葦屋の菟原処女は血沼壮士《ちぬおとこ》と菟原壮士《うないおとこ》に求婚される。二人の男は焼太《やきた》刀《ち》の柄を押しひねり、白い檀《まゆみ》の弓と靫《ゆぎ》を負い、水に入り、火にも入ろうと競いあった。おとめは母にかたっていう。ますらおが争うのをみると、生きていて結婚できましょうか。黄泉《よみ》で待ちますと。おとめがこの世を去ったその夜、血沼壮士は夢にみて追って行く。遅れをとった菟原壮士は、天をあおぎ、叫びわめき、地団太を踏み、歯がみをして、あの男に負けてはいまいと、太刀をとって後を追った。こうして三人は黄泉の国に旅立つという話である。このような菟原処女や真間の手児女の逸話は、『万葉集』巻第九の挽歌に分類されているが、さらに、伝説歌・戯笑歌・地方民謡などをおさめる巻第十六においても、同様の話がみいだせる。二人の壮士に求婚された桜児《さくらこ》は、自分の死によって争いに終止符を打とうと、樹にかかり首をくくって死んだ。また三人の男にもとめられた縵児《かづらこ》は、池の上をさまよい水底に沈んだ。これらの話が、そのときの嘆きの歌とともにしるされている。

以上、真間の手児女をはじめとする一連のエピソードは、『万葉集』でも「永き世の、語りにしつつ、後人《のちひと》の、偲《しの》ひにせんと」（巻第九、一八〇一）とうたわれているように、「うたう」とか「ものがたる」という行為の、源泉ともなるべき衝動を呼びおこすものであろう。ちなみに、秋成の『万葉集』注釈書『金砂《きんさ》』においても、真間の手児女の話に添え、「都人は哥の心を知りたまへらんとて、其跡をしへてゆきぬとか」と、この逸話が「歌の心」に結ばれるものであることを述べている。

四、物語による物語の相対化

しかしまた、おとめらのような人のこころを衝き動かす仕組みの普遍性を十分に承知したうえで、なお、秋成は、このエピソードに得心できない。『金砂』ではつづいて次のようにかたる。

かたちのみならず、心もさかしくてありしかば、常なき世のことわりをさへふかうおぼししりて、人々の志を、身一つにはいかにせん、さりとてほと〲うらみおひなん、罪をやかさぬらんをとて、入江の波に沈みつるは、あはれめゝしきゝゝゝ身のはてゝゝゝ也けり。（『金砂』八）

おとめらの行為は、古典美として感受されはしても、近世人にも通用する普遍的な美しさとはなり得ない。すでに近世以前に『大和物語』（百四十七段）において、死してのちも冥界で血にまみれ太刀を振るい、修羅を燃やす男たちの様が書きくわえられている。また謡曲『求塚《もとめづか》』においては、おとめが地獄の責め苦を受ける話に変容している。『求塚』では、おとめのあわれにも美しい自死の行為は、結果として男を死に追いやったため、罪深いものとされている。これは仏教思想の影響のもとにあることは明白だが、一面では、落下し、若く清らかな娘が地獄の責め苦に苛まれる、その姿に応ずる感性が育っていたから、「物語化」されたともいえるのではないか。この感性の生成する過程は、小野の小町の盛衰譚の伝承などによってもうかがえるであろう。果ては、蛆に食いつくされ野垂れ死にする生涯が、どのような美であるのか、いちどは仏教思想のもとから解きはなって説き明かす必要があるのではなかろうか。が、それはそれとして、真間の手児女や菟原処女の行為に、一抹の幼さを感じた近世人も、夫の帰りを待ちながら貞節を守ってついには死んでいった女には、ためらうことなく賛美を捧げたであろう。この、精神史における構造を秋成は使用する。

伝承化された出来事はたやすくは揺るがない。それを批評するにはどうすればよいか。たとえばすでにふれた『金砂』におけるように、「あはれめ、しき身のはて也けり」と述べたところで、それは実践的な力とはなり得ない。そのことに秋成自身気づいていたはずだ。ことは精神の領域にかかわる問題であり、厳然と根深く人の心を鷲摑みにしている物語＝観念を揺るがすには、それを相対化するしかないことに、それに匹敵するあるいはそれ以上の「物語」をかたってみせるほかないことに、気づいていたはずだとおもう。その方法意識のもとに選ばれたのが、典拠に示したような、「死にて後夫に交わる話」とか「女房黄泉からあらわれる話」とか名づけられそうな一連の説話である（原「浅茅が宿」といえそうなこの話を以後X譚と称する。一見「浅茅が宿」もこの中に含まれそうに見えるのだが、その違いについてはのちにふれる）。つまり、古代的な女の自死の美しい伝承（「真間の手児女」をはじめとする一連の説話）に、中・近世的な女の貞節を守って死にいたる美しい伝承（X譚）を重ねるという方法がとられた。この点に、「真間の手児女」と「宮木」との比較を可能とする共通性が認められる。「あらずもがなの一節」と評されていたエピソードとの関係は成立する。また、そのため、伝承化可能の美しさを優先させて、X譚の話の核である怪奇性は弱められる必要があった。

『雨月』のばあい、かたる動機というものが当代無比ともいえるだろう。

伝承に伝承を重ねるという方法。伝承に伝承をぶつけることによって揺さぶりをかける。貞淑な宮木像と照応されることによって、非の打ち所のない古代の乙女像は、幼さという亀裂を生じはじめた。伝承を変容させるには、新たな伝承によって止揚するしかないという認識である。しかし、作家の精神の運動はこの時点で終わってはいない。この在り方に、さらに秋成自身の「浅茅が宿」の物語を重ねている点を見落としてはならないだろう。作家は、自身の現在に挑んでいるのであり、「真間の手児女譚」／「X譚」／「浅茅が宿」という三者の物語がせめぎあう。このような三重構造をとること、それが「浅茅が宿」という作品のもつ全体像である。

真間の手児女譚をX譚によって相対化する、この関係は見やすい。しかしX譚／「浅茅が宿」の関係は大層把握しにくい。「話素」を同じくしているのだから。すでにかたられてある話にもとづき、かたりつつそれを内側から変容しようとする試み。じぶんの身体を食い尽くしながら生まれ変ろうとしているようなものだろう。従来の評釈では、この関係を看過してきた。そのため「浅茅が宿」は、X譚に秋成的お化粧をほどこしたものという程度にしか理解されない。したがって、X譚の発する「信号・意味付け」をそのまま引き摺ることになり、「宮木の貞節」とか、「待つ女」とかの解釈のうちに終始することとなる。しかし秋成は、近世人に称賛され、現代もなお女性の理想像としてかたられかねない、美しく柔順で、かつ貞節で夫を信じて待つこの「像」にも、また荷担することはできなかった。この話が生み出しやすい観念に批判的であったばかりでなく、死によってあがなうという在り方、死という行為を美化せずにはいられない人間の在り方に、苛立ちを覚えていたはずだとおもう。

死を賭した行為をうたいあげることは秋成にはできない。なぜなら、美しいととらえる心性は、いつしか人間の規範へと反転するからである。その点からいえば、『雨月』第二話「菊花の約《ちぎり》」もこのような観点からとらえかえす必要があるだろう。命を代償に信義を守るという像《かたち》は、物語生成のための重要な要素だが、秋成の意図においては鏡の中の虚像として差し出されていることを忘れてはならない。自死というもののもつ詩的な源泉については留保していたが、いや、それに全身をなげかけたがために、その危険性も同時に掬《すく》い上げてしまったということであろうか。はからずも文学の本質を剝きだすにいたった。創造が同時に観念の固定であるというような……。ややさきに行きすぎたので、X譚と「浅茅が宿」との関係にもどろう。

話の内部にありながら、その話を成立させつつ、同時に内側から批評していこうとするとき、できることといえば、X譚の発する意味付けの方向にはどめをかけることでしかないかもしれない。「待つ女」という固定観念に対しては、次の詞章が書かれる。勝四郎に再会して宮木はかたる。

銀河秋を告ぐれども君は帰り給はず。冬を待ち、春を迎へても消息《おとづれ》なし。今は京《みやこ》にのぼりて尋ねまゐらせんと思ひしかど、丈夫《ますらを》さえ宥《ゆる》さざる関の鎖《とざし》を、いかで女の越ゆべき道もあらじと、軒端の松にかひなき宿に、狐鵂鶹《ふくろふ》を友として今日までは過ごしぬ。

戦乱という災いに交通不能でなかったなら、宮木は勝四郎を尋ねて京に上ったであろうことが示される。そこにあるのは、従来いわれているような、ひたすら待つといった情念の固まりのような女ではなく、普通のしなやかな姿である。

同様に、「貞節」という固定観念に対しては、次の詞章が書かれる。勝四郎に再会して翁はかたる。

桑田《さうでん》にはかに弧兎《こと》の叢《くさむら》となる。只烈婦《さかしめ》のみ主《ぬし》が秋を約《ちか》ひ給ふを守りて、家を出で給はず。翁も又、足蹇《なえ》ぎて百歩を難《かた》しとすれば、深く閉《た》てこもりて出でず。一旦樹神《ひとたびこだま》などいふおそろしき鬼《もの》の栖《す》む所となりたりしを、稚《わか》き女子《おんなご》の矢武《やたけ》におはするぞ、老いが物見たる中のあはれなりりし。

これまで私が見聞きしたなかで最高の感動を受けました、若き女子の「矢武」であったことに、と翁はいう。宮木が貞節を守り抜いたと褒めるのではなく、それよりも、荒れ野となった戦場に、勝四郎との約束を守って一人とどまったことを、武士《もののふ》のようにいさぎよく気高い勇気の持ち主だったと称賛する。「貞節」とか「待つ情念」とかは、「矢武ごころ」に読み替えられている。だが、忘れないでいただきたいのだが、真間の手児女譚を相対化するために、宮木をえがく場面では、「三貞の賢き操を守りて」と、その貞節が書かれていることはいうまでもない。

そしてこれら内側からの変革の試みは、宮木の辞世の歌に象徴的にあらわれているのではないか。歌に、秋には帰るといった言葉をひたすら信じてこれまで待ってしまったともいわない。主ある身の貞節を守って耐えてきたともいわない。

さりともと思ふ心にはかられて
　世にもけふまでいける命か

わが心に騙されたと述べる。もしかしたらという未練に引きずられて、今日まで生きてしまった。約束のためでもなく、誰ゆえでもない、それが自分の願望であったから諦めきれずにここまできてしまった、と歌によむ。自分の心を詳味するに、自分自身に「はかられた」として立つところに、まえの「矢武ごころ」と相まって、清冽な美しさがある。この歌は、「さりともと思ふ心に慰みてけふまで世にもいける命か」（『続後撰和歌集』巻十三・藤原敦忠）を使用したものといわれる。しかし、「なぐさみて」と「はかられて」との五文字の違いは、精神において天と地ほどの差をあらわすこととなった。

しかも宮木は、勝四郎が選択した道であったにもかかわらず、生きることの――あるいは死ぬことの責任の所在は自分自身にあるとうけとめる。この自立心に裏打ちされた女の選択を美しいととらえる視線がここにはある。そしてこのような彼女の精神の在り方は、仏教や儒教思想との磁場のなかにおき換えられるとき、新たな側面を照らしだす。仏教は、現在の不幸は前世の悪行のためだといい、儒教は、現在の不幸はのがれられない運命だという。この二大思想のはざまで、「生きる」という問題にどう決着をつければよいのか。それについてかたるのは、この場の範囲におさまりきらないので別の機会にゆずりたい。

五、勝四郎の位置

これまでの「浅茅が宿」の解釈はあまりにぶれが大きく、混乱状態にあるといえるのではないか。そしてこの状態は『雨月物語』の他の作品にも共通している。しかし、秋成の「浅茅が宿」を、古代から伝承されてきた真間の手児女譚を止揚し、さらに、中・近世の伝承であるX譚を止揚する物語と位置付ければ、この話の基本的な方向は見定められるであろう。秋成の「浅茅が宿」はあらたに伝承化され得る衝動を根底には潜める、美しい物語として書かれているはずだ。従来は、軽薄で不実な勝四郎対、貞節で誠実な宮木という、図式的な解釈を当てはめがちであった。だが、作品を素直に読めば、そのようには書かれていないことに気づかされる。宮木の諫めもきかず、京へ上る勝四郎ではあるが、彼は自分の幸せは宮木の幸せでもある、京へ上って一旗あげるのは二人のためだという男性的おもいのなかにある。しかし宮木にすれば独り残されることのほうがよほど辛い。こうして上京するが、華美をこのむ時節がら絹は残りなく売りさばけ、商いは成功した。その場の思いつきのように危うくみえた勝四郎の行動は、先見の明があったとさえいえそうだ。帰り支度をするやさき、故郷のほとりが戦場となっていると噂に聞き、急いで帰郷する。「岐曾の真坂《みさか》を日くらしに越えけるに」と、昼夜をかまわず先を急ぎ、日が落ちてから峠を越えるという危険をもかえりみない。しかし荷物はすべて奪われ、人のかたるを聞けば、先には関が据えられ通行も不可能だ。「さては消息をすべきたづきもなし」。とうとう勝四郎は、「家も兵火にや亡びなん。妻も世に生きてあらじ。しからば故郷とても鬼のすむ所なり」と、京に引き返して行く。「宮木がいないならば、故郷とても鬼の住むところだ」という悲痛な勝四郎のことばは、不実な勝四郎像をつくろうとするためか、これまで、評者から黙殺されてきた。だが、勝四郎の宮木への思いは一貫して書かれているのである。以後勝四郎は、友人を頼って他人のなかで暮らしていくのだが、その時も、「揉《た》めざるに直《なほ》き志を賞ぜられて、児玉をはじめ誰々も頼もしく交りけり」と、直き心を愛され信頼される人物として書かれている。

勝四郎に非があるとすれば、ただひとつ、戦乱の渦中に宮木が死んでしまったと思い込んだことにある。しかしそれさえも、戦火の激しさを思いやれば、不実として非難さるべきことはいえない。宮木の死を知った勝四郎は最後に歌をよむ。

　いにしへの真間の手児奈をかくばかり
　　恋ひてしあらん真間のてこなを

この歌をよむ勝四郎は、真間の手児女を哀惜するかつての男たちにつらなり、愛する者を失って嘆き悲しむ男として位置付けられる。

親から受け継いだ財産も皆になし、妻も置き去りにし、他人の中でうかうかと暮らす勝四郎の存在は、世間的に見れば、同情の余地がない。その同情の余地のないありさまを、転化しようとする試みが行われているといえるだろうか。基本的には「浅茅が宿」は、真間の手児女譚をX譚によって相対化し変容をはかるものであるが、男性主人公に限っていえば、勝四郎は真間の手児女譚の男たちの援用をうけて変身をはかろうとしている。物語生成の方向は一方向ではない。

「浅茅が宿」の構図は、宮木対勝四郎という構図ではない。宮木も勝四郎も理想化の洗礼をうけ、この、理想化され共に並ぶ二人によって、思考の自由を奪う観念を打ち砕こうと、真間の手児女譚やX譚をめぐる伝承化の流れに分け入ろうとしているのである。このように伝承の問題を相手どっているところに、真間の手児女譚やX譚ばかりでなく、すでに語られ流布しているさまざまなモノガタリと積極的にかかわろうとする契機、ひろくは「表現」（典拠）との交点がある。その一つ、「歌語《かご》」をとりいれて世界づくりをしている――題名の「浅茅が宿」の「浅茅」をはじめ、「梓弓」「葛のうら葉」「継橋」「夕づけ鳥」など――という点にも注目しておきたい。

さしあたっての論点から、やや逸れてしまうかもしれないが、ここで『春雨物語』の「宮木が塚」にふれておきたい。「宮木が塚」の構造も「浅茅が宿」と同様であるとかんがえる。作品では、「生田川」の地名が示されているだけで、「菟原処女」についてかたってはいないため、これまでは菟原処女との関連を積極的に説く論考はみうけられないようだが、「宮木が塚」の根底にあるのはやはり菟原処女の伝承であろう。「浅茅が宿」と同様に、「菟原処女の生田川伝説」／「神崎に語り伝えられている宮木の伝説」／秋成の「宮木が塚」という三重構造をなす。作家は持続的にかんがえつづけている。そして、遊女を主人公とする「宮木が塚」においては、菟原処女譚を止揚するに、「貞節」というキーワードを使えないということである。菟原処女の美しい物語に対して、遊女という汚れおおき流れの身によってどのように世界を切り開こうとしているのか、その点でより鮮明に秋成のこだわらざるをえない事柄が浮かび上がっているともいえるだろう。

以上、伝承の問題に限定して述べてきたが、同時に、伝承の問題は歴史との密接なかかわりのなかにある。伝承化の衝動は歴史化への衝動でもあるといえるだろう。また歴史化への衝動は現在化への衝動でもあるだろう。この問題は、日本の十八世紀について、また秋成の遭遇している状況について考える際には、ぜひとも取り上げねばならぬ観点ではあるが、この場では歴史の問題は留保していることをお断りしておく[10]。

六、現実と夢

私たちは小説（物語）と向き合うとき、そこに登場人物の人間性を読み取ろうとするし、またそのように馴らされてもいる。しかし「浅茅が宿」、ひろくは『雨月』は、日常の描写から人物を描き出すことをめざす小説とは趣を異にする作品であることに気付いていただけたとおもう。いま一つ、物語の生命は、話の展開にあるともいわれるが、典拠を持つこの作品は、プロットに頼るものでもない。物語によって生じる観念を物語によって止揚するという方法によって、きわめてアクチュアルに、人間の精神の自由を問題にする。言い換えれば、人間の行動は何に規定されているのか、人間にとっての善・悪とは絶対的なものなのか、主体的に価値判断をしているようでじつは選択させられているということがありはしないかなど、精神における無意識の危機性を見つめている。そしてそれらすべての根本に言葉の問題を据える。『雨月』は「疑問」を糧にしてたちあがった物語ともいえるだろう。[11]

このような『雨月』の在り方は、文学にかかわるものにとって、見過しにできない問題を提起しているのではないか。たとえば、この物語は「現実」といういわば自明の枠組みに、再考をうながさずにはおかない。日々生きてゆく日常生活を私たちは「現実」とみなす。それ以外を、夢とか、幻想とか、あの世とか位置づける。これまで『雨月』も、怪奇・幻想文学として陳列棚に並べられてきた。認識行為は「現実」を基盤に構築されており、現実をめぐるこの関係が解体されるということは、拠り所を失い、精神における非常事態を引き起こすことを予想させる。

『雨月物語』を「此岸と彼岸」という言葉の範疇においてとらえようとする試みはしばしばなされている。しかし、かりに「あの世とこの世」といういい方をするなら、秋成が「あの世」として見ているのは、私たちが「あの世」として思い描いている空間の存在とは異質なものであるとおもう。この点について、石川淳の指摘は興味深い。彼は「此岸と彼岸」という言葉を使用せずに、そのあたりを述べていこうとする。

秋成の「雨月」などには来世はない。〝あの世〟というものではない。ただ次元からいうと実在の世界とほとんど相似のようなところに別天地がある。未知の世界がある。これは現世と非常に関係があって、現世からは向う側のことはわからない。まん中に闇があって、そこに向う側からときどき首を出して来る。

> 秋成の世界観では、実在と非実在——非実在とは実在の側からそういうので、こちら側からは見えない未知の世界でも、向うの側では存在していてこちら側を見ているという人生認識ができあがる。（「秋成私論」）

「未知の世界が向うの側では存在していてこちら側を見ている」という。かりにそうだとして、では、なぜそのように一見奇妙な世界像を秋成はもつにいたったのだろうか。従来の、「此岸と彼岸」「現世と来世」という関係におさまりきらなくて、なぜ「非実在」を、目で見、手で触れられる以外の世界を、事実とひとしく必要としたのだろうか。つまりこういえるのではないか。『雨月』とは、世界を再構築しようとする試みではなかったか。秋成にとっては、「現実」のほかに「あの世」あるいは「向こう側」があるのではなく、「現実」を「あの世・向こう側」にまでおし広げてみようとすることが、さしあたって大切だったのではないか。それは、「現実とは変容可能なものなのか」を問いつづけようとする試みであるようにわたくしにはおもえる。『雨月物語』では夢や幻想にあそぶばかりではなく、かならず、この世のものとこの世以外のものとのかかわりを書いているのではないか。

「現実」の枠組みを鋳なおすことによって、作家は何を追い求めているのだろうか。

唐突かもしれないが、ベンヤミンの麻薬を使用した実験を連想した。ベンヤミンは一九二〇年代から三〇年代にかけて、友人のベルリンの医師たち、そして盟友エルンスト・ブロッホの監視下という条件のもとに麻薬を使用した。[*12]『陶酔論』におさめられているヘルマン・シュヴェペンホイザーの序によれば、ベンヤミンの実験は「彼のめざましい認識衝動」がもたらしたものだという。

（麻薬による陶酔の実験は）人間の統覚的能力、つまり感覚と知性、あるいは主体と客体の混合が、文化的に久しく凝固して石のようになっていた総体のうちの、脆弱な部分にベンヤミンが差し込んだ挺子のようなものである。そこからぽろぽろ欠け落ちた破片の形状によって、ベンヤミンは主体と客体がどれほどおのずから相互を求め合っているか、文化的制約が、この両者をどれほど損なっているか、を読み取った。

陶酔の中にただ無作為的に漂っている人間を麻薬実行家と呼ぶならば、ベンヤミンは麻薬陶酔の弁証法的な理論家、つまり、ヘーゲルの言葉を借りるならば、事象を超えるために事象のただ中に身を置かねばならぬ理論家だった。疑いを差しはさむ余地もなく麻薬体験は、主体と客体の間の隔壁を取り払おうとする思弁的試み、万象の中に固定された事物と自我の間の遮蔽物を打破しようとする思弁的試みと酷似するものである。

なぜ秋成は「現実」を変容する衝動にかられたのだろうか。

時代の空気としては、現実が溶解しはじめる感覚は、それとなく共有されていたであろうし、だからまた、夢とか、幻想とか、あの世とかがせり上がってくるという関係にあるだろう。たとえば本居宣長が、実証主義者であることによって「事実を超えた、目に見えぬ世界の存在することを同時に提示した人物」[*13]であるとするなら、宣長も秋成も、立場の違いは大きくとも、いやおうなく、「事実」とか「現実」とかに深入りせざるを得ない状況でもあった。

存在感の稀薄な世界。自明のことの見失われた世界。歴史の紐帯のほどけてしまった世界。秋成の対峙している世界はある意味で今日にも共通する世界であるかもしれない。「現実」の組み換えによって何が起こるか。すくなくとも、人間にとっての悪、人間にとっての善というものが、普遍的なものでも、絶対的なものでもなくなるであろう。ついには人間という枠組みさえ溶解しはじめるかもしれない。しかしそれはまた、かぎりない自由を手にいれたかのようでありながら、対峙するもののない、画することの不可能な究極の不安に行きつくであろうか。

(1)『日本古典文学大辞典』(岩波書店)「上田秋成」の項

(2)同様の文章が『文反古　下』(文化五年刊)にも見出せる。「無益の草紙世にのこさじと。何やかやとりあつめて。八十部ばかり。庭の古井にしづめて。今はこゝろゆきぬ。ながきゆめみはてぬほどに我たまのふる井におちて心さむしも」

(3)日本古典文学大系『上田秋成集』補注五一

(4)秋成は、捨子も同然で、痘瘡によって手は不具になり、晩年失明するなど、波乱の生涯でもあるため、伝記的事実を作品に投影して解釈されてきた。

(5)典拠については、主に『雨月物語評釈』(鵜月洋・中村博保、角川書店)の指摘に拠った。

(6)『鑑賞日本の古典・秋成集』(高田衛、尚学図書)

(7)日本古典文学大系『上田秋成集』解説

(8)この点については、『鑑賞日本の古典・秋成集』においても、次のようにふれられている。「『今昔物語集』のほうは、死者との交婚を中心にした冥婚(ネフクロイド)の怪奇が中心であって、『浅茅が宿』はそういう猟奇性をむしろ抑制して扱っており、物語の焦点がまったく違うことがわかる」。
怪奇性という点でいえば、典拠の「愛卿伝」も怪奇性は薄いが、「愛卿伝」では、妻があの世から霊となって現れることを夫が切望し、それに応えて現れるというかたちであるためで、ここでの話の在り方とは異なる。

(9)『雨月物語評釈』二六五～二六八頁においても、「手児女の存在は作者の構想の中で、最初から欠くことのできない媒体となっていた」という視点から、一見物語とは無関係にみえる手児女譚をどのようにとらえるかが述べられている。

(10)秋成の歴史への関心の在り方の一端については、拙稿「『天津をとめ』の叙述――唐土のふみ対国ぶりの歌」(『日本文学』一九九〇年一〇月号)、「『天津をとめ』における都と遷都――注釈的物語(『物語』Vol.2砂子屋書房）を参照していただきたい。

（11）註10に同じく「『天津をとめ』における都と遷都」を参照していただきたい。そのなかで「この物語は、疑問を、解答と切離す形で叙述のレベルに出現させる物語でもある。もともと疑問は、疑問形のみで存在できる表現形式を持たない。この壁をこの叙述は、物語を代償とすることによって破っている」と述べたように、作家は『春雨物語』において、認識の過程という浮遊状態のままに「疑問」の存在の形式を発見する。

（12）ヴァルター・ベンヤミン『陶酔論』（飯吉光夫訳、晶文社）

（13）西郷信綱『国学の批判』「本居宣長」において次のように述べられている。「彼の主題は中世的な理念の王国といかにたたかうかにおかれ、事実の外に現実というものはまだ存在せず、事実に属さぬ世界は神の支配領域であるという形で、むしろ事実の世界が発見、獲得されたのであり、神秘主義と不可知論は、この事実の世界を手に入れるために必要な犠牲飛球であったといえなくもない。事実を集めて行けばおのずから現実に到達できるかのように考える現代実証主義者との違いがここにある。宣長が目に見えぬものとして神に委ねた領域は、この実証主義において解決されたのではなく、ただ虚しく蒸発してしまったにすぎない」

＊「浅茅が宿」の引用は、新潮日本古典集成『雨月物語』（浅野三平校注）による。秋成のそのほかの引用は、『上田秋成全集』（中央公論社）を使用し、読みやすいように濁点を補った。

【付】

精神史としての近世——『廣末保著作集』完結によせて

一般的には馴染みのうすいであろう近世の文芸について、どこから語り始めればよいか、入り口の多種多様さも合わせて迷うのですが、とりあえず精神史の観点からみた近世の特色について語ってみます。ただそのまえに「近世」という用語について一言。近世というのは、古代・中世・近世・近現代という時代区分による用語です。それよりもむしろ江戸時代といった方が私たちには馴染み深いのですが、その前半の百五十年ほどは上方が文化の中心であり、江戸は後発地帯でした。とはいえ、文化の伝統の無きに等しい江戸で、独特の都市文化が力ずくで生み出されてくるところに、その面白さがあるともいえるのですが、ここではそれは置き、江戸の地を連想させる江戸時代ではなく、時代の転換をになった上方文化に比重をおいて、近世という言い方を採らせてもらいます。

精神史・文化史の観点からみた近世の特色も複数なのですが、まず三つをあげます。①印刷技術の発達により庶民が活字文化の洗礼を受けたこと、②貨幣経済の時代に突入したこと、③悪場所という一種独特な文化の発信地が誕生したこと、の三点です。

①については、出版業の成立により、それまでの耳から聞いて想像力を働かせる口承文化から、目で活字をおって読む文字文化へと、想像力の大きな転換が起ります。十七世紀の元禄時代は、この転換の只中にあるため、口承の文化と文字の文化のせめぎ合いにより、小説に西鶴、詩に芭蕉、演劇に近松というすぐれた作家が誕生しました。各ジャンルに時代を画する作家が揃って登場したというのは、日本の歴史上唯一といってもいいのではないでしょうか。

〈ことば〉というものは興味深くて、たとえば、語り物の代表である『平家物語』に、口《くち》語《がた》りの発想による表現の可能性が見出されるかというとそうではなく、それは、書き言葉という異質な言語表現と出会うことによって顕在化されるもののようです。ために元禄期という、極端ないい方をすれば歴史上一回限りの口承文化と文字文化との出会いが、豊穣な文学や演劇を生み出すことになりました。にもかかわらず私たちは以後、聴覚的能力を失って行き、現在では残念なことに、元禄期の作家たちが繰り広げてみせた多様な言語の可能性を想像的に再現することさえ難しくなっています。

印刷技術の発達により、それまで写本でしか手に入らなかった書物が大量出版されるようになります。一方にそれを享受するための識字率の問題がありますが、意外に思われるかもしれませんが、近世の識字率は想像以上に高く、世界的にみても最高水準に位置づけられます。近世前期の教育に関する資料は限られており、なかなかその実態がつかめないのですが、西鶴の作品に、父親が「いろは歌」などのテキストを自分で作り、娘に文字を教える記述があります。寺子屋が普及する以前は、子供に文字を教えるのは父親や兄の役目でもあったようですし、丁稚《でっち》奉公《ぼうこう》に出ると、奉公先で先輩から「読み書き算盤《そろばん》」の教育を受けます。帳簿を付け、計算が必須の、貨幣経済社会であることとともそれは関連していますが、ともかく、十八世紀後半に刊行された黄表紙からうかがえるように、当時、女性をはじめ都会に暮らす多くの人々が平仮名を読むことが出来ました。ということは、当時は多く振り仮名が振られますので、平仮名の知識だけでかなりの書物が読めたということになります。時代は下りますが、メーチニコフ『回想の明治維新』（岩波文庫）に次のような記述があります。「小説をむさぼり読む大衆／人足《ニンソク》――すなわち埃と汚物にみちた首都の街路を、あの有名な二輪車で威勢よくわたしを引っぱってくれた人夫たちや、別当《ベットウ》、つまり頭のてっぺんから爪先まで三色の色あざやかな入墨で飾りたて、素裸で馬のまえを走ってくれた男、小使《コッカイ》つまり召使、さらにどんな店でも茶店でも見かける娘たち――彼らがみんな、例外なく何冊もの手垢にまみれた本を持っており、暇さえあればそれをむさぼり読んでいた。彼らは仕事中はそうした本を着物の袖やふところ、下帯つまり日本人が未開人よろしく腰に巻いている木綿の手ぬぐいの折り目にしまっている。そうした本は、いつもきまって外見ばかりか内容までたがいに似通った小説のたぐいであった。」

②の貨幣経済の時代が始まったこと。これも歴史上の大問題で、近世のすべてに有形無形の影響をもたらしているといっていいのですが、端的な事象としては、ものと人間との関係が根本的に変わるということです。それは善悪の基準が揺らぐというかたちでも現れてきます。貨幣経済については、もちろん突如近世に現れたわけではなく、すでに中世に貨幣の流通の下地があるのですが、だからといって、資本主義社会が中世に存在したと、野放図に問題を拡散させてしまうことにはためらいを覚えます。徳川幕府の指揮のもとに金座・銀座・銭座で貨幣鋳造がおこなわれ、全国規模で庶民が貨幣の流通する社会で生活するようになる近世を区切りとして、この問題を考えていきたいと思います。他方では、近代の特色を資本主義社会の始まりに求める従来のとらえ方にも異議申し立てをしておきたいと思います。貨幣経済をめぐる根本的な問題は、すでに近世に始まっており、また近世の作家たちは唯一それを文学の場で考えたといってもいいでしょう。

善悪の基準が揺らぐということは、人間の行動の基準となる軸が変わるということです。中世ではおそらく各集団の中の規律があり、宗教による行動軌範もあり、何よりも時代を超えた人としてのモラルといえる正直、親切、無欲……といった価値基準が健在でした。しかしそれらが崩壊し、新たな基準を打ち立てなければならない状況のなかで、何に基づいて行動すればよいかが分からなくなります。なぜなら、貨幣の介在により、人間の幸福感に一大転換が起ったからです。しかも金をつかむという行動はモラルには通じてはいません。欲望というものに目覚め、たぎるような執着心のとりこになる自分自身にさえ驚いたことでしょう。近世の人々はその転換の只中を生きることになりました。まったく未経験の出来事が生活のいたるところで生じてきます。人間はこんな姿を見せるものか、これほどまでに翻弄されるものか、というように。

西鶴はそれを「人ほど面白きものはなし」と受け止める能力がありました。変化や混乱を拒絶したりシニカルに苦々しくとらえるのではなく、ユーモアをもって面白がることができました。なぜそれが重要かはのちにふれたいと思うのですが、どのページにも西鶴の切り取った人間が息づいていますので、どんな例でもいいのですが、たとえば『世間胸算用』の「銀一匁《もんめ》の講中」では、一代で成金になった者たち二十八人が一匁講を結びます。講とは同業者の寄り合いですから、普通でしたら、一杯呑みながら馳走の膳を囲んで親睦と情報交換をかねた会ということでしょうが、まったく違う人種があらわれます。一匁講の名が表わすように、会費二、三千円の会とでもいったらいいでしょうか、会場も料理屋なんてとんでもない、一匁の仕出し飯を注文して、下戸も上戸も酒なしに、朝から日の暮れるまで寄り合って何をしているかといえば、金を貸す相手を一人一人書き出し、その財産の吟味をしているのです。近ごろ表向きは盛んにみせて内証は火の車で多額の借金をして計画倒産する商人が出てきたから油断がならないなどといいながら。当時の人にとって酒宴遊興は何よりの楽しみだったはずなのにそれには興味を示さず、ひたすら人の家の経済状態を詮索することに熱中します。つまり、人の財産を細かにあれこれあげつらい、内情を暴露し、誰がもっとも目利《めきき》で正確に言い当てたかを競っているようなもので、かれらにとってはそれが酒宴遊興よりも楽しく、飲み食いもそっちのけで没頭できる事柄なのでした。

欲望の肥大化は、親殺しや愛するものの殺人にまで行きつきます。西鶴は親の命を担保に高利の金を借り返済のために父親を毒殺しようとする息子を書きました。近松も『女殺油地獄』で姉のように慕っていた女性を殺すに至る劇を書きました。人殺しは侍の世界のものであったはずなのに、庶民が突如殺人者に変わるところまで一気に突き進みます。命を代償にする行為などということがそれまでの庶民の生活で想像されたでしょうか。

こうして元禄期の作家は、新しく目前で起っている状況を書くことになりましたが、西鶴からほぼ百年後、十八世紀の天明文化の担い手の一人であった上田秋成は「貧福論《ひんふくろん》」において、貨幣経済によって引き起こされた歴史上決定的な転換を、一つの命題として問うことになります。「貪欲残忍な人間が金持で幸福に暮らし、誠実で道徳的に正しい生き方をしている人間が生涯貧困から抜け出せずに終わる、これは何故なのか」という疑問を提出して、その理《ことわり》を物語によって追及しようとする画期的な小説が書かれることになりました。しかし始めにふれたように、秋成を最後に文化は上方から江戸へと移り、それが理由というわけではないのですが、十七世紀から十八世紀にかけての、上方――千年にわたる都の文化を背景に試みられた芭蕉・西鶴・近松・秋成の達成は受け継がれることなく、一回限りの出来事として埋もれてしまいます。

③の悪場所について。悪場所とは、「廓《くるわ》（遊里）」と「芝居」をさします。廓とは、城郭のような囲われた区域のことですが、つまり、幕府公認で都市の境に設けられた遊女を相手にする遊びどころのことです。全国に散らばってありますが、京都の島原、大坂の新町、江戸の吉原が三都といわれてもっとも賑わった場所です。こんなふうに公に許された遊廓があるのは、日本でだけのことかもしれません。芝居とは歌舞伎のことです。余談ですが、日本の三大演劇といわれる能・人形浄瑠璃（文楽）・歌舞伎のうち、人形浄瑠璃・歌舞伎の二つを誕生させた近世とは、演劇的想像力に満ちていた時代ともいえるでしょう。

河原者とか河原乞食の言葉からも知られるように、歌舞伎は、初期には京都の四条河原に芝居小屋を立てて興行することが許可され、役者もそこに住み着くことができました。河原とは、網野善彦氏の『無縁・公界・楽』に説かれているように、治外法権的な場所でした。都市の中に分け入って歌舞伎芝居を興行したり、芝居者が住んだりすることは許されませんでしたが、河原ならよいということです。一方河原は、斬首の刑を執行し、馬の死骸から皮を剝ぐ場所でもありました。河原は穢れを棄てる場所でもありました。

悪場所――「廓」と「芝居」の住人である遊女と役者は、もともとは定住する場所をもたない、諸国をめぐり歩いて芸能を見せる遊行芸能民の一員でした。その彼らが廓と芝居の世界に定住していくようになるのが近世です。これらの存在を精神史の中に位置づけ顕在化してみせたのが、廣末保の『悪場所の発想』に代表される一連の仕事です。あまりにユニークで、悪場所論で行われた問題提起は、その射程の計り知れない豊かさとともに、まだ一般に展開されずにひっそりとたたずんだままだといってもいいでしょう。「芸能」という領域の重要性、死者の世界との関係、人間の想像力やものを生み出すエネルギーの問題等々。(その一端に、『廣末保著作集』第十一巻の月報「カルロ・ギンズブルグと廣末保」でふれましたので読んでいただければ幸いです。)

わかりやすい観点からその一面をいえば、近世の文芸は悪場所から生み出されているといえるでしょう。もはや遊行芸能民がかつて語り物語を持ち歩いていた頃のように作者になることはありませんでしたが、遊女や役者として定住民の夢の体現者となりました。彼らが取り仕切っていた遊里や芝居に、創造のエネルギーがありました。これは語りの言葉と書き言葉の出会いと同様に、遊行芸能民が定住することで定住民との持続的な交流が生まれる、その場所が悪場所なのですが、そのせめぎあいのなかからエネルギーが生み出されてくるということでしょうか。人の欲望をかきたて、夢を見ることをかなえさせてくれた場所。よくも悪しくもその場所が現実に存在したということ、それが重要な点なのです。さらにそれが悪の魅力を発散させていたということが大切なところなのです。かつて人は極楽浄土に夢を託していたかもしれません。しかし近世は、想像の中で夢をはぐくんでいた場を、現実に存在する場所としてもった。そしていま、彼岸にも此岸《しがん》にも幻想を投影できる場所も人ももたない状況を私たちは生きているといえるでしょう。

さらにもう一点付け加えます。忘れてならないのは、近世の文芸の柱は俳諧《はいかい》にあるということです。文学は前近代においては韻文が王道であり、漢詩・和歌・連歌・俳諧と引き継がれてきました。近世においても文学は現代のように特殊な位置に追いやられるのではなく、武士同様、家持《いえもち》の町人にとって、謡《うたい》と俳諧は世間付合いのための必須の教養でした。蕉風俳諧の開眼の書ともいわれる『冬の日』は、名古屋で巻かれたものですが、連衆《れんじゅう》は富裕な商人の旦那衆で、彼らが同時にすぐれた詩人であったことは大変興味深いことです。農村にも同様に俳諧は普及していました。

「俳諧は黄門定家卿のいふ利口なり」(『三冊子』)と芭蕉もいうように、滑稽・機知がその中心です。滑稽や機知とは、笑いを連想させるだけではなく、精神の作用としていえば、転がしてみせるということでもあるでしょう。正面の一点をひたすら見つめるのが抒情にもとづく和歌だとしたら、正面だけではなく脇から見たらどうなのか、転がして裏や底の方も見てみようというのが機知にもとづく俳諧です。これは自己を対象化するということでもありますから、言うは易しで簡単なことではありません。廣末保の「転合書《てんごうがき》の文学」や「転ずる心」(著作集第三巻『前近代の可能性』所収)にそのエッセンスが語られています。近世の精神ともいうべきものが。

とっぴなように聞えるかもしれませんが、貨幣経済とリアリズムではなく、貨幣経済と滑稽精神というものを一対のものとして検討してみる必要があるのではないかと私はいま考えています。「貨幣は事物を転倒させ混交させる神であり、娼婦である」というカール・マルクスの洞察にみちた言葉をまつまでもなく。

以上述べてきましたような近世の社会を中心的に担っているのが商人ですが、日本の近世は、社会制度は封建制度(feudalism)の時代でありながら、一方では貨幣経済が始まり商業社会を生きるというように、世界史の観点からみてもかなり特殊な事情のもとにあります。特殊性ということでいえば、封建制度の担い手である武士階層は、中国にも朝鮮にも誕生しませんでした。ヨーロッパとアジアの東の日本にだけ封建社会は成立しました。そういった点もふくめて、日本の近世における商人と武士との関係はいずれ構造的にとらえなければならないことは確実です。

ともあれ、貨幣経済と対になるかのように、幕府公認の学問として儒教が奨励され、儒教道徳による教化が行われます。主君には忠義を親には孝行をというわけですが、この儒教道徳が貨幣の流通する社会で齟齬《そご》をきたすことは目に見えています。たとえば、石門心学《せきもんしんがく》の創始者、石田梅岩《いしだばいがん》（一六八五–一七四四）の『都鄙《とひ》問答』に次のようなエピソードがあります。梅岩の開いている学問所にやってきて息子は尋ねます。「叔父からの借金の申し入れに、両親は融通してやりたいといいましたが、私は貸しませんでした。それを親の心に逆らった不孝と咎《とが》められるが、叔父は暮らし向きも苦しく返すあてもない。それを承知で金を貸しては、いずれ親に難儀がかかる。親に従うのは口あたりのよい毒を父母に食べさせるようなものです。そういう毒を与えまいと借金を断った私の仕方は、孝行になるのではないか」と。さて、この息子の言動に皆さんはどう判断を下しますか。人と人との間に貨幣が介在し、関係のあり方が根底からくつがえされている様子がうかがえます。このように『都鄙問答』は新たな現実にどう対処したらよいかという人々の疑問に満ちているのですが、親孝行といった単純明快であった行為がややこしくねじれて、人間のあるべき姿が貨幣の介入により不透明になっています。何が善であり何が悪であるのかが分からない、価値基準の軸が見出せない混乱状態を生きざるを得ないのが、近世の現実でもあったのです。

石門心学にふれたついでに、西鶴のユーモアとのかかわりでもう少し考えをすすめてみたいのですが、石門心学とは、商人である石田梅岩を祖とする庶民のための学問です。経済の中心で活動する商人でしたが、一方で「商人と屏風とは真っ直ぐでは立てぬ」などといわれ、金を取り扱う賤しい人間として蔑視されています。何とか自分たちのアイデンティティを打ち立てようと、正直・勤勉・倹約・奉仕を掲げながら新しい商人道徳を打ち立てようと懸命になります。石田梅岩に限らず、この傾向は商家の家訓などからもうかがえるように時代の趨勢《すうせい》だといえるでしょう。

さまざまな形で行われる商人たちの試行錯誤は、資本主義の倫理という考え方がはたして成り立ちうるものか、という関心からも興味があるのですが、私自身はこの問題を西鶴のなかで探求していきたいと考えています。正直・勤勉・倹約・奉仕という、ストレートで判りやすくて正しい主張、ユーモア精神を欠いた「正論」は、暴力に転化する危険性をつねに伴っているということを忘れてはならないと思うからです。西鶴にかぎらず近松や秋成などの、文学という遠回りした言葉のなかで生きる問題を考えていきたいと思っています。

近松の『心中天《てん》の網島《あみしま》』は、ご存知のように紙屋治兵衛・女房おさん・遊女小春の恋の物語です。おさんは小春を請け出すために、商売の仕切りの金から自分や子供たちの着物までありったけを質に入れようとしますが、そこに父親五左衛門がやってきます。小春を身請けすればおさんは家を出るしかない、身の破滅も同然です。世間の道理からすれば、そんなことをするおさんもさせる治兵衛も非常識極まりない。五左衛門は激怒して治兵衛をさんざんに罵ります。とうとうおさんは、自分たちに非があると思うからこそこんなに詫びているのに、「あんまり利運すぎました」と父親にいうのです。「利運」とは理にかなっているという意味がありますから、このおさんの言葉からは、自分の方が絶対に正しいという利を足場にして、居丈高に攻め立てている五左衛門の姿がうかびます。この場面を廣末保は以下のように分析しています。

「「あんまり利運すぎました」と言うとき、おさんは、自分たちに「利運」のないことを知っている。(中略) だが、それを知ったうえでなお、何かを主張しようとする気持がこのおさんのことばには托されている。それは、どこからみても「利運」ないものの悲鳴のように聞えなくもないが、しかし聞きようによっては、「利運」ある立場のものが、その「利運」に乗じて、言うべき言葉をもたないものを圧殺してしまう力に、精一杯抵抗していることばとして聞くことができる。もしかしたら、近松は、このおさんのことばのなかに、世話悲劇の作者としての自分の存在証明を忍び込ませていたかもしれない。」（著作集第九巻『心中天の網島』）

自分の方が正しいということで威圧的に言いつのる、それに返す言葉をもたず圧殺される人間の代弁者になることが、文学に携わるものの役割だといえるでしょうか。

最後に廣末保は徒労の時間について述べています。「死んだものにとっても、生き残ったものにとっても、しんどく、しかも徒労に終る葛藤であった。おさんもふくめて三人ともに世間並みの道理からはみ出していったがために合理的な解決などありえなく、結局は徒労に終る葛藤であった。だがその徒労のなかにこそ、近松は〈悲劇《ドラマ》〉を見出す」。

登場人物たちは、良かれと思って力の限りをつくすのです。しかしそれが何も生み出しはしなかった。究極の行為である心中を描きながら、なにも成就しなかった。それを表現した作家も、それを読み取った廣末保も、並の力量ではありませんし、これこそが文学というものではないでしょうか。

ここからさらに〈世間〉というものに焦点をあて、興味深く、重要な問題へと展開していきます。「近松の悲劇と二つの公界《くがい》」（著作集第九巻『心中天の網島』）——公界すなわち世間でもありますが——をお読みいただきたい。

在所からはなれて都会で暮らすことを経験した近世の人々の間で何が起っているのか、幕府の御触書《ふれがき》による法律が直接の行動規範になっているのではなく、かれら無縁の人々を規制しているのは、〈世間〉という漠然とした生活空間だったというのです。「私的な倫理」というような言い方もされています。この問題とも私たちはしっかりと向き合ってみる必要がありそうです。

廣末保を語るには、〈俗〉の問題——目前に現れてきた動的な現実、つまり拡散的な俗にものいわせるにはどうすればよいか、ものいわせる（表現する）とは固定し完結することであるから、拡散のままものいわせることはできない。では俗の動性を失うことなくものと通じあうには……という問題——、まさに、ものと人間との関係が根本的に変わった近世の状況と、それに対する論証とについて語らずにすますことはできないのですが、これも、その他の問題と同様、要約の難しい事柄ですので、著作集第四巻『芭蕉』、第七巻所収の「未完の形式」、第十一巻所収の「近世文学にとっての俗」その他をぜひお読みいただきたい。

日本の近代は、近世を視野の外においてきました。近世という時代を、いまだに「封建制の呪縛」とか、「長期間の鎖国ゆえの後進性」というふうにとらえて、近代の優位性を前提とする傾向がつづいています。しかし私たちの現代を思考するためには近世に関わることがもはや不可欠だということに気付いていただけたでしょうか。しかも近世は、根本的に弁証法的な時代であり、大変に複雑な世界でもあるのです。ところがいま私たちは、複雑な思考に耐え得る能力を失いつつあります。現代ほどそれが求められている時代はないはずなのに。

近世の言葉は連想を基本とし、縁語・掛詞《かけことば》・地口《ぢぐち》・語呂合わせ・見立て等々の技法にみちています。つねに岐路に立ち、瞬時に選択し、振り子のようにスイングしながら読みすすめていくような世界です。近代小説を読む読み方で読んでも近世の作品を読んだことにはなりません。訓練の必要があり、それが近世の作品に近づくことを難しくしています。しかし困難でも、そこで探し物をしなければならないのです。さいわい廣末保の著作は作品にそくして語られていますので、廣末保から〈読み〉の伝授を受けてください。しかし、一方、廣末保の著作は、今を生きるうえでの自身の問題意識をもつものだけが開くことのできるような世界でもあるのです。その著作の数々は、疑問を糧として思考しつづける人間の対話の相手になってくれるでしょうし、時空を超えた友になってくれるはずです。

あとがき

影書房の松本昌次さんとは、『廣末保著作集』（全十二巻）の仕事でお会いしました。そのころから、著作出版のゆるやかなお誘いを受けていたのですが、なかなか踏み切ることができずに時を過ごしていました。

わたしの問題意識の一つは、近世文芸を貨幣経済社会のなかで考えていこうとするものですが、井原西鶴の浮世草子、上田秋成の『雨月物語』など、散文のなかで、あるいはまた、近松門左衛門の人形浄瑠璃という演劇のなかで、この問題をとらえようとしてきました。けれど、韻文である芭蕉の俳諧については、対象として取り上げることができずに、詩歌の世界は特別視するべきなのか、いや芭蕉であっても社会的背景と無縁ではないはずだ、と迷いのなかで過ごすことになりました。

同時に、十七世紀に貨幣経済社会の中に投げ込まれた近世の人々の心に何が起こっているのか、そのことにどう対処しようとしているのかという問題を精神史の観点からとらえようとしていたため、近世初期の仮名草子から、十七世紀の西鶴・芭蕉・近松、十八世紀の秋成から――以上の作家はみな上方文化を背景にしていますが――、文化的背景のない新興地の江戸でおこった黄表紙へと連続して考えて行こうとしていました。黄表紙のモチーフは「裏腹《うらはら》」（あべこべ）にありますので、お金がありすぎて困ってしまって何とか棄てようとするが、すればするほど金が集まるという荒唐無稽な世界を書いたりもしています。けれども、黄表紙を作品論として書くための方法が見出せずに停滞することになりました。

そうしているうちに、「芭蕉の「わぶ」」を書き、元禄期の作家が遭遇している共通の問題のなかで西鶴・芭蕉・近松と批評することができましたので、十八世紀の江戸の黄表紙にまでは至れませんでしたが、著書出版にむけて踏み出すことにしました。

わたしのもう一つの問題意識は、近世文芸のことばの可能性を開いていくということにあります。十七世紀はそれまで受け継がれてきた〈語りのことば〉と、印刷技術の発達による〈書きことば〉とがせめぎ合っている時代で、そこに歴史上一度きりの可能性にみちた表現の達成をうかがうことができます。散文による論理の通し方と演劇による論理の通し方の違いなどをも加味して、ことばの可能性を探求していきました。その観点からの数編は収めましたが、時間を注いだといえる『春雨物語』を対象としたいくつかの論考は、読者に努力を強いるもののような気がして、ここには収めてありません。

近代主義批判を出発点として、滑稽精神を評価しようと、近世に迷い込んだわたしですが、いつしか、近世の作家たちに脱帽しつづけている自分を見出すことにもなりました。明治期に江戸時代は封建制の時代として放り捨てられ、その文学も西欧理論によって扱われてきました。しかし西欧理論の網ではすくえない近世の作家たちのすぐれた成果をよみがえらせることが自分の役割だとの思いもまた生まれました。読者の方に、近世の作家たちの成し遂げた驚くほど豊饒な世界の洗礼を受けて、文学の楽しさを味わっていただければ、以って瞑すべしというところです。

最後に収めました、「精神史としての近世――『廣末保著作集』完結によせて」は、『社会評論』の求めに応じて、近世の全体像をわかりやすく書いたものですので、そちらから読み始めていただくのもよいかもしれません。

影書房の松本さん、松浦弘幸さん、映画評論家の木下昌明さんと共同で本を作って行く過程は、わたしにとって楽しい作業でもありました。そしてなにより、友人でもある彼らに支えられて、本書を刊行できる幸せに思いを致しています。心から感謝します。ありがとう。

二〇〇九年一二月二五日

著　者

初出一覧

西鶴——経済社会の小説　岩波講座「文学3」二〇〇二年一〇月
西鶴——破滅の行方　「江古田文学」二〇〇二年一一月号
『女殺油地獄』の作劇法　「法政大学文学部紀要」第四三号　一九九八年三月
『心中宵庚申』——夫婦心中に見る死のかたち　「国文学」一九八五年二月号
『心中宵庚申』——貨幣経済社会で滅びゆく者たち　「国文学」二〇〇二年五月号
芭蕉の「わぶ」（書きおろし）
軽薄なるものの音色——『猿蓑』市中の巻より　「日本文学」一九九二年七月号
杜国の詩情——冬の日「こがらしの巻」より　「法政大学文学部紀要」第五五号　二〇〇七年一〇月
「貧福論」の考察——経済社会と徳　「法政大学文学部紀要」第四七号　二〇〇二年三月
美しい死からの反転——「浅茅が宿」の三つの物語　『江戸文化の変容—十八世紀日本の経験』（平凡社）
所収　一九九四年四月
精神史としての近世——『廣末保著作集』完結によせて　「社会評論」No.127　二〇〇一年一〇月（「近世考」改題）

日暮《ひぐらし》　聖《まさ》
専攻　日本近世文芸
1993～2010年法政大学在職

近世考《きんせいこう》　西鶴《さいかく》・近松《ちかまつ》・芭蕉《ばしよう》・秋成《あきなり》

2010年２月10日　初版第１刷

著　者　日暮《ひぐらし》　聖《まさ》
発行所　株式会社　影書房
発行者　松本昌次
〒114-0015　東京都北区中里３-４-５
　　　　　　ヒルサイドハウス101
電　話　03（5907）6755
ＦＡＸ　03（5907）6756
E-mail＝kageshobo@ac.auone-net.jp
URL＝http://www.kageshobo.co.jp/
〒振替　00170-4-85078
本文印刷＝スキルプリネット
装本印刷＝ミサトメディアミックス
製本＝協栄製本

定価　2,800円＋税
ISBN978-4-87714-402-9　C0095

廣末保著作集 全12巻 【完結】

編集顧問＝藤田省三
編集委員＝岩崎武夫・田中優子・日暮聖・森健・山本吉左右

第1巻 元禄文学研究 （'96・11刊）
第2巻 近松序説 （'98・9刊）
第3巻 前近代の可能性 （'97・8刊）
第4巻 芭蕉 （'99・8刊）
第5巻 もう一つの日本美・悪七兵衛景清 （'97・12刊）
第6巻 悪場所の発想 （'97・3刊）
第7巻 西鶴の小説・ぬけ穴の首 （'99・2刊）
第8巻 四谷怪談・新版四谷怪談 ［品切］ （'00・1刊）
第9巻 心中天の網島 （'00・7刊）
第10巻 漂泊の物語 （'00・11刊）
第11巻 近世文学にとっての俗 （'01・3刊）
第12巻 対談集 遊行の思想と現代 （'98・4刊）

●四六判上製各巻定価三、八〇〇円（税別）

影書房刊